玉带河国家湿地公园征文艺术作品选集

# 相约玉带 邂逅湿地

杨佳锋 石礼显 李杨 主编

中国纺织出版社有限公司

### 图书在版编目(CIP)数据

相约玉带　邂逅湿地／杨佳锋，石礼显，李杨主编. --北京：中国纺织出版社有限公司，2020.11
ISBN 978－7－5180－7832－5

Ⅰ.①相… Ⅱ.①杨…②石…③李… Ⅲ.①中国文学—当代文学—作品综合集 Ⅳ.①I217.1

中国版本图书馆 CIP 数据核字(2020)第 171869 号

---

责任编辑：韩　婧　　　责任校对：王蕙莹
责任设计：品欣排版　　责任印制：王艳丽

---

中国纺织出版社有限公司出版发行
地址：北京市朝阳区百子湾东里 A407 号楼　邮政编码：100124
销售电话：010—67004422　传真：010—87155801
http://www.c-textilep.com
官方微博 http://weibo.com/2119887771
北京通天印刷有限责任公司印刷　各地新华书店经销
2020 年 11 月第 1 版第 1 次印刷
开本：889×1194　1/16　印张：18.5
字数：266 千字　　定价：88.00 元

---

凡购本书，如有缺页、倒页、脱页，由本社图书营销中心调换

## 《相约玉带　邂逅湿地》
## 编　委　会

顾　问：龙友松　曾垂亮　陆志旺
主　任：陆奇勇
副主任：文　卫　吕青芳　刘志刚　吴祥军
委　员：陆奇勇　袁通鸿　文　卫　刘志刚　吕青芳
　　　　莫晓军　杨昌富　陆改强　吴祥军　吴革听
　　　　杨佳锋　石礼显　李　杨　谢铁英　吴东霞
　　　　陆明鑫　杨　晶　李进斌　侯风华　蓝振盛
　　　　陆明维　吴易霖　杨秋红　吴晨年　蒙世辉
　　　　周红娥　杨显恒　杨　娟　姚东阳
摄　影：王启友　吴少武　杨玉玮　罗教和　陆奇勇
　　　　吕青芳　杨　红　粟勇主　何洪伟　伍国怀
　　　　杨杰明　尹序平　贺显海　彭　勇　刘　君
　　　　吴公海　吴满亮　吴大泽　刘大源　潘小军
初　审：杨佳锋　石礼显　李　杨　文　卫　刘志刚　吕青芳　张飞鸿
审　定：龙友松　曾垂亮　陆志旺　陆奇勇

# 前言
# FOREWORD

湖南通道玉带河国家湿地公园，水源发源于南岭的麒麟山、万佛山山脉，环绕通道县城流淌汇入渠水，奔向洞庭湖及长江。玉带河河水清澈，可以看得到河底水生植物与河中的鱼虾，河岸边长有金荞麦等珍稀植物。这些均得益于通道县一直坚持贯彻习近平总书记关于"绿水青山就是金山银山"的生态文明思想，还得益于2005年以来全县实施对国家72万亩公益林、66万亩天然商品林的保护。上游丰富的森林资源，不仅改善了生态环境，保护了生物多样性，更调节了气候、降水和地表径流，减少了水库、河流泥河淤积。极大优化了水源水质，为创建玉带河国家湿地公园奠定了基础。

2015年2月，县委县政府筹备建设湖南通道玉带河国家湿地公园，同年12月31日被国家林业局批准为"湖南通道玉带河国家湿地公园"试点建设单位，建设期为5年。湿地公园涉及县溪镇、播阳镇、菁芜洲镇、万佛山镇及地连国有林场5个乡镇（场）18个行政村。范围包括万佛山镇官团村瑶坪组至县溪镇江口村大鱼潭与靖州交界处、县溪镇梨头嘴至雁鹅湖与靖州县交界处的水域。由河洲漫滩、滩涂、库塘和周边部分林地组成，总面积1503.8公顷，其中湿地面积984.5公顷，湿地率为65.46%。是以河流、库塘及两岸森林组成的湿地—森林复合生态系统湿地公园。2019年通道城区空气质量优良天数358天，优良率98.1%，位居怀化市第1名，湖南省第3名。2019年7月，通道荣获全国"中国天然氧吧"称号。

湿地公园及周边生物多样性、自然景观丰富。据调查，公园里有国家Ⅱ级重点保护野生植物香樟、闽楠、花榈木、中华结缕草、野大豆、金荞麦6种，并发现一个新种——"湖南报春"；野生脊椎动物国家Ⅰ级保护野生动物白颈长尾雉、中华秋沙鸭2种，国家Ⅱ级保护野生动物有鸳鸯、黑冠鹃隼、红隼、白鹇、斑头鸺鹠等18种。景点有通道转兵纪念馆、玉龙潭、玉龙湾、金龟山、两江湿地景观、金龟滩、白鹭洲、民族团结桥、红军桥、红军浮桥、雁鹅湖及湿地公园社区共建村——兵书阁村等。

创建湖南通道玉带河国家湿地公园以来，通道县委宣传部组织县文联、县林业局、教育局进行文学、绘画、摄影、剪纸作品征集活动，国内众多专业和业余爱好者接踵而来，上至近70岁的作家，下至8岁学童，纷纷前往湿地公园采风观景，并创作了一大批湿地文学、摄影、绘画等优秀作品。为方便读者阅读、观赏和索引，将这些征文作品汇集成书，分三个部分。第一部分《相约玉带 邂逅湿地》篇，主要收录以湿地公园相关人文、历史、景观、生态为创作题材的作品；第二部分《探秘通道 情醉侗乡》，主要收录以境内自然景观、民俗风情、历史文化等为创作题材的优秀文学、摄影作品；第三部分《水墨湿地 风情玉带》，主要收录以湿地公园相关的历史文化、民俗风情、自然人文景观为创作题材的书法、绘画、剪纸等作品。

湖南通道玉带河国家湿地公园征文作品的出版，使广大读者领略到美丽的玉带河国家湿地公园的自然景观、民俗文化、历史文化及生态建设成果。然而，由于编委会文学知识水平有限，所载作品数量较多，编修校对过程中难免有错误之处，敬请广大读者批评斧正。

# 目录 Contents

## 相约玉带 邂逅湿地

| 湖南通道玉带河国家湿地公园简介 | 2 |
| --- | --- |
| 灵动的玉带河 | 3 |
| 啊！玉带河 | 5 |
| 白鹭洲 | 6 |
| 彼岸自有洞天 | 7 |
| 别样美丽的玉带河 | 8 |
| 荡舟漂流玉带河 | 9 |
| 侗乡行吟（散文诗组章） | 11 |
| 侗乡有条玉带河 | 14 |
| 多情玉带河 | 15 |
| 翻山来看雁鹅湖 | 16 |
| 风入松·素闻玉带竞风流（白香词谱） | 19 |
| 扶柳记闻 | 20 |
| 故乡的古柏树 | 21 |
| 桂枝香·玉带冬至 | 24 |
| 念奴娇·玉带仙境 | 24 |
| 呵，美丽的玉带河 | 25 |
| 黄东亮通道行作品 | 28 |
| 金龟滩之叹 | 31 |
| 可心随水 | 32 |
| 临玉带河有感 | 34 |
| 留下的那片美丽 | 35 |
| 鹭摇天低树 | 37 |
| 漫步玉带河 | 39 |
| 美的苍鹭 美的古树 | 40 |

| 美丽的玉带河 | 42 |
| 美丽如它——玉带河国家湿地公园 | 43 |
| 美丽玉带 神秘湿地 | 44 |
| 梦里家园 | 45 |
| 梦呓玉带秋 | 46 |
| 摸鱼儿·盛夏玉带泛舟 | 47 |
| 七律·玉带秋 | 47 |
| 那条河 | 48 |
| 鸟儿为玉带河遣词造句 | 49 |
| 菩萨蛮·观亭坝上 | 52 |
| 七律·玉带河 | 52 |
| 七律·玉带情怀（外一首） | 53 |
| 沁园春·玉带河 | 55 |
| 情迷玉带河 | 56 |
| "神鸥"相约玉带河 | 57 |
| 神奇的玉龙湾 | 58 |
| 是谁采下一弯月光 | 59 |
| 四季如歌（组诗） | 60 |
| 四季玉带河（散文诗组） | 61 |
| 外婆家的童年 | 63 |
| 乡愁 | 65 |
| 心若倦了听水眠 | 66 |
| 雁鹅湖 | 73 |
| 雁鹅湖梦魇里的天堂 | 76 |
| 一个人的玉带河 | 77 |
| 一只小鸟的独白 | 78 |
| 易延凤通道行作品 | 80 |
| 盈盈玉带绕城腰 | 83 |
| 游玉带河有感 | 84 |
| 有山有水有故事 | 85 |
| 又见白鹭落绿洲 | 87 |
| 玉带河，一条盛满故事的清河 | 91 |
| 玉带河 | 94 |
| 玉带河边的遐想 | 95 |

| | |
|---|---|
| 玉带河的秋 | 97 |
| 玉带河的邀约 | 98 |
| 玉带河赋 | 100 |
| 玉带河观景 | 101 |
| 玉带河国家湿地公园畅想曲（组诗） | 102 |
| 玉带河畔人家 | 107 |
| 玉带河湿地公园 | 110 |
| 玉带河之魂 | 112 |
| 玉带河之旅 | 115 |
| 玉带河之秋 | 116 |
| 玉带情歌（组诗） | 117 |
| 玉带情韵 | 120 |
| 玉带湿地美 | 122 |
| 玉带无边（外四首） | 123 |
| 玉魂 | 128 |
| 玉龙潭 | 129 |
| 玉龙湾 | 132 |
| 鸳鸯记 | 134 |
| 缘在玉带 | 136 |
| 珍珠之光玉带河（外五首） | 137 |
| 竹篱笆围成的官团（外四首） | 142 |
| 醉美玉带河湿地公园抒赋 | 147 |

## 探秘通道 情醉侗乡

| | |
|---|---|
| 麒麟山赋 | 151 |
| 阿妹"款款"侗家乐 | 152 |
| 藏在绿水青山里的皇都侗寨 | 154 |
| 初识麒麟山 | 159 |
| 侗乡传说 | 161 |
| 侗乡情怀 | 163 |
| 浮桥 | 164 |
| 古镇浮桥 | 166 |

| | |
|---|---|
| 故乡神秘的古树林 | 168 |
| 红军桥 | 170 |
| 红军足迹 | 172 |
| 后龙山记 | 173 |
| 家乡清明甜藤粑 | 175 |
| 金龟滩传说 | 178 |
| 俊美的麒麟山 | 181 |
| 梦游麒麟山 | 182 |
| 民族团结桥 | 183 |
| 七律·麒麟山 | 185 |
| 七律·玉带河侗寨三宝 | 186 |
| 麒麟山 | 187 |
| 麒麟山的传说 | 188 |
| 麒麟山之行 | 189 |
| 清浅流动，藏在玉带河里的侗家故事 | 191 |
| 渠水的回声 | 195 |
| 山水画笔，一笔一画总关情 | 198 |
| 神秘的人猿山 | 201 |
| 神奇的阳洞滩 | 202 |
| 食在玉带河 | 204 |
| 世代传承的意志 | 206 |
| 双江印象 | 208 |
| 天堂里也有鱼塘 | 210 |
| 通道行（组诗） | 212 |
| 我爱家乡这块沙洲 | 214 |
| 我的家乡——芋头古侗寨 | 217 |
| 我会记得你名字 | 219 |
| 绚烂的麒麟山 | 220 |
| 玉带河边，有这样一个故事 | 221 |
| 半尊母亲雕像的故事 | 224 |
| 玉带河有座金龟山 | 226 |
| 玉龙湾的传说 | 228 |
| 滋补飘香的侗家乌饭 | 230 |

## 笔墨湿地 风情玉带

| 绿色通道生态之城（行书） | 234 |
| 大美画笔（行书） | 235 |
| 画笔提词（行书） | 236 |
| 云散后 月斜时（印章） | 237 |
| 独岩峰下人家（印章） | 237 |
| 玉带河国家湿地公园（印章） | 237 |
| 文心雕龙语（行书） | 238 |
| 为爱鸟声多种树（行书） | 239 |
| 白鹭洲畔（隶书） | 240 |
| 河畔杨柳风舞（隶书） | 241 |
| 接天莲叶无穷碧（隶书） | 242 |
| 蓝天碧水护通道（隶书） | 243 |
| 山川之美（篆书） | 244 |
| 情系玉带河（行书） | 245 |
| 玉带河畔高低影（行书） | 246 |
| 湿地诗抄（隶书） | 247 |
| 湿地雅韵（小楷） | 249 |
| 玉带河畔（行书） | 254 |
| 探索玉带河 | 256 |
| 动物的生活 | 256 |
| 可爱的秋沙鸭 | 257 |
| 看水底世界 | 257 |
| 美丽玉带——生命的摇篮 | 258 |
| 盛夏的玉带河 | 259 |
| 湿地春暖 | 259 |
| 湿地风光 | 260 |
| 玉带河边小树林 | 260 |
| 侗寨风雨桥 | 261 |
| 玉带河畔 | 261 |
| 玉带河上的那只划舟 | 262 |
| 玉带河芦苇荡 | 262 |

|  |  |
|---|---|
| 玉带河野渡 | 263 |
| 朝霞里的玉带河 | 263 |
| 玉带河边山间小路 | 264 |
| 写生玉带河秋 | 264 |
| 旧宅 | 265 |
| 清清玉带河 | 265 |
| 玉带河畔有人家 | 266 |
| 花卉图案 | 267 |
| 玉带河畔吊脚楼 | 268 |
| 春耕 | 268 |
| 玉带河春 | 269 |
| 古树下的牛棚 | 269 |
| 侗家村寨 | 270 |
| 山野木棚 | 271 |
| 芦笙歌舞 | 272 |
| 芦笙圣殿 | 272 |
| 侗家小木屋 | 273 |
| 侗乡百蝶图 | 273 |
| 盛装 | 274 |
| 通道小水之战八勇士 | 275 |
| 画眉 | 276 |
| 银杏 | 277 |
| 附件1-1：通道县生态保护与建设工程——公益林（2005—2019年） | 278 |
| 附件1-2：通道县生态保护与建设工程——公益林（2005—2019年） | 279 |
| 附件1-3：通道县生态保护与建设工程——公益林（2005—2019年） | 280 |
| 附件2：通道县生态保护与建设工程——天然商品林（2016—2019年） | 281 |
| 附件3：通道县生态保护与建设工程——森林禁伐减伐（2016—2018年） | 282 |

# 相约玉带 邂逅湿地

## 【七律】玉带河湿地行吟

陈亮

明媚春波画里观,盈盈玉带远尘寰。
林峦茸翠连天外,鸥鹭衔青戏岸边。
霞蔚云蒸开境界,雨奇晴好笼岚烟。
河风最是撩人意,美丽花滩客往还。

# 湖南通道玉带河国家湿地公园简介

　　湖南通道玉带河国家湿地公园于2015年12月31日经国家林业局批准为国家湿地公园试点，试点期5年，即2016年至2020年。公园范围涉及县溪镇、播阳镇、菁芜洲镇、万佛山镇及地连国有林场5个乡镇（场）18个行政村。范围从万佛山镇官团村瑶坪组玉龙潭经菁芜洲镇至县溪镇江口村的大鱼潭与靖州交界处，以及县溪镇犁头嘴至雁鹅湖与靖州交界处的水域、河洲漫滩、滩涂、晒口水库及周边部分林地，地理坐标介于东经109°32′12″～109°49′5″，北纬26°12′59″～26°22′33″，南北长17.8千米，东西宽28.0千米，总面积1503.8公顷，其中湿地面积984.5公顷，湿地率为65.47%，是以河流、库塘及两岸森林组成的湿地、森林复合生态系统。

# 灵动的玉带河

陆奇勇　吕青芳　刘海姣　（通道林业局）

我的家乡通道侗乡，有一条玉带河。它发源于麒麟、万佛山脉，环绕县城流淌，汇入渠水，奔向长江。

玉带河河水清澈，可以看得到河底的石子与河中的鱼虾；河岸长有不少的金荞麦、中华结缕草、野大豆、荇菜等湿地植物；岸上有高大的闽楠、银杏、樟树、枫杨、垂柳、乌桕，我从小生活在玉带河边，游泳、捉鱼、赶鸭，陪阿妈一起洗衣洗菜，玉带河给我的成长留下了许多美好的回忆。长大后，我有幸从事林业工作，玉带河在我的眼中不再只是条哺育我们侗乡的河流，它更是物种丰富的美丽湿地，它的传说、它的景色、它的多彩，让我更加深爱着它。

玉带河是一条神奇之河。传说很久的以前，天上有位美丽的仙女来到侗乡，美丽的风景让她久久不愿离去，但迫于天法威严，她最终还是被天兵天将硬拉回了天宫。在押回天宫时，她解下身上长长的腰带抛下来给侗族少女作为纪念，谁知腰带刚一落地便化成了一条河，侗乡百姓便取名玉带河。久远的传说无从考证，但久远的历史变迁和岁月沉淀，在玉带河边屹立着的壮丽的丹霞地貌见证着沧海桑田，繁衍生息着丰富的野生动植物，演绎着自然的博大，珍藏着位居九大还魂仙草之首的铁皮石斛、湖南报春（新物种）、中华水韭，诉说着古老的故事。现在，玉带河已被列入国家湿地公园保护范畴。

玉带河是一条绿色之河。沿河古木参天，四季景色宜人。春天，鸟语花香，百花盛开，绿草如茵，一片生机勃勃。那块块绿茵茵的水生植物，看上去叫人心旷神怡；那棵棵柳树缀上的片片嫩绿，像是用碧玉装扮而成；那朵朵盛开的鲜花，一朵比一朵鲜艳夺目。夏天，草坪格外柔软，像铺上一张厚厚的绿毯；闽楠、银杏、樟树、厚壳树、枫杨旺密的枝叶舒展开来，像一把把绿绒大伞，把河流两岸遮得严严实实。秋天，河流两岸赤、橙、黄、绿、青、蓝、紫等生命颜色随处可见，枫香、杨树树叶片片金黄诱人，白色的乌桕籽挂满枝头，好像一串串珍珠。冬天，树木被冰雪包裹，树上的冰挂在风中发出的互相撞击声和水面缥缈升起的水雾融为一体，宛如一曲曲动听的音乐。

玉带河是一条灵气之河。茂密的森林、多彩的颜色和宽广的湿地，使玉带河成为水上水下动物的乐园，多彩的蝴蝶在花间翩翩起舞；勤劳的蜜蜂在嗡嗡采蜜；成对鸳鸯在水面游弋，形影不离；游隼、松雀鹰紧贴着明净的水面飞翔；

褐林鸮、红嘴蓝鹊飞上树枝尽情歌唱；白鹭在河滩、沙洲觅食休憩；黄纹石龙子趴在草丛中偷窥外面的奇妙世界；红尾水鸲在水边岩石上梳妆打扮；白颈长尾雉、黄腹锦鸡、白鹇在林中静享休闲时光；隐纹花松鼠爬上桑树享受大自然的馈赠……

玉带河，你真是一条生命的河流，你流淌在侗乡大地，更流淌在我心中。

飞跃的小䴙䴘

# 啊！玉带河

杨芝干 （怀化市鹤城区）

啊！玉带河
你似一滩绚丽的珍珠
洒落在蓝天白云的旷野沃土
苇絮撩动你的琴弦
和着鸟鸣蛙唱
我犹如听到少女的天籁之音

啊！玉带河
你如一幅秀美的画卷
勾勒出梦幻迷人的烟雨湿地
草木呼吸你的惬意
望着山峦起伏
我宛如醉在天然的康养福地

啊！玉带河
你像一本厚重的天书
记满了古往今来的激情岁月
翻开团结桥的扉页
伴着风声雨声
我仿佛看到红军的转兵英姿

啊！玉带河
你是一位慈祥的老人
见证了村村寨寨的沧桑巨变
鱼儿眷恋你的稻香
乘着生态风帆
我满目窥见醉美的盛世侗乡

# 白鹭洲

刘海姣 （通道林业局）

白鹭洲上白鹭飞，
白鹭离去水自流。
秋霜浸染乌桕叶，
春风轻抚发新枝。
两岸花草清丽丽，
一叶扁舟晃悠悠。
不为浓云遮晴日，
只待来年故友回。

一行白鹭伴松涛

# 彼岸自有洞天

石文用　（通道一中高1506班）

你说，你向往大海汹涌澎湃、波涛沸腾；你说，你向往群山浓妆艳抹、绵延千里；你说，你向往满枝松雾、阵阵涛声。我说，我向往依山傍水、碧波荡漾的玉带河。

人们常说，心若没有栖息的地方，那么到哪里都是在流浪。故乡的玉带河没有一泻千里的壮观景象，但它的清澈、秀丽，自有一番洞天。

相传，在远古时代，王母娘娘举行蟠桃盛会，众佛前来祝寿，当他们路过罗蒙县时，被这里的美景所吸引。王母娘娘见众佛迟迟不到，她着急了，令身边一侍女前去一探究竟，而侍女到达罗蒙时也被这里的美景所吸引，于是临走时把身上一条碧玉腰带抛下，作为标记，以便今后与众姐妹前来赏玩，那条腰带便成了现在的玉带河。美丽的传说述说着玉带河的秀丽，那么现在的玉带河又是怎样的呢？

玉带河，像绸带一样蜿蜒于群山脚下，缓缓地流向前方。四月江南，隆隆雷声，春雨缠绵，树枝披上了绿装，万物悄悄苏醒。有人乘舟水上，青箬笠，绿蓑衣，斜风细雨不须归。青山隐隐水迢迢，玉带河水面微波粼粼，桃李开满山，沿岸落英缤纷。河水由南向北，穿过沙洲，流过陡崖。陡崖之上，松柏挺立，沐浴着阳光，直冲苍穹，不时有白雁划过天际。岸边古藤缠着古树，河面鸳鸯尽情戏水，比翼双飞。夜幕降临，四周蛙声一片，星辰倒映在水中，月光柔柔地从广寒宫洒下来，那一排排古柳见证了千百年来玉带河的时过境迁。

生机勃勃的玉带河啊，是我所热爱的，那清静如画的湿地是我所热爱的，如此令人陶醉的玉带河我怎能不为之心安、热爱？

清晨古树绕村边，极目连云似仙境

# 别样美丽的玉带河

杨枝枝　（通道一中高1601班）

很久很久以前，有一个古朴的侗乡坐落在湖南西部，素有"南楚极地，百越襟喉"之称，这便是罗蒙，即现在的通道。这是一个桃源仙境，仙境中一位清秀迷人、婆娑轻柔的美人，安静地躺在这片土地上——她便是玉带河！

玉带河国家湿地公园景点众多，有瑶坪泛舟、古树丛林、茶溪古松、小桥流水、慈竹依依等。现在请随我漫步玉带河。

清晨，薄雾弥漫中，鸟儿叽喳互鸣，兀然舒心静听天籁，好似"晓雾将歇，猿鸟乱啼"。晨曦中玉带河是寂静的，它从酣睡中苏醒。正午，野花绽放明艳，嫩草也撒泼绿到天边，可谓"乱花渐欲迷人眼，浅草才能没马蹄。"河面波光潋滟、点点荷花，暖阳下的玉带河是充满生机的。

如此多娇的玉带河令我喜悦的心情再也藏不住了，撑一支长篙，溯水行舟，荡漾其中。两岸群山连绵起伏，重岩叠嶂，陡壁悬崖，巍峨耸立。这涓涓细流，微波荡漾，清澈见底。山水构成了一幅美丽的画卷，真是"舟行碧波上，人在画中游"。我屏住呼吸，天然氧吧的每一个氧分子都在净化着我的身心。

环视河岸，杨柳青青婀娜多姿犹如"碧玉妆成一树高，万条垂下绿丝绦"。随岸芦苇可谓"浅水之中潮湿地，婀娜芦苇一丛丛"。古老传统的水车映入眼帘，憨厚可爱的鸭子也闯了进来。抬头仰望苍穹，黄莺拍翅、燕子衔泥、白鹭展翔，蓝天白云与之为伴。俯视河面，碧绿的玉带河，就像一块冰莹晶透的翡翠，水皆缥碧，清澈见底，游鱼细石，直视无碍。玉带河诠释了大自然的生机勃勃。

啊，玉带河！你让人浸入绿色的陶醉，你让人聆听流浪和鸟啼的对答，你让人欣赏小桥流水人家，你让人不禁握起画笔写韵。哦！玉带河，你一定红了脸颊。

一支竹浆奏出潺潺乐章，一抹扁舟绿蓑青笠淡淡浮出，一曲悠长的侗歌婉转不绝，热情淳朴的侗家老伯带路游玩，他说："玉带河已经被国家列入了自然保护区。这也是一块红色圣地，通道转兵铺垫了遵义会议。"老伯还对我说："你们是新时代的太阳，要担负守护这片土地的重任，让玉带河永远绽放生命的美丽！"我意识到了我们责任的重大。

天色渐晚，夕阳泼上红墨，水天一色，玉带河好似一块巨大红玛瑙，熠熠生辉。夕阳下的玉带河变成了一个恬静的少女，羞涩腼腆。

青山绿水，良田万顷，风轻云逸，湖光水色，游鱼鸟鸣。点点游船，断桥长堤。玉带河的美景使我沉醉。老伯的话我也谨记于心，玉带河坐落在这，这是我们侗家儿女的荣幸。玉带河，你神秘的魅力定会吸引每一个人驻足！

# 荡舟漂流玉带河

吴发刚　（通道马龙中心校教师）

今年盛夏，通道教育系统组织全体教育系统通讯员进行业务培训。在市教育局宣传科科长滕君建、县委宣传部副部长李勇军、公安局宣传科长陆安全等领导的带领下，我们先来到通道皇都侗民族文化村采风和独岩民俗风情园考察，之后就来到了闻名的玉带河。

玉带河上游是郁郁葱葱的崇山峻岭、原始次森林，可谓采日月之精华，集侗乡山川之灵气。起万佛山，经菁芜洲，下县溪，次第与双江河、播阳河相汇，汇成渠水。一路蜿蜒，一路奔流不息，滋润着两岸的村村寨寨，养育着河边的子子孙孙。

沿河而下，到处可见原始植被，山峦叠翠，古朴自然，风景四季迷人。我们漂流的这段是玉带河上风景最佳区域之一，从万佛山镇的下乡大理直到官团瑶坪。

漂流的起点在三角塘水电站脚下。这里和大理、大团两个寨子隔河相望。从远方奔流而来的玉带河，在此处划了个美丽的弧线，宽阔的河面波光熠熠，安安静静地围拥着古寨。那些参天古树在岸边肃穆静立，青瓦盖顶的吊脚楼在绿树丛中若隐若现。这里有绿得令人心醉的幽潭，两岸古木参天，巨大的虬枝沿着路桥伸臂，宛如巨伞撑在桥面和路面上。

我们的轻舟顺水而下，不时会遇到高于河面的一些石堆激流。每到这时，船头先是上扬，然后急速地穿入水下，再昂起头，使得胆小的人吓得尖叫起来，但叫声未停，船又趋于平静，使人惊喜交加！这些石堆就是那些古老的茅柴坝。20世纪建成的那些茅柴坝虽被层层叠叠的砂石覆盖，但能依稀看见那深埋于河底的老松木。现在这些茅柴坝虽然被更加结实的水泥坝代替，弃之不用了，但它还是比普通砂坪的水位要高一些，好多地方还是有水翻下来，那层层叠叠的流水，哗哗啦啦地流淌，如倾珠撒玉，推雪拥云，形态各异，气象万千。茅柴坝安静地卧在水底，在默默地述说着时代的变迁，述说着侗寨悠悠的往事……

轻舟下移，我们看到的景色越加迷人。在藤萝缠绕的山边随处可见盘根错节的树根伸展着，插入深深浅浅的裂隙孔窍，执着地在岩石上寻找土壤和水分，令人惊奇和叹服。石上流水、水上有树，水、石、树相偎相依、相映成趣、交错生辉。惬意荡舟，不知不觉中就来到了那神牛塘，塘边怪石奇树林立，古木森森，两边高山如两扇巨大的屏风，倒映在犹如镜子般平静的水面，更显得灵动而神奇。

随后江水因地势变化或奔流或跌宕或舒缓。我们也记不清过了多少急滩，只记得一次又一次地跌入湍急的波浪里，雪堆般的浪花漫过头顶，倏忽间把人抛起又跌回水面，我们的心情就在怡然与激烈中反复交替着。

乘舟而行，一路享受了玉带河激流的澎湃，一路欣赏了玉带河山山水水别样的美。顺流而下，船至官团——一个依山傍水的侗族村寨。听向导介绍说，这个村因清朝时出了不少的官员因而得名"官团"。当年康熙帝得知此地人杰地灵，特在此立了一座爱民碑。听着向导的话，看着岸上这祥和的侗家村寨，船上的人心里无不对官团产生了新的敬意。没想到玉带河山美，水美，这里的文化底蕴更美。

由于历史上罕见的几次大洪水，将上游的大量泥沙带到这里沉积下来，玉带河流到这里暂时分成了东西两汊，河中间出现了一个巨大的沙洲，面积约 90000 平方米。是通道面积最大、景色最美的河中沙洲之一。这块沙洲的厚度约两米，上面绿草绒绒，边上长着或高或矮的灌木。偶尔看到侗族村民在这里看牛放牧、养鸡放鹅，现在成了城里人赏景的绝佳去处。

绕过了大沙洲，河水又汇集拢来，接着就来到了约有 800 多米长滩滩相连的叠浪滩。

前半程大家都盼望着滩越多越过瘾，可是我们漂流的时间较长，玉带河矿泉水的水温本身就清凉清凉的，接近傍晚气温降低，到了后半程这急滩连环、浪中接浪的刺激下，早已浑身湿透，风一吹，早已成落汤鸡的人们顿觉凉飕飕的。为了让自己暖和点，大家加快了划船的力度。在冰凉的行进中，我们反复追波逐浪、冲刺激流，倒也令人心旷神怡，忘却寒冷！

夕阳西下，天空布满晚霞。河的前方拐弯处是古朴的瑶坪侗寨，霞光把深蓝的水面映得通红。两岸青山和侗寨也披上了金色。漂流结束，第一要事是到瑶坪码头边的更衣室里，赶紧换下湿漉漉的衣服。之后，我们在这里吃了晚饭，那味道鲜美的玉带矿泉河水鱼和农家土鸡让我们至今回味无穷……回到县城时已是晚上 8 点多钟。

夜幕降了下来，遮住了白日里的一切细腻与粗犷，窗外星星点点的灯光，点亮了我理想中那个幽静质朴的小城。在玉带河漂流，总的感觉就是：水在石上淌，树自水边生，舟从绿荫过，人在画中游。一切都是那么恬静美好，恍如世外桃源。

# 侗乡行吟（散文诗组章）

文社权　（通道科协）

## 玉带河

玉带河，在我的眼里是绿色的。

墨绿。翠绿。碧绿。

一切都是绿的。

或许，是几千年的民俗，还是几万年的民风？染绿了玉带河的花花草草，林林木木。

山是绿的，水是绿的，就连空气也是绿的。

绿色的玉带河，用完美的身姿和甘醇的碧水，吸引着八方游客。

多少年来，你绿得那么稳重，那么透彻。在侗乡这片肥沃的土地上，筑起一片片绿洲，书写一丘丘绿垄。

与绿树为伍，与春风做伴，就像一位多情幸福的侗家女子，出落的那么大方，那么漂亮，那么迷人。

带着绵长的思恋与无尽的遐想，我扑进玉带河的怀抱……

春天，我在绿丛中寻觅花的讯息；仲夏，我在绿溪里享受泉水的清爽；秋日，我在绿荫下品尝果实的甘甜；寒冬，我又在河面上放飞着洁白的梦想。

绿，是你的名片。

绿，是你的金字招牌。

融入绿色的玉带河，一切烦恼将随风远去，心情就像朵朵鲜花，在暖暖的阳光下绽放，在静静的河岸边默守，在微微的晨风中摇曳……

我多想变成一只小小鸟，翱翔在这条绿色的长河里，在葱茏的绿树中筑巢，在芳菲的土地上守望，在醉人的风景里唱歌……

## 老王脚

不是隔壁老王的脚，而是一个纯美的村寨。

拥挤的吊脚楼，深一脚浅一脚地站在河边，摆弄成足以流芳千古的姿势。

没有灯红，也远离酒绿。

却如怀春般的少女，一脸的羞涩，楚楚动人。

穿一身古朴的侗族盛装，从民俗深处款款走来，把多姿多彩的乡风乡愁，装扮成如花的风景。

未入寨门，先闻笙声。

醉人的音韵随风袭来，让人不由扭动腰身，迈开舞步，踏入歌堂。

摆手，搭肩，转圈。

一人引领，万人呼应。侗族大歌从此享誉世界。

放眼老王脚，美景美图如数家珍。

村头的石板路，虽不平整，却是缀连成片。弯弯曲曲，曲曲弯弯，与竹篱笆扎成的栅栏，融洽成绝妙的图案。

小桥流水。青山斜阳。古寨人家。

站在古香古色的村落前，我的心久久无法平静。那份厚重的图腾，早已打包装进游子的行囊。

明天不再远行。

千年的古寨哟，以博大的胸襟容纳人间世俗。六月六，九月九，吃冬节……

我怀着虔诚的心，细细读你。

读着你流溢了几千年文明的沧桑往事，读着你沉甸甸的风雨传说……

## 红军桥

多少年了，你屹立于玉带河上。

风，疯狂地吞噬你……

雨，肆虐地侵蚀你……

而你，默默地承受着风雨的洗礼，在长河中站成一页风景。

凌波横卧，架通南北，好让人们穿行于东西。

想当年，那是一个雷雨交加的夜晚。

一个名叫萧克的红军，带着一支疲惫不堪的队伍，悄然从你的身上走过。

山村一片朦胧，侗寨如此寂静。

英勇的红军，放轻了行走的脚步，生怕惊扰睡梦中的村民。

他们三三两两，横七竖八，在桥上抱枪和衣而眠。

红军桥，你是"三大纪律，八项注意"的历史见证者。

从此，侗乡这座普普通通的石桥，被红军铭记，被世人铭记，更被人民写进了滚滚的历史洪流之中。

你是一部史诗,更是一杆地标。

年复一年,日复一日,静静地守护在玉带河上。

无怨。无语。无求。

斜阳西下。

这座充满血性的石桥哟。

沐着血红血红的余晖,显得更加伟岸、肃穆、庄严!

## 桃花渡

你是玉带河边上的一个渡口。

简简单单的渡口,却有着诗意般的名称。

不见桃花,唯有几截布满青苔的岩石。

这秀气的名字,肯定是一个晕船的落第秀才起的。我想。

他想用桃花的芬芳,来稀稠晕船的浓度。

想当年,一艘木船,两根缆绳,三三两两的渡客,在阿公的橹声中,来回穿梭。河岸,便缩短了距离。

桃花渡,渡人渡货渡人生。

如今,阿公老了,木船破了,橹声停了。

桃花渡,也走进了历史的记忆。

昔日风吹雨打的渡口,现在流淌着满江的诗行。从渡口遗落的印记中,我目睹了它一路的艰辛、不易与繁华。

三十年河东,三十年河西。

历史的脚步,就像我们脚下的车轮滚滚,不断地将生活改头换面,推陈出新。

站在渡口,我好像闻到了桃花的味道。高亢的号子,甜美的歌声,早已随流水飘零。

而我的思念,在跌宕起伏的浪花中翻滚。

多少年了,你犹如一坛陈年的老酒,依然飘荡在玉带河深处,留给世人一处无法泯灭的念想。

# 侗乡有条玉带河

杨 琴 （通道思源实验学校 1509 班）

玉带河，一条神奇的河，一条美丽的河。如一条玉带，蜿蜒盘亘于侗乡的奇山绿林中。那日，与友相约，沿河而行，去感受她那梦幻般的神奇。

溯河直上，我们到达一个山脚下，这里山明水秀，林木苍翠。山峰上，树木秀丽挺拔，奇石林立。河水依山而绕，轻盈而透澈。

我们来到一个水潭，当地的人们称它为"玉龙潭"。潭水是那么清那么绿。潭中倒映着蓝天，倒映着浮游的云絮，倒映着山上的松树，倒映着美丽的翠鸟，倒映着丛生岸边的蒲公英的影子……它就像一位漂亮的女子，想让一切美把自己来装扮。

顺潭而上，来到了一个大湾，叫"玉龙湾"。这里的水很清，水天一色。远远望去，水面平静得像一面镜子，阳光一照，闪动起无数耀眼的光斑。不时，一群群野鸭不期而至，打破了水面的宁静。这些美丽的野鸭子昂着金翠色的头，闪着亮晶晶的眼睛，在这祥和的河面上悠闲地觅食着。一会儿钻入水底，一会儿又立在浪尖上，俨然在享受着大自然给予它们的馈赠。

野鸭还未看尽，一对对鸳鸯也闻声而来，它们形影不离，成双成对，夫唱而妇随。鸳鸯逗人喜爱，并非仅仅因其羽色之美，而是因为它们习惯于双飞并栖，雌雄偶居不离。这种习性，是一般水禽少有的，因而鸳鸯也成了忠贞爱情的象征。

悠悠玉带河，不仅因风景神奇而秀美，更因物种丰富而神奇。这就是神奇侗乡的那条秀美的玉带河！

轻轻流淌的玉带河

## 多情玉带河

杨新福　（通道县委宣传部）

玉带河，一缕深情
深深篆刻在通道这片土地上
蓝天用幽深的情意轻抚
云朵为她披上霓裳
回旋环绕情思飘
白鹭鸳鸯乐逍遥
春光点绿岸边树
秋风染红片片叶

玉带河，妩媚多姿地轻舞
散发出温情芳香
滋润着侗乡万物生长
玉带河，日夜奔流不息
给大地倾注多彩内涵
鸟儿为她歌唱
云朵为她梳妆
绿树迎迓前行的力量
在侗乡这片深情的土地上
处处无限春光

清晨闪耀着光芒
为的是不迷失方向
傍晚一身红装
挽留夕阳
塑造人间天堂
雨中仙境缥缈
春风里笑容连连
……

玉带河，一条生命之河
日夜流淌在我的心窝

# 翻山来看雁鹅湖

覃 婕 （通道科协）

今年五月，劳动节刚过，大地一丛一丛地涌动起新奇的葱绿，我的心情也变得如此新奇，如此清丽。跟随着县作协的文学采风队，我第一次踏足神韵锅冲的苗山苗寨，竟也毅然弃车徒行，翻山越岭过花界，拜见了据说是诸葛亮南下七擒孟获时存放兵书、谈兵论道的占字岩兵书阁。

冒着仲夏的大雨，又有惊无险地翻过一座大苗岭，我和文友们一起兴奋地来到心驰已久的锅冲寨，与苗胞交谈、唱歌、走寨、拍照，采风算是基本结束。大家看起来意犹未尽，决定继续折腾下去，在泥泞不堪中走完一条蜿蜒廻折的"锅冲"之后，就必须经由锅冲的溪头渡口坐船至晒口水库，方能在电站大坝那里搭乘客车回城。

就这一次偶然，一次跋青山涉阔水而后船游平湖的偶遇，便让我第一次领略了雁鹅湖的仙美。我也自以为令人惊羡地顺利完成了一次由欢跃花界山到朝拜兵书阁，再到喜赏雁鹅湖的"铿锵玫瑰"般的旅程。

在这以前，我就听友人提及过雁鹅湖。当时乍一听这亮丽的名字，颇有赏心悦目的感觉，还以为是某个有多个"国A"挂牌的风景名胜区，少有出门游历的我，自然就对这个湖心生了无限倾慕和向往。

其实，雁鹅湖并不遥远，此湖就是我们大美通道的高峡平湖——晒口电站库区。雁鹅湖由来已久，修建晒口电站前，它的水域面积只有眼下的十分之一不到，它是雁鹅春天北飞和冬季南归休整队伍并获得体力补给的一个必经之地，故而得名。自古以来，雁鹅湖也为野鸭、鸳鸯等珍稀水禽越冬提供了最佳的林水草甸和栖息环境。

晒口水库因通道修建晒口电站而生，如今已是一个浩大深蓝的移民库区。它静静俯卧于通道县溪镇西北的晒口村、深渡村、兵书阁村原有的雁鹅湖地界，北与临县靖州的新厂乡八亚村一衣带水，唇齿相依。

从溪头到深渡，不见当初的雁鹅徐徐滑翔，只有一群白鹭自由地忽飞忽落。我不禁感慨，今天这一大群文人，也就在嬉笑喧嚣间意外地路过雁鹅湖，事实早已物是人非。站在船头迎风眺望，我感到一切都这么深沉，一切又都这么陌生。此时，当我们轻描淡写地掠过这茫茫的湖区，唯有感慨历史的天空有如森森的湖水，收藏着著名的通道转兵和惨烈的新厂战斗，在雁鹅回归这里度冬的时节，那

深邃的冲岔和葱郁的森林，在每一个幽深的渡口，都会感动每一次目送亲人远去的摆渡。

当我们乘着渡船穿梭过这片深深掩埋了过去的水域，平静的湖面荡起层层的波纹，似片片浪花潮涌前行。

游船恣意地乘风而行，自古突兀的鹰嘴岩依旧高高在上，只有过去的深渡和黝黑的枯木，默默沉淀在雁鹅湖的泥底了。

一切归于灵境般的美丽，我的思绪终于回归到了静静的雁鹅湖上。

我看到了，这不依不饶的夏天的雨，不分横竖撇捺，一味簌簌地落在湖面。文人和武士的泪，不管轻重缓急，一起轻轻掠过雁鹅的翅膀。

我看到了，这深沉无语的满眼蓝绿，在风姿绰约中徐徐推进，于波光碧莹中直达绿洲。

雁鹅湖，着实是水天一色，旖旎多姿，浩渺中看得见鸟飞蓝天的远影；雁鹅湖，着实是湖水清透，水秀林美，渡船上听得到鱼游深渡的水声。

我终于看到了，这一天的雁鹅湖，阴凉中却更显得出奇的惊艳。

雁鹅湖之美，美在山水翠绿，天然纯净。雁鹅湖，湖水清莹，四面环山。有幸泛舟雁鹅湖，船游湖中，看着四周此起彼伏的青山，满是青翠的树木和撩动的雾霭。若是等到六月份杨梅成熟之际，翠林之间满满点缀着杨梅红，更会是美不胜收。我不禁遐想着再来泛舟湖中，放眼望去，四面都是绿色山林透着一抹红，呼吸着山水树木散发出的大自然的芬芳，扑鼻而来的鲜绿，定会让人无比舒适。我想，无论冬去春来，雁鹅湖都是无须雕饰的天然氧吧，置身于此，全然放松，神清气爽。

雁鹅湖之美，美在水清湖澈，鱼丰成趣。雁鹅湖是个移民库区，勤劳的库区人，早就在甘泉滋养的生态湖区放养了品类繁多的淡水鱼，大多是我等未曾见识的稀奇品种。高峡平湖的湿地效应，得天独厚的自然环境，使得雁鹅湖自产的水产肉质鲜美，深受欢迎。既享自然偏爱，又得上级支持，库区人民开发起了依托雁鹅湖鱼养殖的垂钓族、农家乐、环湖游等新兴创意产业，吸引了贵州、广西等周边地区的大批游客前来垂钓、泛舟、品鱼。回归自然的世人，间或尽情游赏自然天成的湖光山色，成就了一番"赏雁鹅湖丽景、品深渡村美鱼"的人生乐事。

雁鹅湖之美，美在山水相济，诸业并蓄。雁鹅湖人巧用青山绿水、天然氧吧的独有天资，让山上文章和水面产业齐头并进。大库养鱼，库汊养鱼，拦网养鱼，处处可圈可点。雁鹅湖移民还依托极佳的水体山势，以匙吻鲟、罗菲、黄刺骨、银鱼等经济价值高的名贵鱼种养殖为主，大力推进网箱养鱼。如今的雁鹅湖，"人畜下山来，绿色留库区"，油茶林，百合园，金银花，野钩藤……交相辉映，生机勃勃。今天的雁鹅湖，山美，水美，产业美，农户收入美，绿水青山助力魅力库区和湿地家园建设的大美景象随处可见。

雁鹅湖之美，美在了无喧嚣，与世无争。每每周末或是节日闲暇，三五好友，相邀雁鹅湖，泛舟碧波，一边静赏山水美景，一边垂钓湖中游鱼。等到鱼儿上钩，就近拿去雁鹅渔村的农家乐烹饪，品着纯美的农家菜，大口吃着自己动手收获的原生态美食，大杯酌饮雁鹅湖人居家陈酿的侗家杨梅酒，心里那份惬意，那份舒畅，是漂泊异乡游子们所无法言喻的。

五月的雨，一直不懂我的思绪。潮起潮落，或是物竞天择，我依旧只是一个轻轻淡淡掠过了湖水的旅人。我寻着雁鹅的美丽传说，从绵绵夏雨中翻山涉水而来，邻水凝思的我，虽然一日看不尽苍远深邃，却已顿悟雁鹅湖之美，美在无声无息。

为了梦中的雁鹅，为了澈淳的雁鹅湖，我的心和身，哪怕翻越一千重山，哪怕深涉一万个渡，那一天的我，这一生的我，总会怡然羡鱼及湖，直至轻翔如雁。

一山青翠一山秀，一湖碧水一湖诗

# 风入松·素闻玉带竞风流（白香词谱）

雷传贵 （怀化）

素闻玉带竞风流，携侣又重游。
沿途绿树成屏障，万千鸟、忘徙心留。
无意南迁温暖，流连玉水难求。

转兵通道万翎喉，天籁侗歌悠。
横疏月影珍稀物，成群鱼、嬉戏滩洲。
两岸金黄穗浪，侗家把酒鼓楼。

玉带河岸

# 扶柳记闻

杨铉已 （通道一中高1506班）

玉带河边有柳，柳边有一木。木身高数寻，名曰：獐牙。獐牙木四季常绿，枝叶繁华，且其上有冠。每遇春起，则冠发而扶柳，故又名扶柳木。

扶柳木非玉带水不活，非麒麟山不住，非柳而不栖。绿意回春时节，冠萦柳而发。千花争数而开，隼鸟择木而巢。倾倾然有几番热闹之景。

木喜扶柳，居玉带首、麒麟腰。两山间夹其一河，两数共游其一风。丹霞之姿，氤氲含水。传古之神女降与此二山之穹。山之霞美，浩瀚胜于天宫，因而神女忘来时之路，逾期不返。

天帝怒，令兵擒于山中。此二山之美因得神女眷恋，遗一束玉带化为玉带河，恸哭化为獐牙。獐牙之木，扶柳而活，绢绢而缠，绕指绵绵。枝叶繁多，因而招引白鸟栖之。鸟中有隼者，性情凶，是猛禽也。居木中，因逐白鸟于深林，而独占木。晨时而猎，至宵时而归；循环往复，恋恋于木。少有空离巢中之景。

适春日，冠发而绿。绿冠生有藤，藤少许丈，萦柳发之枝。风起而摇曳，霖霖而缠绵。且有隼雏试飞于两木之间，或鸣或跃，或憩或翻。

得奇年，春来。柳恹恹其乏，但隼乐以向扶柳，扶柳不闻，心悦于柳。

是日，隼乐木而绒加以饰之，柳不喜藤而自断之枝。木心徘徊于隼柳之间，难择难绝，故自断其冠，闭其念。自此覆辗难眠，瘦其之，落其叶。于是隼鸟飞于深林，翠柳研转溪河。

嗟乎，隼心近而柳意远，但扶柳系柳而心不在隼。所以隼鸟翙翙以归深林兮而不复再见矣。

呜呼哉！此有怪其木乎？只怪其心难定也，且万事不可全其美也。

附记：木无皮则不萌；扶柳无冠则不活。不可活之木迄今难觅也，而扶柳木再难见矣。

# 故乡的古柏树

杨昌富　杨长虎　（通道教育局　下乡中心校）

　　故乡是一个牵挂，他会让你就魂牵梦绕；故乡是一首诗，他会让你百读不厌；故乡是一幅画卷，浓墨重彩底蕴深厚。故乡是朦胧的，又是清晰的；是遥远的，又是近在咫尺的。回到故乡，首先映入我眼帘的就是玉带河畔的那棵古柏树。

　　古柏树高有七八层楼那么高，粗要五六个人才抱得拢。树冠覆盖有半个篮球场大小。它经历千年风雨仍然枝繁叶茂，它是岁月的化身，纵使天荒地老。它巍然耸立在家乡寨门前，显得大气磅礴、高贵无比。它不仅在父老乡亲心目中有着崇高的地位，还被林业部门列为重点古树保护对象。祖祖辈辈都立下规矩，不允许砍伐村寨所属的任何古树。所以，家乡古树众多，参天林立，与玉带河交相辉映，构成了一幅绝美的侗乡山水图。

　　古柏就像一部《红楼梦》，它记录了王朝的兴衰更替，见惯了人间的悲欢离合，预示着社会的必然走向。它又像一部《创业史》，看见了人民的当家作主。伴随着祖国的改革开放，它在呼唤着民族的伟大复兴。古柏是时代的见证者，也是家乡日常生活的参与者。每逢重大节日，人们都会到古柏树下载歌载舞，欢庆幸福的日子；每逢客人到来，人们都会在古柏树下献上拦门酒；每逢哪家娶亲嫁女生儿育女，人们都会在古柏树下摆上宴席。日出而作日落而息，日复一日，年复一年，乡亲们都会从古柏树旁经过。在这里成长、衰老、死亡，生生不息，一代又一代，周而复始。

　　古柏长在玉带河畔，是玉带的守护者。玉带河作为湖南通道玉带河国家湿地公园的主河道，是一条生命之河、灵气之河、美丽之河。它哺育了流域之内的万物生灵，飞禽走兽繁衍生息，深林植被护土保水；它塑造了侗乡的山川形胜，那无数的激流险滩，那幽深的龙潭飞瀑。古柏因玉带而生，因玉带而长。它像一位永不疲倦的士兵，日夜站岗，忠于职守，不怕风吹雨打，不怕电闪雷鸣。它绝不像有些人那样见异思迁，也不像有些人那样唉声叹气。

　　古柏是乡民崇拜的神。侗民族是崇拜多神的民族。他们崇拜树神、井神、河神、土地神、雷神……诸如此类，不一而足。从小耳闻目染，深切地感受到父老乡亲对"神"的虔诚。每年大年三十下午，我都要跟着父亲，拿着祭品，到处拜神，一拜"土地神"，二拜"树神"，三拜"井神"，四拜"河神"。"土地神"供奉在寨门里，"树神"即为千年古柏，"井神"就是村边的那口大井，"河神"即为玉带河。从寨门开始，一路拜出来。拜的时候不能说神的坏话，必须恭恭敬敬。这样才能祈求神的护佑，保证来年风调雨顺。有读书人的人家，可以祈求护佑中一个状元，如古柏一样成为参天大树。村里哪家有人结婚了，他们会把红丝巾挂到古柏上，增添不尽的喜庆气氛，也祈求早生贵子，福禄双全。崇拜多神，实际反映了侗民族对自然的敬畏，进而发展成对自然的呵护。自古以来，侗族村村寨寨都有村规民约，内容极为丰富，特别对集体山林保护的规定和处罚措施，与现在提倡的生态文明有高度的一致。现在人到中年，在外漂泊多年，心态浮躁，一事无成。想想父老乡亲对"神"的虔诚崇拜，自己对纷繁的世事不该有一份敬畏之心吗？

浮生如梦，往事如烟。唯有古柏树下的影像是清晰的，是厚实的，是难忘的。它承载了我儿时的全部记忆。夏天晚上，一轮明月挂在树梢，月光洒满大地，也洒在了玉带河。村中男男女女，老老少少，吃罢晚饭都赶趟儿似的出来纳凉。大家围坐在古柏树下，谈天的谈天，说地的说地，一派其乐融融的景象。有人突然会叫："蛇！"引起大家一片惊慌。待明白是恶作剧，会招来族中长老的斥责。如果碰到邻村青年男女来走亲戚，主人家会邀请村中同龄青年来陪伴，甚至可以听到古柏树下的对歌。情到深处，有的会私订终身。有时，人们静静地在听吹芦笙。方圆百里，每个村寨都有一个芦笙队，这可是代代相传的技艺。农闲时节，芦笙队还会走村串寨去进行比赛，吃冬，交友。古柏树下，也是儿童的乐园。我们会在这里追逐打闹，玩累了，就到玉带河洗澡嬉戏。那粗犷的乐声，呱呱的蛙声，婉转的蛐蛐声，款款的对歌，小孩的吵闹声，组成了一部独特的乡村交响乐。对于我半生奔波在外的人来说，家乡的这一份祥和和静谧，不也是我内心所需要的么？

有人说，没有乡愁的人生是不圆满的人生。对家乡游子来说，古柏满载着乡愁。寒来暑往，冬去春来。一代又一代家乡的游子走出寨门，从古柏树下，从玉带河上的一叶扁舟走向他乡。他们回头一看再看，直到再也看不到古柏树下向他挥手的父母。有的北上寻梦，有的南下淘金；有的远走海外，有的壮怀激烈；有的功成名就，有的庸庸碌碌；有的越飞越高，有的撞破南墙不回头。像古柏的那片片绿叶，飘飘忽忽，飞向四面八方。等到逢年过节，游子们思乡心切，大都千里迢迢赶回来与家人团聚，与伙伴见面。古柏树下的草坪就成了欢乐的海洋，大家唱啊，跳啊。古柏以海纳百川的胸怀迎接所有的游子，不管你在外成功与失败，你都是家乡的一员。这里不管富贵与贫贱，父老乡亲都会以笑脸相迎，你的根仍

深深地扎在这里！

　　古柏还会激起我对祖母的深深怀念。祖母虽然离开尘世多年，但她的音容笑貌、举手投足仍深深地镌刻在我的心中。祖母最喜欢跟我讲七个小矮人的故事。她说小时候在山上放牛，亲眼看到身高不足一尺的七个小矮人在玩耍、吃野果。她讲的有模有样，让我深信不疑。用现在的科学术语来说，那一定是外星人光顾地球。长大后读了西方《白雪公主》的故事，里面也有七个小矮人。可惜，我没有深入挖掘，否则说不定也会写出一部童话巨著。祖母的一生是坎坷的，如古柏饱经风霜；祖母的一生是勤劳的，古柏树下难以见到她休憩的身影；祖母的一生是善良的，她从不与人红脸，也从不会在背后说人长短；祖母的一生是平凡的，每到冬天她的双手都会冻得开裂，却顾不上休息；祖母的一生是伟大的，她从不在困难面前低头，敢于向命运抗争，如古柏傲然挺立，不畏严寒酷暑。当我在外面苦闷彷徨，或者苦苦挣扎，或者劳累奔波时，我就会想起祖母那冻裂的双手。想起祖母坚强的一生，我就会泪流满面，同时也增强无上的勇气，以洪荒之力，继续走着自己的路！

玉带萦萦环村绕，古柏幽幽菜花黄

## 桂枝香·玉带冬至

李　杨　（通道思源实验学校教师）

玉带冬至，但桂香徘徊，秋色犹在。
还见遍野金丹，芦花似海。
南归北雁愁未消，愁水暖、冬尽难离。
侗笛夜奏声远，暖光透出帘隙。

举琼杯、拳影相随。趁年丰物厚，共尝鱼肥。
闲步河边，偶见秋沙鸭飞。
江南岁末盼飞雪，但难寻、落水无迹。
世间沉浮，愁喜同生，悲欢相戏。

## 念奴娇·玉带仙境

李　杨　（通道思源实验学校教师）

仙女沉玉，八百里侗乡，山丹水碧。
引来玉龙戏河湾，黑龙沉潭歇气。
鸥鹭逐空，鸳鸯戏浪，云海仙光起。
天撒金辉，万佛朝东仙迹。

试问云间何方？湘楚罗蒙，惟玉带仙地。
莺歌燕舞似非梦，转眼莲红柳翠。
欲说秋冬，湿地河间，水与云相戏。
仙境泛舟，多少游人心醉。

# 呵，美丽的玉带河

曾 诚 （广东南雄市委宣传部）

这是侗乡的秋，不热不燥，不寒不冷。

玉带河，三弯九曲，清潾潾的河水，映照蓝天白云，风过处，一漾一漾的微波释放秋天舒缓的旋律，清清爽爽的曲音随烟云袅袅依依。这条仙女撒落的飘带，镶嵌在侗乡广袤的大地之上，被一座座仍然青黛色的山峰包围着、掩藏着。淌过春天的雨水，走过夏日的浓荫，依旧温暖的阳光，此时洒落一湾流水，高空俯瞰之下，这一条玉带似的江河，层层此起彼伏的秋波，比想象中的万丈柔情，更显妩媚多彩。

这里，玉带河的每一寸河水，皆清澈见底。那些活泼游走的各色大小鱼儿，像一串串快乐的音符，不时地拨动河水的心弦。河之两岸，绿树婆娑，翠竹掩映，倒影江水，使得玉带河更为幽雅澄碧。乍起的秋风，让水韵微微泛起羞涩的波纹，轻轻弹唱，偎依着，缠绕着，如一首绿色隽永的小诗。

轻划一叶小舟，在玉带河上逐波而行。那欸乃的桨声，起落间，把串串水珠洒落，如珍珠般掉进水中，点点水花笑了。面对两岸青山如画，划舟的我也笑了。此地此河，此景此情，好一个"欸乃一声山水绿，玉带美景入眼来"！

因河而生的玉带河国家湿地公园，声名鹊起。在这近1000公顷的湿地上，既有迷人的水域景观，也有灵动的水禽景观，既有多彩的林海景观，也有舒适的农田景观，还有古朴的侗寨景观。每一处景观，都值得游人流连忘返，乐不思蜀。

尽管此时已进入秋天，但绿水青山，仍然是玉带河两岸旖旎风光的生动主题。只是到了深秋，渐次呈现的五彩斑斓，才让玉带河之秋名副其实。虽是秋天，在玉带河国家湿地公园，这里仍然有着漫山的绿、满眼的绿、无垠的绿，仍然有着赏心的绿、悦目的绿、惬意的绿。绿得深沉，绿得宁静，绿得天然。徜徉其间，有曲径通幽之感，有一步一景之叹，有移步换景之悦。真是玉带不老岁月老、流水无情人有情啊！听，骤起的玉带滩声，于秋风中传送侗寨千年情歌，令人如痴如醉。那个传说中飘然而下的天上仙女，她温柔地执着地一步三回头，最是那一头飘逸的长发，依依不舍，在这秋之季节的舞台上，一再展露芳容，迟迟不愿归去。

山岭中间或出现的银杏、枫树，在阳光下摇曳着成熟的舞姿。远远望去，如"金"如荼，如火如荼，妩媚灿烂而又风情万种地屹立山间。这银杏似金的姿容，

这枫红似火的浪漫，既于静中藏着成熟的端庄与羞涩的红娇，又于动中爆发金黄的辉煌与火辣的热唇。走近观赏，却见它如此丰满迷人，成熟、热辣诱人。须仰视的高傲姿态，与这里无数千年古树一道，临风而立。

此刻，映入眼帘的是，翠绿与金黄、苍翠与火红相映相衬，相得益彰。徜徉良久，亦会感觉到一种季节的成熟之美，在这条澄碧如练的玉带河之上，盈盈溢流出来。风漫起，曼舞的黄叶、翩飞的红叶，如同一张张灿若云霞的请柬，争先恐后地赶着去约会一场季节与生命完美结合的盛宴。

蜿蜒流淌的玉带河，风光不与四时同。春之树发新芽，百花盛开；夏之水鸟嬉戏，鱼游浅滩；秋之稻穗金黄，层林尽染；冬之银装素裹，分外妖娆。在这里，山因水而雄伟，水因山而灵动，山水完美融合而形成了玉带河独特的湿地景观，吸引了无数游人纷至沓来。

如此绝美的自然风光，当然少不了侗寨嬉戏的少男少女。他们选择一个明媚秋日，身着艳丽的民族服装。他们或三三两两，或成双成对，面对眼前的美景，或眉飞色舞谈笑风生，或放声歌唱手舞足蹈，或喃喃细语缠缠绵绵。他们或歌或舞、或说或笑的身影，就这样与青黛如墨的山峰、潺潺流淌的河水、郁郁葱葱的树林、云蒸霞蔚的林海、珍禽嬉戏的水滩，以及河中那婀娜多姿的倒映，定格成玉带河上最妩媚最美丽的名片，一张张，一幅幅，一组组，一页页，让碧绿的玉带河，洗亮世人的眼睛，唤醒生态的记忆，梦幻侗乡的生活。

于游人，骤然惊叹这里是"江作青罗带，山如碧玉簪"的桂林山水，然而匍匐于侗乡大地之上的三弯九曲玉带河，却有着比桂林山水更为迤丽的风光。"一水浮青碧，千峰竞翠微"，此诗用在玉带河上是最为贴切的了。是的，在这里，能观赏到比桂林山水更为丰富和奇特的景色。只要身临其境，就会深深地感受到，它的绿比漓江更深，它的景堪与桂林媲美！

这里，是珍禽异兽的天堂和乐园。1500多公顷的玉带河国家湿地公园，是中华秋沙鸭、白颈长尾雉、鸳鸯、白鹇、红隼、雀鹰、猫头鹰等珍禽鸟类快乐生活的栖息地，无数的候鸟迁徙到此，比老舍笔下的"鸟的天堂"更为壮观。尤其是那中华秋沙鸭栖息地，它们艳丽的体形、优美的飞翔、浪漫的舞姿，让人叹为观止。驻足远观，带给游人的何止是心旷神怡的享受！

这里，也是珍稀植物的家园。闽楠、银杏、花榈木、金荞麦、野大豆等，在这里蓬勃生长、郁郁葱葱、恣意开放。在季节赐予的大自然舞台上，每一株绿树，每一朵花儿，都有自己的位置。它们似乎也懂得"团结就是力量"，一株挨着一株，一片连着一片，成林成海，每一株都是茫茫林海的一分子。它们守护着曲曲弯弯的玉带河,守护着层峦叠翠的侗乡大地。是它们,成就了玉带河的美名,成就了玉带河国家湿地公园,让每一个远方而来的客人流连忘返!

  秋风送爽归途中,让我留下一个个依依不舍的回眸。抬望眼,那三弯九曲的玉带河,那红染朝霞花海如梦的麒麟山,那云海奇观的万佛山,那令人心醉而不自知的侗族乡寨,那恬然宁静的绿水青山,那些叫得出叫不出名的珍禽异兽、珍稀植物,还有流传至今的民间传说、民间故事,等等,又都一一嵌进了记忆。我想,待到下一次重游时,定然会选择一隅幽静之处,再细细端详、细细品味!

彩霞漫天朝争辉,青山映水舟破浪

# 黄东亮通道行作品

黄东亮 （鹤城区怀化车务段职教科）

## 一、现代诗

### 鼓楼，有了心跳

此时天空与大地很近
我沿小路漫步
炊烟弯腰扶了扶鼓楼

一拨拨鸭
在田间摇尾而唱
它们见我，仿佛老友归来

一条小溪喜不自禁
任风舞动丝带
诉说着侗寨的前世今生

我随手捡拾一点记忆
都使柴火呼呼升腾
鼓楼，有了心跳

### 虚幻地走过大地

鸟对准天空
重重一击。轻薄的云不知所措
任阳光四处私奔
早过激情年龄的树
把身子扭了扭，跋涉的人呵
再度与疼痛结缘

我们言过其实地活着
如一枚叶仰望暮光之城
虚幻地走过大地
借助深秋回归事物的根
企图躲过霜刃
并隐藏如土地里的闪电

### 回不去的村庄

回不去的村庄
每一座山其实很认命
它们在高空下与草一样卑微
土地里耕耘的男人和女人
弯成一座山，低成一棵草

回不去的村庄
流水将太阳与月亮反复淘洗
一波一波地回放
风大半生都杳无踪迹
只有远行者为之叹息并假装妩媚
他们被异乡伤害
又深知故乡每一棵植物底部渗透着苦

## 二、旧体诗

### 七绝·通道玉带河边观中华秋沙鸭

玉带轻飏比翼飞，浮生风影恍如归。
声声呼唤些些事，遁入苍茫共远晖。

## 三、楹联

**为通道玉带河题联**

鸭北飞来，满目沧桑，沧桑犹被秋声拂；

河南流去，一怀清澈，清澈更如玉带飘。

注：鸭指中华秋沙鸭，国家一级保护动物，每年秋末自北方来玉带河越冬。

**为画笔村古井题两联**

（一）

源远流长，一泓井水真灵气；

家兴业旺，双福胎儿更喜人。

（二）

天生一井传灵气；人得双胞共福音。

注：通道画笔村有口水井，传说喝了这口井水，会生双胞胎。

**为芋头侗寨鼓楼题联**

檐飞塔矗，层层缭绕开春意；

歌美酒香，曲曲传扬致富经。

画笔古寨

# 金龟滩之叹

粟　娜　（通道二完小六4班）

  我的家乡通道是一个神奇而美丽的地方，在这里有闻名遐迩的万佛山、芋头古侗寨、皇都侗族文化村、通道转兵遗址——红色教育基地恭城书院……那一天，我有幸参加了玉带河风光带一日游。

  那是一个周六，在教育局领导的带领下，我们来到了玉带河采风。在众多的景点中，给我留下印象最深刻的是金龟滩。当我听到导游说出这个名字的时候，我心想，金龟滩难道是住着金色乌龟的沙滩吗？龟为什么是金色的呢？一连串的问题顿时浮现在我的脑海里，迫不及待的想要去看个究竟。

  终于到啦，我第一个跑下河边去，在河滩边，伏着一只石头龟，它看起来栩栩如生，像沉睡了千百年，太神奇了！我们不禁议论起来，一连串的问号挤满脑袋。这时导游给我们讲解：据说两千年前，在这段河里住着一只神龟，他生活在河里，和旁边的村民们也很和谐。可有一天，一位水妖来啦，他想占领这里的水域，村民们十分不情愿，于是拿上家伙，去驱赶水妖。可人们怎么能战胜水妖呢？村民们战败了。其中有一位村民把事情一五一十地告诉了神龟。神龟知道后十分同情人们，于是他把水妖赶走了。一个多月过去了，水妖都没来，人们以为水妖不会再来了。可有一天水妖又来了，它驱动洪水淹没了村庄，人们死的死，伤的伤，逃的逃……这时，神龟看不下去了，它再次挺身而出，跟水妖大战了七天七夜，神龟累了，为了让人们不再受水妖的伤害，他用自己最后的力气抱住水妖，与水妖同归于尽。说也奇怪，奇迹发生了，神龟忽然变成了一只金色石头。从那以后，那段河滩则被取名为"金龟滩"。

  听了这个故事，我的心久久不能平复，凝视着那只金龟，它威武地趴在湖边，金龟象征着正义、勇敢的精神。身旁是碧绿碧绿的河水，河水清澈见底，可以清楚地看见河里的鱼虾在自由地穿梭。我和同学们忍不住脱下鞋子，走进浅滩去追小鱼、捉小虾、戏水……正玩得起劲时，我抬起头，看到金龟，它似乎也在盯着我，我默默地对它说："神龟，多亏有了你呀，你给子孙后代们留下的是安宁与和谐。你看，身旁的青山与绿水就是你的功劳！"

  正入神时，同伴们叫住了我，要去下一站了，我恋恋不舍地离开，久久不能平静……

# 可心随水

吴庆光　（通道农办退休干部、《三省坡》杂志副主编）

　　南楚极地的通道，群山层叠，溪河纵横，山不以雄奇险峻而挺立，故妖娆秀美无限；水不为波涛汹涌而流淌，故清雅灵动无痕。

　　山是水的灵，水是山的韵，山水交融，皴染着如幻的画卷，两江口湿地景点就是如幻画卷中的一笔。

　　当地所言的两江口，乃双江河和玉带河的交汇点。双江河以梨子界瀑布等溪流汇成的马龙河，以及由高步等溪河汇成的坪坦河于县城所在地的双江镇寨上村交汇而名，至县溪镇犁头嘴与播阳河交汇后名为渠水，再流经靖州和洪江。两江口的另一支流是玉带河，其主要源头为来自木脚溪河所承载的南山地底众多清流。两条流域，一冰冷、一温热，一碧绿、一淡蓝。

　　同是潺潺流水，因水的发源地和流经的环境差别，形成不一样的景象。双江河流域有着太多的国宝级文物与日月交融所孕育的底蕴，以及皇都侗民族文的哆嘎哆吔与游客神采奕奕的共鸣，使得流水中饱含着现代气息的热度和色彩。而玉带河流域是巍巍南山的地底源泉喷发，是宏门冲茂密原始次森林储蓄的雨水排放，是亿万年丹霞地貌清露的滴落，故此，河流的涟漪中蕴涵有自然的本源，可以触摸到远古的馨香。

　　两条河流在此汇合后形成一弯旋流涌动的深潭，然后向着陡峭的河谷奔涌而去，长滩激流翻卷的浪花，在阳光下凝成一道道彩虹。之后，紧接着的是碧水幽深、暗礁隐约的长潭，人称"长塘"。古时，商船抑或放排途经长塘上游的河谷时因流速太快，无不加倍小心。

　　前些年，长塘陡滩修建了两江口水能发电站，雄厚的坝体伫立于陡滩的河谷之中，往昔的奔涌浪花不再，峡谷变"平湖"，将不同灵韵的两条流域拥抱入怀，谱写着奇特的生命乐章。

　　乍暖还寒的早春，给汇流后的两江口河道蒙上了神秘的面纱，被坝体截住的清流，表面上异常的柔和平静，而在贴近河床砂卵石的底层，却暗流轻涌。存在温差的水流撞面后还无法相互交合，仍然小心翼翼地依顺原有的流向往坝体而去，一道道水波在与坚硬冰冷的坝体挤压中，产生了一种向上的升力，使得从源流中带来的温度逐渐外发，在水面上形成淡薄的气帘，一层层地铺展在水与天的空间，犹如万年的地穴哈出的热气，无比的缥缈和诡异：左岸的气帘厚如絮状的云层，右岸的气帘则薄如蝉翼。随着时辰的推移，轻风拂来，这一帷帷帘幕就如烟尘般地没入河岸上的树木花草中。

一缕阳光，穿透远空的云层投射在河岸边那几株近千年的枫杨身上，暖开了枫杨的梦境，嫩黄的叶芽迫不及待地从枝丫间探出头，就着清亮的河水梳妆，突然，它看到水里的丝草竟然比它还捷足先登，在水中舞动着新岁的心曲，惹得几尾小鱼兴起，不停地穿梭在一丛丛的水草间。几只不知名的水鸟轻悄悄而来，生怕惊动正在老住户堂前营垒新巢的燕子。水鸭却没有矜持的耐性，"扑哧"地从这边的河面上潜入水底，"咻溜"地在那边的水面冒出，它想向体型比自己宽大几圈的家养鸭鹅宣告：今春江水冷暖我先知。

忽然，七十又几的老者胡须花白，面蕴童颜，神采奕奕，哼着歌谣驾舟穿雾而来。老者乃通道湿地公园玉带河流域两江口河段的水质监管"志愿者"，每年的休渔期间，每天的早中晚三个时段，都要在监管区域内巡视一周，遇有电鱼、毒鱼者，直接没收猎鱼行头，提醒渔娱者休渔期间不捕鱼、射鱼和钓鱼，老者的倡议深得沿河村民的拥护和支持，曾经有几个青年不听劝告，一个妇女在岸边发了一嗓子，附近的村民即刻聚拢，将这几个青年扭送派出所。

老者会几手拳脚，爱唱山歌，水性特好，一口气能在水底潜游几分钟，与玉带河下乡河段的水质监管"志愿者"——"烟叔"一起，被村民称为"神尊"巡管。沿河两岸的生活垃圾得到无污染处理，两岸绿树成荫、鸳鸯成对、中华秋沙鸭成群。

两江口湿地景观最美时段当属月朗星稀的夜晚。

一轮皓月悬挂苍穹，繁星璀璨，四周峰峦披裹一道光晕，山林寂静，万物屏息，只有似有似无的微风轻轻地抚摸山的胸怀。如镜的水面，把驿动藏在深处，怀拥无数的水生动植物入眠。披戴星月，随一叶扁舟听水徜徉，如玉的清晖把身心净化成几近通透。即使生活在大山中，对水有些许难言的恐慌，此时，在水与月光相拥的怀抱里定然会有胎儿在母体里的安全感觉。水，生命之源，智者之乐。

距离码头几许的竹林边，一老妇人坐在窗前，赊来月光纳鞋。窗外是一棵柿子树，叶子大多已随风而逝，唯有那十几颗红得发亮的"马蹄柿"还在不停地吮吸着漫空的清香。老妇儿孙满堂，生活甜蜜而温馨。老人家用麻线将星晖紧紧地缝在千层鞋底上，纳好的鞋，一双、两双、一篮、两篮。

数年来，每当明月夜，老妇人总要重复着这件许多人弄不明白的事，现在家里什么高档的鞋都不缺，谁会对她纳的鞋心念与共？

一道心念，或许是一条河，流向的远方不只是大海。

# 临玉带河有感

石慧音 （通道一中高 1501 班）

重山碧水渡深林，飞鸟浮鱼映岸滨。
几处闲鸭栖暮色，一行耆老奏芦琴。
故里繁星今朝耀，蛮荒迷雾旧岁沉。
知是月明倾玉带，感时笑坐羡行人。

一江绿水向东流

## 留下的那片美丽

苗云辉 （广东籍青年作家、学者）

留下的那片美丽
神奇有序
是天地最初的给予
悠远而迷离

玉带河潺潺柔波
走过春秋岁月
相伴与群山苍翠
美得无话可说

纯净是纯净的一尘不染
绿色是绿色的翠绿欲滴
黄昏是黄昏的委婉动人
绵延是绵延的如梦而去

白颈长尾雉站立在水边
色彩斑斓
鸳鸯戏水在水中
自由浪漫
红腹锦鸡的躲藏
在偷偷地观看
灰鹤的展翅
飞到了想去的另一边

另一边的斑头鸺鹠
停落在枝头
毫无悠闲
另一边的猫头鹰

挂在树丛中
依然瞪大着双眼

这里是鸟的天堂
莺歌伴着燕舞
这里是鸟的天堂
一切都那么舒服

风吹拂着水浪
水浪搅动着碧翠
鸟儿在碧翠上嬉笑
忘了我是谁

灰头麦鸡群飞

# 鹭摇天低树

吴庆光 （通道农办退休干部、《三省坡》杂志副主编）

"江平月初落，水蒸云帘开。渔舟辞梦远，雪鹭蹁跹来。"这是春秋时节，候鸟白鹭栖息于地连村一处洲岛的景观写照。

通道侗族自治县菁芜洲镇的地连村，是古时的水运重要码头，上游源起汇聚坪坦河、马龙河的双江河流域，下游直通县溪古镇的渠水，再流经靖州、洪江，汇入沅江。每年的春季是地连村最热闹的季节，全体村民全力以赴地举行"祭祀龙王"和"爱鸟季"活动，以图当年风调雨顺，五谷丰登。

作为沅江支流源头之一的地连古码头，有着独特的自然景观。大青石板路从码头穿过村庄，再沿着古驿道伸展到村背后。鹅卵石镶嵌的小巷，把具有徽派建筑风格的房屋，分割在几个小区域里，形成东西南北相互呼应的格局。树冠招揽飞云、虬枝戏撩清波的枫杨群，沿着河岸边依次排开，像一群古武者日夜呵护着这方黎民百姓的安宁。

最吸人眼球的还是村上游的那一处洲岛。被清流环绕的小洲岛，如一枚翡翠镶嵌在绣带中，随着日月的清辉闪烁而倍加璀璨。这处东西宽五十余米、南北长约两百余米的小洲岛上，枫杨、水柳围绕着洲岛的周边挺拔而立，粗壮的躯干和茂密的树冠给洲岛送上无限阴凉；发达的根系深深地扎入河床的沙石里，固守着洲岛的领地；树荫下的沙坪，水草、紫云英牵手相伴，绿叶摇曳，姹紫嫣红。

小洲岛的独特环境，为候鸟群构筑了最为安全的栖息之地。每年的春季来临，河水开始上涨，树木花草在乍暖还寒的春风里散发着清香。衔泥垒窝的燕子三三两两地剪空而过，"唧唧啾啾"的声音在洲岛上空组合成跳动的音符。春暖花开，地温回升，早晚间的河面水气蒸腾，雾气悬浮，渔舟的欸乃声在幕雾中或近或远地轻吟，小洲岛孕育着神奇的意境。

群鸟从遥远之地飞来，赶赴小洲岛的春天约会。

水鸭、鸳鸯、鹌鹑、黄鹂、白鹭，一只、两只、一群、两群，不同族群的鸟类从东西南北拢来，从四面八方涌来，把小洲岛装点成鸟类的故乡。

"两个黄鹂鸣翠柳，一行白鹭上青天。"在这众多的鸟类族群里，白鹭，无疑是小洲岛的主角。

大白鹭天生丽质，体型颀长，它们全身洁白的羽毛，犹如高贵的白雪公主。大白鹭属大型涉禽鸟类，体重约有1千克，寿命长达二十余年，喜营巢于高大的树上，抑或芦苇丛中，年繁殖一窝，每窝产卵3～6枚。大白鹭有着尖硬、细长的嘴，如一把尖利的剪刀，能准确无误地从水中捕获到鱼、虾、蛙类等水生动物；大白鹭的双腿修长有力，泛着黄褐色的光泽，长长的爪子收展自如，能单腿立于浅滩的水中，任激流冲刷也纹丝不动；大白鹭的翅膀宽大而遒健，或盘空滑翔，或上下翻飞，且均能任性施为。大白鹭群居性强，大多时候，领头的扑落树枝头，其他的便依次飘落，一瞬间，就把绿叶稀疏的树木魔变为满树的梨花，而当领头的大白鹭展翅升空，其余的就尾随而上，队形不是完全的规整，"一"字形、"人"字形、三角形等等，随意在空中翱翔。如果不是飞临近空，看到它们的雪白羽毛，很多时候还以为是翱翔天空的大雁。

中白鹭亦属大型涉禽鸟类，个体比大白鹭略小。白昼或辰昏活动，以水种生物为食，食性以鱼类、蛙及昆虫为主，也食其他小型无脊椎动物。常站在水边或浅水中，用嘴飞快地攫食。

小白鹭属中型涉禽鸟类，体形纤瘦，全身白色。以各种小鱼、黄鳝、泥鳅、蛙、虾、水蛭、蜻蜓幼虫、蝼蛄、蟋蟀、蚂蚁、蛴螬、鞘翅目及鳞翅目幼虫、水生昆虫等动物性食物为食。白天觅食，晚上休息。常飞至离栖息地数里至数十里的水域岸边浅水处涉水觅食，有时亦守候在一定地方等待食物或在附近草地上觅食，偶尔也见栖息于牛背上和啄食牛身上的寄生虫。

据爱鸟人士观察发现，每年的春秋时节，栖息于地连这处小洲岛的大小白鹭约两百余只，其中大白鹭约五十余只，中白鹭近百只，小雪鹭七十余只。鉴于白鹭族群在此洲岛栖息居多且历史悠久，当地乡民把此洲岛称为"白鹭洲"。

通道山清水秀，溪河纵横，湿地面积广阔，仅坪坦河、临口下乡河汇流到县溪的梨头水域，全长约六十公里，沿河两岸古树群众多，植被覆盖率达百分之九十以上，水质优良，水生动植物丰富，是鸟禽类常年栖息和季节性候栖的理想场所。

地连这处小洲岛吸引众多白鹭族群栖息，除了独特的自然环境外，还有更为重要的人为因素。自古以来，通道这方山水的黎民百姓崇尚自然，秉承天、地、人合一理念，居住地不能没有水，不能没有"风水林"。水，是生命的源泉，树是栖息的依靠和屏障。是以，保护水资源不受污染，保护古树林不被砍伐，列为地连村村规民约的重要条款，成为家家户户的应尽责任，凡有污染水质和损毁古树的行为，必为千家万户所不齿。在地连，"爱护水质、爱护树木、就是爱护自己"的理念，更是世代传承始终不变。而当优良的生态环境吸引众多飞禽鸟类前来小洲岛栖息和候栖时，"不赶、不吓、不网、不套、不猎"的爱鸟理念，又更深层次地植入人们的血脉中。

"三山半落青山外，一水中分白鹭洲。""花开红树乱莺啼，草长平湖白鹭飞。"良禽益鸟是人类的朋友，白鹭更是被人们比作"自由"和"幸福"的象征。我们祈祷青山依旧、绿水长流。

# 漫步玉带河

龙晶晶　（通道一中高1602班）

　　夏天清晨的玉带河湿地公园有些清凉，碧绿的玉带河上还盖着一层乳白的薄雾。我与伙伴们漫步在玉带河畔，脚下踩着的是松软的泥土。在岸边，我抚摸着嫩嫩的青草，闻着泥土的芳香。和煦的暖风迎面扑来，就像顽皮的孩子在我脸上印下了一个湿润的吻。

　　河畔矗立着一棵茂盛的古树，它粗壮的躯干大概要三四个人才能合抱。从它粗糙皮肤的纹路里仿佛看到了绿油油泛着光亮的汁液在其间流淌，一股厚重的生命力正从这一缕缕光芒中洋溢出来。我闭上眼睛，虔诚地抚摸它，感受它坚硬皮肤的温度。我听见了来自树冠的合奏，五颜六色的鸟儿正扇动它们美丽的翅膀，毫不吝啬地卖弄歌喉，伴着时不时吹来的风，声音一直传到很远很远。听这里的老人说，到了秋季候鸟迁徙时，北方会有很多鸟儿来到这里，场面可比现在还要壮观哩！

　　这时，夏日的阳光才姗姗来迟，光束透过繁茂的叶，落到地上形成一个个明亮的光斑。密密的藤蔓织成大网仿佛想要捕住阳光。

　　我们沿着一条小路向前走，不时传来鸟叫声，转了个弯，眼前又是一番风景。金色的阳光撒在河对岸成片成片的小树林之上，小树娇羞地低下头却发现河面浮现出自己的影子。或许是风不小心惊动了沉睡的河面，泛起粼粼波光，仿佛是谁在河里撒下了星星。

　　朋友催促我往前走，一棵生机盎然的大树突然映入眼帘，它笔直地冲入云天，没有半点曲折，结实的枝干像巨人的手臂一样伸展，似乎是在与远方的群山招手，又好像是要融入蓝天的怀抱。一位在树下乘凉的大伯告诉我们，这棵树叫闽楠，以前是很好的造船用的材料，但由于人们的过度砍伐，能长成这么高这么大的是少之又少。我们对此感到惋惜，但又对这棵闽楠充满了敬意。它坚硬的、皲裂的皮肤下布满了岁月的痕迹，正是因为它那坚硬皮肤下包裹着的更加坚韧的心，船只才能在汹涌的大浪中安然驶过，让胸怀大志的年轻人去看看外面更加精彩的世界。

　　太阳似乎也被这浓墨的丹青一般的山水所沉醉，撒下了醉人的红色，把玉带河笼罩在其中。鸟儿们欢乐地叫着，飞向自己温暖舒适的巢。慢慢落下山头的太阳迫使我们迈动离开的脚步，我不舍地回望，想要再闻一闻那沁人心脾的清香。

　　"夕阳无限好，只是近黄昏。"我恋恋不舍离开了这美丽的玉带河湿地公园。

# 美的苍鹭  美的古树

杨昌富  陆奇勇  吕青芳  （通道教育局  林业局）

通道晒口水库位于通道以北的县溪镇晒口村，距县溪镇四公里，晒口湿地是通道玉带河国家湿地公园的中心保育区，也是通道建设生态文明重点保护的区域。

林业局的一位领导对我说，那里风景秀美，又有稀少物种——苍鹭，备受外界吸引、青睐，甚至关注，值得一看。而对我而言，驱车前往水库一睹苍鹭的芳容，也算得是一大幸事。

我们一行六人吃过早饭从双江出发，驱车一个多小时就到了晒口水库。我们叫来了一艘游船，游船由一位当地的中年妇女驾驶。我开始有点担心，但看了她麻利的动作，三下五除二使船靠岸之后，我就感觉我的担心是多余的。看得出，她的驾驶经验非常丰富，不是我想的那么简单！她非常健谈，性格豪爽，给我们的旅途增添了许多快乐！

偌大的一个船，本可以乘一二十个人。但今天没有多少游客，我们干脆就包船了。我们向上游前进，一路有说有笑，胆大的就坐在船头。对我来说，心脏还是承受不起。他们对唱起了妹妹坐船头哥哥在岸上走……引来阵阵笑声。突然，一位美女尖叫一声："快看，苍鹭！"我循着她的指引看去，果然，湖中几棵孤零零的大半身没入水下的树枝上，立着四五只苍鹭！这画面太有诗意！

古有伶仃洋，今有晒口湖。零丁洋里叹零丁，晒口湖中赏苍鹭。半生漂泊事难成，古树为我指迷津。水光潋滟晴方好，山色空蒙雨亦奇。屹立残枝我欲飞，稍稍歇息难自己。暂厝枯树为家园，寻根千里难再续。不怕枯树不长草，天涯无处无芳草。阿妹静待等佳音，阿哥为你展翅飞。山村那边炊烟起，我衔鱼儿把你喂。漂泊患难见真情，泪飞顿作倾盆雨。漂泊与寻根的家园情怀是怎样的情难自禁！

水库移民，湖边人迹罕至，泛起阵阵涟漪的湖面，以及湖中突兀的几棵凋零枯萎的老树，远处的青山，像画家笔下层次分明的水墨画，显得如此从容和安静。但生命在这里却是那么生机勃勃。那飞动的苍鹭，那湖底的鱼儿，那山上的走兽，共同书写着生命的传奇！静谧与灵动的生命色彩是如此的艳丽！

枯死的古树，见证了晒口湖的沧桑巨变。今有沧海，不见桑田。前世，这几棵古树可能是参天大树。你们护佑侗苗子民，千年繁衍，生生不息。今生，你们沉沦落寞，只能仰望星空，独自嗟叹。前世威名不在，今生囚禁湖中。命运无常皆定数，是非成败转头空。青山依旧在，几度夕阳红。白发渔樵江渚上，惯看秋月春风。一壶浊酒喜相逢。古今多少事，都付笑谈中。前世今生的历史延续是如何的穿透时空！

　　村庄被掩埋了，但却换来了十里八里侗寨苗寨的新生！移民搬迁，异地生根。小康生活，指日可待。古树死亡了，但却换来了大面积生态的保护和恢复！死亡与生命的无限循环是如何推动大自然和人类的发展！

　　死亡的古树是孤独的，孤独自有英雄末路的慨叹！苍鹭是张扬的，张扬自有生命本真的律动！这是几棵残枝与苍鹭的别样选择，这是内敛与外向的完美统一！

昨日古树已失翠，今日苍鹭仍在飞

# 美丽的玉带河

杨蓉琪　（通道牙中 194 班）

　　玉带河，那条美丽的河位于我的家乡——通道。河水清如明镜一般，水中疏疏朗朗的藻体，把河水染得碧翠。水中锦鱼戏游，欢乐尽然，鱼的鳞片仍在阳光照射下闪闪发光。一阵风拂过，水面波涛粼粼，这条玉带河就是川流不息的流着，发出美妙动听的声音！宛如毛毛细雨由天上洒落在小河里，千万条的柔柳儿，我就是那个漂流其中的微微清波。

　　在稍纵即逝的日子里，家乡的风牵挂着我，不远千里给我传信，告诉我此时家乡的庄稼丰收了。从白驹过隙的瞬间得知，家乡的云朵想念着我，在万里长空上遥望着我。在周而复始的思念长轮里，家乡的河围绕着我，它就像一首抒情的诗，时时萦绕在我的心间，又像一支动听的歌，时时回荡在我的耳边⋯⋯

　　每每微风吹过河面，河面上立刻荡漾起一圈圈波纹。阳光洒在河面上，河面亮闪闪的犹如长长的锦缎。水是蔚蓝色的，没有风的时候水像一面明亮的大镜子，风一吹，水面就泛起了一层一层的波纹。

　　每到春天，玉带河清澈见底。咦！怎么有个人在那儿一动不动地照镜子？我走近一看，哦！原来是一棵柳树，它的柳条真像条辫子啊！

　　蛙鸣蝉噪的夏天来临了，两岸绿树成荫，小河清澈的能看见河底青褐色的石头。河里的小鱼自由自在地游来游去。有的小鱼摆动着尾巴，有的则在水草间自由的穿梭着，还有的在水面上跳来跳去。

　　秋天，岸上一片片枯黄的叶子飘落下来，似一只只斑斓的蝴蝶在上下翻飞。一片片叶子悠闲地躺在河水中玩耍，它们顺着河流流向远方，一片片落叶就像一只只小船，载着我美好的记忆，流向远方。

　　冬天的玉带河水更明澈了，河水缓缓地流着。呼呼的北风卷来了六瓣的雪花，洒落在水中，很快就不见了。河面上结了一层薄薄的冰，两岸的草地也盖上厚厚的被子。

　　玉带河她日夜流淌，渐渐消失在山的转弯处。站在高处看它，就像一条漂亮的绸带飘绕在山间，美得让你挪不开眼。

　　玉带河在风的吹拂下，显得特别有精神，只是轻轻一瞥，就能看到鱼儿的鳞片闪闪发亮，而石子的纹理精致而秀气。河面犹如流动的玻璃，毫无瑕疵，干净而透彻，让人的心情也清澈了起来。

　　美呀！家乡的玉带河，你那迷人的景象让人无法称赞，好像步入了仙境般的世界。

　　玉带河，你多么让人陶醉呀！

# 美丽如它——玉带河国家湿地公园

陈芳菲　（通道一中初1605班）

　　走进通道玉带河国家湿地公园，就会被眼前的风景所吸引。"哇！这里多美呀！"那清澈的、微波荡漾的河水，是漓江吗？——不，它是我们侗乡的母亲河——玉带河。

　　和家人一起来到官团河段，只见一群丹霞小险峰把玉带河围了个圈，好像把这河放进了一个摇篮里，想把这河哄睡。碧绿的河面上，鸭子在自由自在地游着，不时发出嘎嘎的叫声……此时的玉带河安静而不失节奏，安逸又不失韵味。我不禁被这美妙的风景所陶醉，情不自禁赞叹：这儿简直就是人间仙境。旁边的一个老乡说："你们是来玩的吧！是要到最深处的地方去吗？不如坐我的船，我送你们去。"上了船，那老乡一手一个船桨，用力一划，那船突然就有了灵性，开始飞快地向玉带河深处驶去。

　　一路上，老乡向我们介绍了玉带河来由的传奇故事。原来，玉带河是因为天上的一个仙女跑到人间为王母娘娘找东西，却被这儿的景色所吸引，可因有要事在身而不得以离开，为方便下次来玩时能找到这里，她将身上的玉带留下来作为标记，后来就化为一条河。

　　不一会儿，游船把我们带到一片森林边的临河草地，这里有许多的动物。瞧，有白颈长尾雉、红腹锦鸡……它们好像一点儿也不怕人，看见我们不但没躲开，还向我们扑了扑翅膀，以示友好。一只小鸟飞到我的腿边，用嘴啄了啄我的脚，我诧异了一下，连忙躲在爸爸身后，"它，它要咬我！"这句话使表哥笑得满地打滚了呢！那个老乡笑眯眯地对我说："别怕，它是喜欢你，想与你玩呢！"听了这话，我心中的那块大石头落了地。我走近那只鸟，壮着胆子摸了摸它的翅膀。它高兴起来一蹦一跳地，可爱极了。夕阳西下，天有些冷了，我不禁拢了拢衣服。这时，爸爸说："我们就这儿搭帐篷吧！""好！"我们异口同声地说。爸爸烧了一堆火，我们就围着它烤食物，大概是食物太香了，那些归巢的鸟儿都出来了，睁大眼睛看着我们呢！我端起我的那一份食物，往鸟儿那边走去，与它们分享这美味。

　　大自然造就了飘逸俊秀的玉带河，蜿蜒于崇山峻岭之间，哺育了通道的侗乡儿女和万物生灵。山因水而雄伟，水因山而灵动，山水完美融合形成了玉带河独特的湿地景观。我爱这美丽的玉带河国家湿地公园。

## 美丽玉带　神秘湿地

潘泽群　（通道四中教师）

大美通道，水墨侗乡。
人杰地灵，钟灵毓秀。
南楚极地，百越襟喉。
山清水秀，风光旖旎。
奇观遍布，天然氧吧。
玉带湿地，生物多样。
野生物种，层出不穷。
湖南报春，黑冠鹃隼。
闽楠花榈，斑头鸺鹠。
珍奇物种，重点保护。
湿地公园，景点怡人。
下乡白杨，万佛玫瑰。
群山巍峨，世界奇观。
玉龙潭幽，金龟滩奇。
瑶坪江舟，枞板玉带。
茶溪古松，土门桂香。
两江候鸟，坪朝鸳鸯。
团结桥雄，军民情深。
县溪转兵，红色记忆。
晒口夕照，美轮美奂。
古树丛林，丹枫白鹭。
网潭渔歌，鹰击长空。
湿地公园，梦里水乡。
人间玉带，魂萦梦牵。
民族特色，古香古韵。
旅游胜地，引人入胜。
全原生态，堪比仙境。

## 梦里家园

杨宇正　（通道一中教师）

"春天的黄昏，请你陪我到梦中的水乡，那挥动的手在薄雾中飘荡。不要惊醒杨柳岸那些缠绵的往事，化作一缕轻烟，已消失在远方。"——洛兵

初冬的暖阳里，成群的水鸭子在河面上悠然自得，玉龙潭深幽如墨，仿佛如上古洪荒时期，仙界为拯救黎民于水火而抛下的玉带，将玉带河所有的水势都蓄在了这里，也将无尽的山川秀丽蓄在了通道小城。水在城中，山在城中。城在水中，城在山中。沿玉带湾蜿蜒而下，瑶坪古村掩映在秀木翠竹之中，古木参天林立，数人合抱的闽楠似在昭示着物华精灵。

如是阳春三月，水楠乌桕白鹭飞，桃花流水鳜鱼肥。每逢周末，等到晒口晨曦初照，鸳鸯初试水面之时，悠闲的人会约上三两好友，开车前往河边踏春，欣赏湿地美景。

盛夏到深秋，则是赶山的好时节。湿地两岸遍地可见的野果或苍翠欲滴，或鲜美若丹，尤其是深秋霜降之后的野猕猴桃和野柿子，味如饴甘，山野的馈赠让人心醉。而在山林里采摘野菜、松菌，在溪涧间捕捉螃蟹、小鱼，都是让人怡情养性、流连忘返的乐事。

天赋神韵，地养敦厚，生养在这片土地上的侗家人最是淳朴好客了。一年四季里，百里侗寨就没有少过节气，从暮春时节的三月三萨神节，到孟夏时分的黑米祭祖节，而秋冬时候的新米节和祭冬节为最盛。在节气里，不管你是不是熟悉的，只要你闲暇登门了，你就是主家最尊贵的客人。杯箸交错间酒令起伏，恍若千年侗寨从来就不曾老去。

梦里家园，不问春暖花开，不问浓荫成蔽，不问水落石出，不问雪夜围炉。只愿沉醉不醒，芬芳如故。

黄金水岸　梦里侗乡

# 梦呓玉带秋

莫采慧 （通道一中高1504班）

迢递山水款款临，缱绻回眸脉脉情。问君瀛洲何处有，梦呓家乡玉带秋。

离开家乡下乡出外求学已有十年之久，家乡的那条河却不时闯入我的梦中，摇曳着我似水的青春年华……

回忆里，秋天的风，掀起了夜的面纱。玉带河上的雾，如氤氲的烟霞；雾中的玉带河，似笼着轻纱的梦。那山，那水，朦胧了，迷离了……

晨曦渐露，白雾融在了柔光之中，玉带河抖一抖身上的倦意，苏醒了，其倩影愈发明朗，愈发颤人心弦。山随水起伏不止，水循山蜿蜒不定。秋风泠泠，河的两岸，宽广的金色稻浪迎着朝阳。清秋的玉带河浅吟着丰收的颂歌，同处秋日，却并不似北国那般萧瑟。

皓日当空，夹岸的林木闪耀着彩虹的身影。柳条婵媛，柳叶青碧如初，许是这秋水惊起，碧了一树枝叶，抑或是满桩"碧玉"散了一地，化成了融融的柔情水。那枝条如纤细的手指轻轻碰触着水面，俨然娉婷的仙子抚拨着琴弦，演绎一支玉带曲，萦绕心际，竹且青青，松自挺拔，银杏染金。乌桕红胜火，是秋的吻痕，还是荡漾的红晕？游隼倏然掠过水面，白鹭于汀州小憩，群鸭划开了圈圈涟漪。玉桂清香溢远，沁人心脾，醉了秋风，留余韵。也许诗可以撩人心扉，却少了一分画意；也许画可以动人心弦，却少了一缕诗情。然而，玉带正是一条诗溢情、画满意的河！

午间，一场秋雨悄然而至，行人头戴青箬笠，身披绿蓑衣，携一份闲情，漫步雨中，望烟雨空蒙。玉带河将丝丝缕缕的雨拥入怀中，听它们在呢喃低语。河岸错落有致的木楼上腾着一层薄薄的轻烟，横跨水面的风雨桥在霏霏细雨中更显古朴的气息。雨后的天空蓝得耀眼，阳光下，几抹悠然飘荡的白云倒映在玉带河上，更显现出一番"天光云影共徘徊"的意境，群山清幽，芦苇蔓蔓，风捎带着泥土的芳香。

日暮，玉带河笼上了一层金辉。阿妹已在河边的石块捣好了衣，山歌渐入耳际，袅袅炊烟起。当夕阳的最后一抹余晖消失在天际，一弯新月挂上了山岭，只剩下家家灯火灿烂。

阿婆说，曾有天女忘情于侗乡的山水，别时解下的腰带便化作了这令人魂牵梦萦的玉带河，怪不得你这般清丽可人！玉带，你是我心之所系，更是我根之所在！绿水如此多娇，旖旎风光无限好。秋风吹不尽，总是玉带情。

## 摸鱼儿·盛夏玉带泛舟

杨佳锋　（通道思源实验学校教师）

阵雨歇、风清潮涨，泛舟正有佳味。红花千重莲万笠，河间鸥落鹭起。把帘推，酌一杯，合欢颜笑盼君归。蝉唱蝶飞。劝客酒莫停，千古水流，金龟卧滩睡。

柳岸翠、今朝酒酣为谁？游情雅兴未碎。林间忽现芳草路，茉莉竞香紫薇。君莫急，罗蒙里，侗笛芦笙情歌对。日夕月随。便百蛙齐鸣，仙眷玉带，玉龙潭中醉。

## 七律·玉带秋

杨佳锋　（通道思源实验学校教师）

一轮红日玉带边，万缕晨辉映岚烟。
鸭弄碧波影旖旎，鱼戏芰荷水潋滟。
沙鸥点点戏长天，渔歌阵阵唱丰年。
醉恋湿地秋意美，牛背放歌人赛仙。

玉带晨曦牧歌

# 那条河

吴发刚 （通道马龙中心校教师）

带着深深的眷恋
我徘徊于洒满相思的路旁
脚下蜿蜒曲折的小径
把我引向那条溢满情思的小河
呵，又是几度夕阳红

那条河
沿岁月的空隙通向遥远
在那龙灯飞舞的旋律中我们相遇
那是太阳的季节
被风吹走的日子
很短很微不足道
她摇动着桨
载来一舱情思一腔温柔

河水欢快地吻着船舷
吻着我伸在河中的双脚
把许多如蜜的故事
溶进荡漾的碧波
她如火的青春
牵着我闪光的希冀
载着我诚挚的愿望
畅游于充满相思的河面

那如丝的细语，有如
三月里鲜嫩的阳光
洒在我的肩头，很轻，很烫
于是我翻开盼了很久的日历
去等待一个丰收的季节

# 鸟儿为玉带河遣词造句

张 之 （四川作协会员）

## 一

在玉带河湿地，群岛翔集，掠过滩涂
与辽阔的水面，翅膀下的天空
是一阕叽叽喳喳的动词

譬如红隼与白鹇，衔来的一枚落日
为一片苍茫点睛
溅起的鸟鸣，水声荡漾，萦回婉转
在一株草尖上滴落
宛若晨露

譬如中华秋沙鸭，在浅滩和苇丛里
嬉戏，忽略了一粒涛声的韵脚
它倏忽的背影，被流水的远方收藏

在玉带河，我细数一只又一只鸟儿
在纸上雀跃，在轻风行云流水的笔法里
青翠欲滴

## 二

为黑冠鹃隼找一片辽阔的天空
为红腹锦鸡找一抹春天的新绿
在湿地，在玉带河，一只斑头鸺鹠溯流而上
或者顺流而下
追溯时光的简史，阳光是泼洒的水墨或丹青

野花像星子一般此起彼伏
涌上眼眶的翠绿
比鸟鸣更加轻盈

白鹭与苍鹭亭亭玉立，像一株花榈木
它们在季节里迁徙
用繁花彩排一条河流的锦绣

而我写下的诗篇，是一阕湿地的旁白
小道曲径通幽，浪花平仄相间
鸟儿起落，泅染我纸上的流年

## 三

在玉带河湿地，在潋滟的波光与葱茏里
放飞体内的相思
鸳鸯是一阕平平仄仄的绝句

灌木低伏，乔木挺立。柳丝儿的狼毫
在水面上写意
浓淡相宜的波澜，或者烟雨

湿地是一册线装的简牍，流水的间距
拉大了灰鹤与雀鹰孤单的背影
像一粒汉字，在字里行间走失

而鸟鸣是最质朴的乡音，让一颗羁旅的心
湿润、明亮，被一片浩大的翅膀牵引

## 四

白鹭、池鹭、夜鹭，翠鸟与柳莺，它们
不紧不慢地抒情，在笔下

顾盼生姿，缤纷的词语
早已按捺不住体内的春风

翱翔的姿势
从天空打开的册页里，旁逸斜出
题跋岁月与河山

流水豢养的方言，只有这一片湿地
能够听懂，浪花能够听懂，蒲苇能够听懂
就连路过的一枚蝴蝶，也能听懂
而我用一片羽毛，压低了涌动的风声

如同一只候鸟，机警、敏锐
在纸笺上深居简出，用春风
安放时光，和暮色里缓慢的飞翔

花下鸳鸯成双对

## 菩萨蛮·观亭坝上

李路情　（通道一中高1504班）

古亭流水置山间，翠山飞瀑夺眼帘。
坝横落深浅，浮沉只现檐。

晨雾融霞辉，游子不知归。
舟游怨金乌，何为落西浦？

## 七律·玉带河

徐良光　（通道溪口中学教师）

寻齐访胜何处堪？仙女玉带遗河湾。
锦鳞游泳渔唱晚，绿姿摇曳果飘香。
登高空蒙心自在，濯波清凉神怡然。
流水花开得佳韵，和风月朗是上禅。

玉带弯弯村几许，云烟漫漫山数重

## 七律·玉带情怀（外一首）

李宛玲 （通道一完小 82 班）

一

蓑笠轻舟入雨帘，来去十里徒悠闲。
白鹭深潜鹤高翔，清波树影竞争妍。
浣纱碧水捶衣鲜，绿水青山胜桑园。
金樽半盏入仙境，家乡处处赛桃源。

二

小河弯弯
弯弯流淌
朦胧的薄雾中
远方依稀的轮廓
好似桂林山水穿梭指间

河水汪汪
汪汪绿水
是山间的小溪
从群山里汩汩奔来

你看
小鱼儿在浅浅的河水中畅游
小虾儿在浅水里蹦蹦跳跳
小蝌蚪在河旁的洼地里玩耍
一群快乐的小鸟在唱着动听的歌谣
河水弹起了清脆音符

还有小河转弯处

那一湾碧水
蓝天白云之下波光闪耀，风光无限
水边的小木屋
已是炊烟袅袅

我知道
会有个老人在垂钓
河水静静地流
无悔的流
流出的是万里青山
流出的是生机盎然

浓墨重彩官团之晨

## 沁园春·玉带河

刘海姣　（通道林业局）

江南风光，万佛山下，风雨桥边。
看绿树成荫，藤蔓缠绕；
水浅清澈，小舟悠悠。
白鹭戏水，鱼游浅滩，万物生息竞自由。
待夏日，听鸟唱虫鸣，分外怡情。

景色如此美妙，引无数游客竞相邀。
恰春光正好，桃红柳绿；
秋风送爽，瓜果飘香。
寒凉冬日，雪花纷飞，只为来年大丰收。
可信否，众湿地公园，数玉带河。

春江水暖鸭先知

# 情迷玉带河

刘海姣　（通道林业局）

你是一本深沉厚重的书籍
扉页泛黄溢清香
一页一页翻遍
一字一字看透
阅尽人世沧桑
历经四季轮回
穿过历史的尘埃
向我大步走来

你是一位慈祥温婉的母亲
容颜渐老盛芳华
一声一声呼唤
一点一点领悟
哺育万物生灵
见证儿女成长
越过时间的屏障
向我微笑走来

你是一个久居深闺的少女
不谙世事吐芬芳
一步一步前行
一丝一丝绽放
眼里饱含泪水
心怀豪情万丈
跨过挺拔的高山
向我翩翩走来

# "神鸥"相约玉带河

李慧宁 （通道牙屯堡中心校五 2 班）

入冬已久，那悦耳动听的鸟叫声也悄然远离。前几日，我和爸爸去玉带河体验湿地公园美景，那奇特的山水让人惊叹。

游玩间，几声"哈、哈、哈"的叫声转移了我的视线。水面上，出现了几个黑影在飞舞，是水鸟！爸爸放下了鱼竿，带着我沿河岸走去，伴着欢快的叫声，黑影渐渐能看清了。

"是红嘴鸥！"爸爸激动地说，"这些鸟全是到玉带河来越冬的。"

阳光照射下，鸟儿们显得格外漂亮，红红的嘴，红红的脚掌，洁白的羽翼间夹杂着少许灰褐色，能在大冬季看到如此"神鸥"，我们心里自然美滋滋的。

1 只、2 只、3 只……我认真地数着。忽然，一只红嘴鸥飞到了河中心。不一会儿，水面上聚集了十多只红嘴鸥，它们欢叫着、蹦跳着。面对此景，我仿佛置身于鸟的世界，欣赏了一场别开生面的"乡村歌唱家"的大合唱。

"为什么红嘴鸥要到玉带河来过冬，而不去其他地方呢？"我好奇地问爸爸。

"因为玉带河冬天阳光明媚，温暖适宜，河里的鱼、虾丰富，沿河的人们又非常爱护红嘴鸥，经常给它们喂食，不会伤害它们，所以红嘴鸥就把玉带河当成了第二个家啦。"

说着说着，爸爸掏出了手机，快速地按下了快门，记录下了这美好的时刻。

红嘴鸥，你是玉带河"生态文明"最生动鲜活的诠释。

白云映水，神鸥翔天

# 神奇的玉龙湾

杨 芳 （通道一完小教师）

  小时候，常听爷爷讲玉龙湾的传说：在观音菩萨身边，有一对童男童女，男的叫善财，女的叫龙女。龙女原是东海龙王的小女儿，深得龙王的宠爱。由于贪看人间花灯不小心暴露真身，躲进了玉带河。龙王得知大怒，急令龟丞相前往处理，龟丞相变成了一座小山丘悄悄靠近并带回了龙女。从此，玉带河就有了玉龙湾，旁边也有座金龟山。

  如今，玉龙湾是湖南通道玉带河国家湿地公园的上游区域。周末，我带几个学生一起，第一次领略了玉龙湾的生态植被和鸟语花香，也现场观看了一场自然界的"战斗"。

  那天，我们坐在玉龙湾河边呼吸空气"洗肺"，一名学生轻声告诉我，对面河边有几只小动物和蛇。我仔细一看，是水蛇准备捕食，旁边水面上有一只黑水鸡、一只白骨顶、一只小䴙䴘，低空中飞翔四只中华秋沙鸭，一场"动物大战"即将拉开大幕。只见水蛇露出一个头，悄悄地接近晒太阳的小䴙䴘，从一侧向它发起了攻击，而小䴙䴘也不简单，一个"鲤鱼打挺"从容跃过水面上，紧接着一啄击向水蛇！谁知一回合下来，水蛇就怂了，悻悻地离开了。可能是不服气吧，水蛇又游向了几米开外的黑水鸡，摆出了攻击姿势，黑水鸡立即将头垂直竖起，尾频频摆动，激起阵阵浪花，吓得水蛇急忙后退几米。黑水鸡继续在河面上从容捕食，像个"大将军"一样，完全无视水蛇的存在。水蛇最终被黑水鸡强大的阵势吓倒，从它身边悄悄游过。正当我们以为小水蛇两次"失利"，准备垂头丧气"收工"时，它又"不知死活"地游向了白骨顶鸡。可是这时，黑水鸡、中华秋沙鸭、小䴙䴘都向白骨顶鸡靠拢助阵，水蛇吓得一下子不见了踪影。

  最后，这几只难得一见的珍稀野生保护动物结伴飞进入丛林，消失在我们的视界里。我和几位学生不动声色、屏着呼吸看完了这场一生难忘的现实版"动物大战"。

  玉龙湾不愧是玉龙湾，真的是动物的世界、植物的天堂。

## 是谁采下一弯月光

雷传贵 （怀化）

是谁采下一弯月光
轻轻地撒在这片神奇的土地上
任它流淌
从临口到江口
溢出的光华
蹚过河洲沙丘、淌过滩涂
哺乳出万千珍稀物种

是谁采下一弯月光
沐浴着侗家鼓楼
黧黑的侗家大哥
长满粗茧的双手
酿出甘冽的苦酒
就着天籁般的侗族大歌
醉了高粱、醉了红枫

是谁采下一弯月光
轻泻在民族团结桥头
浮动的鱼影、嬉戏河洲
一掠而过的鸥鹭
扰了双鸳，惊了鸺鹠
郎金娘金的深情对歌
在玉带河上流动

是谁采下的这一弯月光
是侗家儿女的勤劳双手

# 四季如歌（组诗）

罗　浩　（通道住建局）

### 春

像一束水草
触碰着坚石
由心向外散发着生的力量

### 夏

像清冽的泉水
洒落如珠
把尘土浸湿

### 秋

像一叶扁舟
随波逐流
又
情归一处

### 冬

顺着玉带河脆脆的侗音往下吟
烟抖船头
划进了锦绣梦乡

# 四季玉带河（散文诗组）

杨运偲　（宁乡知名作家）

## 春　意

　　舒舒服服地睡了整整一个冬天，悠悠地，把蓝色的炊烟挂在玫瑰红的天幕。

　　那一声窥窗的鸟语，顺着小溪水汩汩流淌。记忆的犁杖，在早春的阳光下，翻动层层油黑发亮的泥土。

　　风在游动，小草抚弄裸露的脚踝，有些儿舒痒。

　　田野迈着方步走来，到处都是绿色的呼吸。生命的诗歌旋出炽热的欢笑，旋出一个年纪轻轻的季节。

## 夏　阳

　　柔嫩的春成熟了，化作了大地的勃勃生机。在回旋的韵律之流，热情溢满整个世界。

　　明朗。简单。飘逸。潇洒。

　　花儿在灿烂中怒放，蝶儿在灿烂中起舞，蝉儿在灿烂中叫鸣，爱情在这个灿烂的季节，漾着蓝宝石般的火焰。

　　空气中有一种暖流在缓缓流淌着，流淌着一曲夏日的骊歌。

　　伸出手，与夏日的阳光紧紧相握吧，每一天，都将是一次美丽的升华……

玉带晨辉伴渔歌

## 秋　歌

与稻谷一同辉煌的是芳馨的笑，是甜蜜的歌。

一串庄严的日子从汗湿的牛背上走过，留下一串亮丽和丰腴的光阴。

风吹来，秋水飘荡着记忆。

蝉鸣咽了，泉水低了，只有那河边的野菊，带着全部的爱，把自己周身的色彩献给萧瑟的秋，为秋抹上最后一笔灿烂。

野菊吐着芬芳，小树含着微笑，繁星摆动秋的水波。站在第三季节的面前，吹竹笛的牧童，在秋原上欣赏满地金黄。

## 冬　雪

雪原上留下两行富有诗意的脚印，清晰透明，那是无一遮拦的坦诚。

融进一段晶亮温馨的意境，以真诚的姿势，绽开一朵朵绚丽多姿，留下一串串深深浅浅的眷恋。

欲望终是要扑进梦里，思念终是要走出寂寞，歌声终是要释放激情。

冬雪，在黑黑的长夜，等待春风的到来。

玉带河冬趣

# 外婆家的童年

吴文婷 （通道社保局）

外婆家坐落于万佛山脚下的一个村落，叫杏花村，一条清澈的河流从中穿过，叫玉带河。

我一直很固执地认为，她就是唐诗"牧童遥指杏花村"里的"杏花村"。为此，当年入学的文具盒上就是因为有这首诗，我花掉攒了半年的私房钱。

我的童年，大半记忆都属于这里。

外婆起得很早，总是天蒙蒙亮就醒了，她一醒，我也跟着起来，扯着外婆的衣角迷迷糊糊地深一脚浅一脚走在石板路上，穿过爬满牵牛花的竹篱笆墙，一直走到河边。河岸边有一口水井，早有几个人侯在那里，大家相互打了声招呼。井的周围用青砖围了一圈，青砖外圈长满着青苔，青砖边缘是长年打水绳索留下的印记。外婆怕我掉下去，让我坐在井旁的一块大大的石头上。我看着大人们用绳索缓缓将桶吊下，临近水面时手一抖，再一拉，一提，满满一桶水就打上来了。

我很喜欢看大人们打水，因为这样打水很有技巧，很神奇，不过我更喜欢看的还是清晨的玉带河。此时，整个村庄被浓雾笼罩着，看不见天空，看不见远山，只能瞧见氤氲的雾气弥漫在河面上，随着微风拂动。河很静，如果不是波动的水纹偶尔漾起的漩涡，一定会以为这是一个湖泊。

远处传来细细的水声，伴着船桨摇出的"格格"轻响，一叶渔舟拨开迷雾映入了眼帘。渔夫在船尾轻轻缓缓摇着桨，三两只鸬鹚仰着脖子高傲地站在船头。"扑"一声，眼见鸬鹚一头扎进水中已不见了踪影。过不了多久，咕噜一声又从水中冒出来，跳上船尾，渔夫从它的嘴里挤出了一尾河鱼。鸬鹚似习以为常，扑腾几下翅膀，接着又跳下河。待到几年后上了学，读到《鸬鹚》，自然是亲切极了。

此时温润的阳光穿过层层雾气，雾气开始消散，群山显现，天色大亮。来河边的人越来越多，整个岸边开始嘈杂起来，有铁桶的咣当声，有衣杵的敲打声，有孩童的打闹声，有牧牛的吆喝声……杏花村的一天正式拉开帷幕。

回去的时候，竹篱笆上的牵牛花骨朵儿向着太阳，含着晶莹的露珠，羞颤颤地绽开她的花瓣。

我一步三回头，想留下，可外婆一边拖着我的手一边告诉我家里的芦花鸡肯定下蛋了，再不回去捡的话，表姐她们就先捡走了。我想了一会儿，决定还是赶紧回家捡鸡蛋，因为我想吃外婆做的酒酿鸡蛋了。新酿的甜酒糟，放入沸水中煮

上一会儿，再打入鸡蛋，鸡蛋不要煮得太熟，出锅后用勺子拨开蛋黄，撒上一些红糖，简直人间美味。

外婆果然没有骗我，我摸到鸡窝里有两个鸡蛋，我拿出一个还温热的，留下一个。外婆说不留一个鸡蛋的话，以后母鸡就会找别的地方去下了，这样我以后都会吃不到鸡蛋，不要一时贪心，丢了所有。当年的我自然不会深究其中的道理，但我听外婆的，她说的肯定没错。

当然我也不会全听外婆的，比如说不要去河边游泳。

炎热的夏天，杏花村里的娃娃们，几乎是泡在玉带河里过来的。杏花村里的人没有不会游泳的，我是杏花村的外甥女，所以我不会游泳。然而我的表哥表姐并不会嫌弃我，每次都还会带上我，因为他们正好缺一个放哨的和看衣服的。

于是我老老实实地坐在河边一棵古枫树下面，守着一堆衣服，眼馋地看着一群赤条条的娃娃们自在地在河里展示着自己泳技。

烈日炎炎，知了在头顶树枝上懒懒的叫唤。这是一棵上了百年的古枫树，得四个小孩才能围抱。年纪大到中间都空了，可以容纳一个三岁的娃娃。树上长满了苔藓和蕨类植物，还缠着野生冰粉果果。我不敢去爬树，因为我怕毛毛虫，经常会有拇指大的毛毛虫掉下来。我刚刚把腿泡在水里，一种头长得像猪一样的猪仔虫就掉到我身上，我一声尖叫，来不及把它抖落下地，一个不稳整个人都跌入水中。幸好岸边水不深，表姐一个猛子过来就把我捞起来。我如落汤鸡一般站在岸边，狼狈极了。好巧不巧，正好遇上来河边洗衣服的舅妈，于是表哥表姐挨骂了，后果是他们偷偷去游泳不再喊我。

好在，他们还算疼我，每次游泳回来会给我带上鱼虾蟹，泥鳅螺蛳。外婆会在傍晚时分，点上一把柴火，热锅下油，把拣好的鱼虾倒入锅中。这种野生美味并不需要太多的调料就自成绝味，我可以吃下两大碗米饭。

饱饭之后，村里人三三两两出来歇凉，借着晒谷坪里的灯光，有打牌的，有下棋的，有聊天的……小孩子们乐不思彼地穿梭在大人之间玩着捉人游戏，在阴暗的角落里躲猫猫。我也一直奔跑着跳跃着，累到睡在外婆的臂弯里，迷迷糊糊被背回了家。

一夜美梦，准备迎接新的一天。

我的童年就在这里。

**附记：** 文字的背景再现万佛山镇杏花村，现为3A级景区。虽时过境迁，但依然保持着当年的风貌，绿水青山断桥，古树老藤水鸭。偌大的石头齐齐码在河上，在没有通桥之前，这里是通往三角塘的必经之路。河边成排的白桦林，远山高崖的石蒜（彼岸花），自成一道绝美的风景线。杏花村是通道境内极少的平地村庄，春天的油菜花，黄灿灿地开上一片，竟一眼望不到边。我的童年就是在这样的田野里肆意地奔跑，在这样的河里愉快地玩耍，然后一点一点地长大。

# 乡 愁

刘海姣 （通道林业局）

是谁缓缓前行，只为追随你的脚步？
是谁繁花开遍，只为装点你的新房？
是谁映照清辉，只为点亮你的方向？
采一朵莲，划一只小桨，
谁道不风光，白鹭行行，晓唱春光。

是谁日夜踏歌，只为唤起你的惆怅？
是谁轻抚琴弦，只为触碰你的心窝？
是谁凭窗眺望，只为等待你的归期？
煮一壶酒，跳一段哆耶，
谁道不情长，芦笙声声，尽诉衷肠。

家乡梦境

# 心若倦了听水眠

吴庆光 （通道农办退休干部、《三省坡》杂志副主编）

在毫无心理准备的情况下，我突然拥有瑶坪村一户农舍的阁楼房门钥匙时，云里雾里感觉过后，我竟然差点泪奔。

那是两年前一个秋高气爽的日子。那天一大早，我从外面散步回家时，正好碰到几位自行车驴友，全副装备地从城北的棉花地往菁芜洲方向骑行，其中有相识的小蒋对我说："这么好的天气不到户外去活动，太浪费了，走，和我们到瑶坪、官团去！"我礼节性地随意答道："好啊，你们先行，我随后来。"小蒋说："我们会在玉带河畔的瑶坪、官团一带自由活动一小时，然后前往临口镇，进入万佛山，再返回县城。"

玉带河和万佛山，是通道政府近年来相继开发的两处景观。在我看来，如果要区分这两处景观的各自特点，那么，万佛山当以"仁"者的包容、豁达来承载、开悟万众生灵；玉带河则以"智"者的远见、卓识来导引生灵迷途知返。

吃早餐时，我对妻子说："等会我得去买辆山地自行车，到玉带河畔的瑶坪、官团走走。"妻子用手摸摸我的额头："哪根神经又不对了，没发烧吧？"接着又说："看你这两年，闹心得连大家都不着地，到户外去消解消解也好。"

玉带河的实际范围，起于通道临口镇的官团村，止于江口乡的下水涌村，沿河跨过菁芜洲镇和县溪镇，又分别在两江口和犁头嘴与双江河、播阳河交汇后汇入渠水，全长50余公里。而小蒋所指的瑶坪、官团是玉带河的上游，距县城约20公里。

当玉带河畔那土红色的枯杨树叶，在我的脚下"咔啦"作响时，已接近晌午。小蒋和他的那几位骑行驴友可能早已进入万佛山腹地。我不是骑行驴友圈里的人，他们大可不必为等我而耽误了自己的行程。

秋风徐徐，白云蓝天。眼前的玉带河，褪去了春夏湍急张扬的外表，如小家碧玉般柔美地躺在仁山智水中。相传远古时代，王母娘娘举行蟠桃寿宴，众佛尊前往祝贺，途经此地时，迷恋其人间美景，驻足不前，流连忘返。王母即令一侍女前往探究，然而，侍女也为此地美景所迷，难舍难弃。无奈开宴在即，王母之命难违，只好催促众佛尊赶赴宴席。为图日后好邀约众姐妹再次前来游玩，侍女抛下了腰间的碧玉丝带为记。于是，碧玉丝带化为九九廻曲的玉带河。

玉带河水质清澈见底，沿河两岸翠竹挺秀，柳烟飘摇，水车吱呀，鹅鸭成群，鱼跃鸥飞。春夏汛期，河水一次次淹没岸边缓坡、土坎，把枯叶、草丛下的虫蚁带入水中，喜得河中虾蹦鱼跳。河水渐渐缩退之后，则招来成群鸥鹭在浅滩里觅食戏水，鸣声满河。据县志记载，清康熙朝，殷道正任通道知县（1680—1684年）期间，曾因感叹玉带河的美景而作罗蒙八景之咏，其中的《容渚鸥栖》："一溪秋水碧天浮，泛泛轻鸥浴素流；吉羽半尘俱不染，躇怀片刻且同俦。栖迟芙荇飞还集，浪迹烟波去复留；太液池边多景色，如何寥落楚江头。"描绘的就是玉带河河汊浅水区的鱼跃鸥飞的景象。玉带河，是条一年四季都魅丽灵动的河。春里，花红草绿，勃发生机。夏间，牛群嬉闹，蛙鼓鸭鸣。秋时，五谷飘香，天水一色。冬期，树静风平，水叠峰影。

玉带河沿河两岸风光，由层叠青峰、农耕湿地和自然湿地所构成。从官团顺流而下，沿河途径的瑶坪、高车、土门、两江口、枞板、地连、地朗坪、菁芜洲、老王脚、瓜坪、坪朝、教夫场头、江口、水涌等两岸村寨，古树成群，青石板巷道四向连通，古朴而又生机盎然。

我一路走走停停，来到瑶坪村时，已见日头偏西。

在瑶坪村河边，凝望村寨中那静穆的鼓楼遗风时，一阵棒槌捶打衣物的声音吸引了我的目光，我看到一位年轻美丽的少妇，在河边的青石板上不停地捶打、漂洗一大堆衣裳和被褥。而她那只有六七岁的女孩妞妞，则跑过来给我一棒蒸熟的甜玉米，让我给她讲故事。妞妞很健谈，但只要话题挨到她们家里的事，就很机巧地导引我去说鱼虫花草。少妇洗刷完毕，轻唤一声："妞妞，回家啰！"然后对我友善一笑，就带着妞妞消失在村巷道里。

就在我刚刚想举步回走时，有几片泛红的树叶随波而来，又随波而去。但却有那么一片红叶，流到我的面前之后，就随着水面上的旋花，荡来荡去不再前行。我陡生感慨，它从哪儿来？最后会到哪里去？或许它会在这处小回弯里停留片刻？一天？半月？或者沉没，终结这一轮从芽胚到成叶、从碧绿到枯萎、从飘落到成泥的整个过程。但我想，不论结局如何，它曾经与这里结缘，在这里出现，在这里逗留，在这里终结。或许它在树梢上美丽萌发的那一刻、悲壮飘落的那一刻，它就已经能够坦然地面对了轮回。而我呢？此行的来去，此生的来去，亦得亦失，亦喜亦悲，是否也能如这片树叶般的坦然？忽然，我有了在这里借上一宿之心。

回头看，晚霞把身后的瑶坪村带进一种金色的光影里，谁家升起的炊烟，怎么如绸缎般地柔和蓝？

我不经意地走向了临河最近的一户农舍。此时，这一家人竟然像在等候着一种久远的期许。我以为，我的唐突而至会让他们不悦，不曾想，我却成了这一家

人的故事中的一分子。

"前辈您好，可否方便我在这儿借上一宿？"我向神情矍铄、大约七十又几的老人抱拳施礼。

老人上下打量着我问道："年轻人打哪里来，又向哪里去？"也许因我的思维被老者的话语所牵引吧，便身不由己地答道："从来处来，再到去处去。"老人长垂的寿眉跳了几跳，面露喜色地对身旁的一位少女说："筠竹啊，你看看，这位客官是否与你姑姑的阁楼有缘？"

少女大约十二三岁，大眼扑闪扑闪地说："爷爷，那要看他缘分深浅啦。"爷孙的对话，让我云里雾里。

少女带我走过主楼的走廊，又转过一处回廊，来到了一座阁楼的一间卧室门前。

"之前，来过六位客人借宿，还没有谁与这座阁楼结缘。"少女像是对我说，又像是自言自语。

我说："我也不清楚怎么就有了想在这里借宿的念头，也不知怎么就来到了你们的家，随便给处栖身之地就行，不必住这优雅的阁楼啊。"少女说了一声"切！想在这座阁楼里住，那得看你与它有多大的缘分了。"少女说，"你先想想这间阁楼的名称是什么吧。"

阁楼的房间门楣与板壁同样的光洁，没有任何墨迹。但是，我想既然主人家要我读出这间居室的名称，那就肯定有一个主人家内定的不易被外人所知的名称。我又一下子觉得自己悬在空中浮浮沉沉。

忽然，一丝淡淡的兰花香，似有似无地吸入心窍，令我那日积的负重感顿时减轻了许多，内心里那种浮躁不安的伤痛就像被只温柔的手轻柔抚摸之后，渐渐舒坦了下来，神思也一下子清爽了。看看阁楼四周，并不见有兰草，但我的心神的的确确是吸入兰草香气之后，才变得如此的纯净。我想，如果那一丝淡淡的兰花馨香是从阁楼的房间里飘溢出来，那么，这间阁楼的窗台上养护的这盆兰花，肯定与房间的主人所设定的居室名称有关联。

我不善养花，对各类花卉不太了解，但对兰花却略知一二，因为我家的隔壁，居住着一个特爱侍弄花花草草的老中医，他家的阳台上，春夏秋冬都有兰花飘香。老人养兰，不仅是为了观赏，更是为了食用，他常常把盛开的兰花摘来熬粥。老人说兰花全草都是宝，既可食用，又可药用，是不可多得的药食同源的食用花卉。兰花具有芳香开窍、醒脑提神、抗老延寿、开胃健脾、除疲安神、益气生津、美容驻颜、祛风除湿、散寒止痛、活血通络、化瘀止血、健脑益智、调整内分泌紊乱、增强毛细血管弹性等多种功效。特别是兰花花粉中的活性物质对机体各个器官系统具有保健作用。兰花最能醒脑、疗心。兰花是否确有老中医所说之神，我没有过多考证，但从老中医那奔八的高龄仍身轻如风、神清气爽来看，老人确实有其独特的养身之法。

如果兰花确实如老中医所说的能醒脑疗心，那么，这间阁楼的主人是否以兰香来暗示房间的个中机缘？

"疗心斋！"我说，"这间阁楼应该命名为'疗心斋'。"

少女诧异地看着我。随即掏出手机，拨通了一个号码："喂，好姑姑，我是阿竹，今天来了一位客人，他说你的阁楼居室叫'疗心斋'，对吗？可以给他开门吗？"手机里传来了纯净的声音："可以。进到房间后，再让客人解读这间居室的实用功能密码。"

少女转动房门钥匙的手有些颤抖。少女说："怪了，您怎么会知道我姑姑私下里设置的居室名称呢？"少女说，她在县城上初中，几乎每个星期都会回来打开这间房门，但那都是为了进来打理房间。今天是第一次因客人之缘，而打开房门。

这间居室虽然不大，却玲珑优雅异常。室内除了一张单人床及床上用品，一张梳妆台兼写字台之外，再就是窗台上的一钵兰草了。此时，一枚蝴蝶似的兰花，正在散发着清香。

室雅何须大，有兰自芬芳。

这间雅室的密码是什么呢？少女在等待着回答。还有那位神秘的设局者，也在考量着我与这间居室的缘分。

推开临河的窗叶，近处是一丛婀娜的修竹，远处是波光粼粼的玉带河流水，河的对岸，一架水车在"吱呀、吱呀"地转。不知是为了暗示人生的得与失？还是为了那不朽的风景？尽管当下季节无须提水灌溉农田，但水车的主人，还是让水车如常地行走。七上八下的水桶，随着角度的变换，一次次地舀水、提水、"哗啦、哗啦"地倒水，夜以继日地示现着轮回。此时，由于水车通往农田的水枧被东西堵着，所有倾在水桶里的水恰如小瀑布般地从高处倾泻而下，四下散开的水珠，在斜阳下织成一道彩虹。

我的心底有了些许暗涌。居室的主人，当初是否也是站在窗前，依据所见情景和自己的内心感触来设定居室的实用功能密码啊，我该从哪个角度来破解呢？原来我只想借借宿，结果一不留神陷入了阁楼主人布下的局。我一时性起，既然我已经解开了"疗心斋"这道谜底，就说明我当下的心境与居室主人当初的内心感触颇为接近，我应该按自己的心境来寻找居室的功能密码，如果我就是这间居室的主人，我该知道它应该具有什么样的功能，而一个有文化素养、有诗人浪漫情怀的人，又该给予自己钟爱的居室一个怎么样的雅称？想着想着，我的心莫名其妙地生发一丝悲凉。人生在世，生老病死、喜怒哀乐、得失有无与心相依和与身相随，多年来，工作上的压力、物质生活上的捉襟见肘、人情世故上的疲惫应酬，使得自己整个心神都悬空而荡，裹满了尘垢，疲倦而又难入眠。都说苦海无边回头是岸，放下贪嗔即解除烦恼。烦从何来，恼因何生？这困扰着心境的无形魔障，想除就能除、想消就能消吗？

有道是"情生悲时观云飞，心若倦了听水眠。"我对身边的少女说："就我此时的心境而言，这疗心斋的实用功能密码应该是'心若倦了听水眠'。"

少女的手机即刻传来有点颤动的声音："阿竹，阿竹，这位就是这间阁楼居室的有缘人，请把房间的钥匙交给他。姑姑会尽快处理好手头的琐事，争取三天之后回来见到他本人一面。他既然解开了我设定的密码，绝对与这座阁楼的缘分不浅。既然是有缘之人，就该代我履行诺言。"原来，少女的手机一直处于免提状态，而她的姑姑，一直在等候着答案。

这餐晚饭，从筠竹的爷爷，到筠竹的父亲、母亲，再到筠竹本人，全都像过节般的喜悦，也全都像筠竹的姑姑在场般的喜气融融。

席间，筠竹的父亲把阁楼的居室钥匙推到我的面前，端上酒杯说，"来，我代我的妹妹敬你一杯，没想到整整两年了，终于有你对应了妹妹设定的那份缘，干。"

"我也敬叔叔一杯。叔叔的到来，让我相信缘分的存在。我也要像姑姑那样设定自己的缘分。"筠竹端着酒杯，一脸的灿烂。筠竹的母亲说："孩子家家的喝什么酒啊？"筠竹就吐舌做鬼脸。筠竹的父亲说："今天高兴可以喝点，往后不准。"我端着酒杯对筠竹说："我没有你爸爸年轻呢。"筠竹不等我说完，就将酒杯里的酒一饮而尽，说："我叫你叔叔，是想要你永远年轻呢。"弄得一桌人都乐乐地笑。

原来，筠竹的姑姑并非与这一家人有血脉渊源。

两年多前，一位年轻的美女老师，带领三男一女在校大学生来通道完成课题调研，论证玉带河湿地的保护和开发利用价值，前前后后，在玉带河流域留下了三个月的足迹和汗水。年轻的美女老师，就是筠竹现认的姑姑，她就职于省城某所大学。

年轻的美女老师早些年已失去了父母，她把全部的爱给予丈夫，把全部的热忱注入事业。不曾想，在课题调研的最关键期间，丈夫背叛了她。她曾回省城找到丈夫做耐心的规劝，但一切都已无法挽回。

回到课题调研组后，她强压内心的伤痛，拼命地工作，哪怕是高烧到39℃也不肯停下脚步。一天，在勘察玉带河湿地的高车到瑶坪段现场，一脚滑入草丛下的小坑后就站不起来。几个年轻的大学生正急得团团转时，恰巧筠竹的母亲从此路过，一看就知道有些不妙，急忙将美女老师背回家，让懂得骨伤治理的公公仔细查看。

筠竹的爷爷捏了捏美女老师的脚踝后说："小腿骨折了，还伴发高烧。"

"那赶快给她治啊，爸爸。"筠竹的母亲见美女老师在淌豆大的汗珠，几乎是哭着对自己的公公说。

筠竹的父亲从田坝上忙完活回家，看到美女老师和她的学生都面露难为情时，便爽朗地说："别见外，就都住我们家吧，好相互照应。"筠竹的父亲沉默了一会后，当着筠竹的母亲和筠竹的爷爷的面对美女老师说："我认你做我的妹妹吧，这样大家就不会见外了，你看行吗？"美女老师当即泪流满面地点着头。

在日后的治伤期间，瑶坪村的大婶大姨们常常拿鸡蛋、水果、蔬菜来看美女老师和她的课题组成员，几个年轻的大学生还被轮流拖到各家各户去做客，弄得他们经常晕晕乎乎。

最有意思的是，妞妞常常一坐到美女老师身边就舍不得回家。有次，妞妞对美女老师说："阿姨，我唱歌给您听好吗？"美女老师捏捏妞妞可爱的脸蛋说，唱吧，听了妞妞的歌，阿姨就会好得更快些。

妞妞就高兴地用稚嫩的童声唱了起来：

心若倦了，泪也干了

这份深情难舍难了

曾经拥有天荒地老

已不见你暮暮与朝朝

怎样面对一切我不知道

回忆过去

痛苦的相思忘不了

为何你还来拨动我的心跳

……

美女老师泣不成声地抱着妞妞说："妞妞，咱们不唱这歌好不好？不唱了吧。你怎么会唱这歌啊？"妞妞说："我家隔壁的哥哥经常咔啦这首歌啊。妞妞让阿姨不高兴了，妞妞该打。"美女老师说："没有，妞妞唱得好，妞妞不该打，是阿姨不好，阿姨该打。"

终于，美女老师从最灰暗的阴影中走了出来。

杨家人为她在主楼旁竖起一栋小阁楼。她则为新认的父亲存上了一笔养老金。

于是，她为在远离省城千里的通道侗乡的阁楼居室设定了一道缘分密码。解开这道密码的人，在拥有这间雅室的间接使用权的同时，必须代她履行的诺言是：经常到瑶坪看望杨老前辈，经常写写瑶坪人善良的美，经常为玉带河湿地的保护鼓与呼。

席间，我又得知，那位下午捶打漂洗衣服被褥的美丽少妇，从嫁入夫家的第一天起，就担负着为瘫卧在床的婆婆娘翻身换衣，端屎倒尿，喂水喂饭。六七年来，天天如此，毫无半句怨言。

杨老前辈对我说："瑶坪这地方是块善地。吃了瑶坪的饭，喝了瑶坪的水，人的心会变得纯净透明，想不善都难。"

我敞开心扉地和他们交谈，悄然地把自己转换成他们叙说的故事中的角色。我想，我得趁着夜幕的遮掩，把自身裹满尘垢的凡心肉体，浸泡在玉带河清澈的流水中，以求得脱胎换骨之变，只有这样，才能走进疗心斋，听水而眠。

一夜沉眠无梦。醒来，已是一地阳光。

绿树依依，河水潺潺

# 雁鹅湖

粟远和　（通道林业局、县作协主席）

从县溪渠水河畔出发，沿后山的水泥硬化道路行走一公里，便会看到一个深蓝的湖。

印象里，它像一块神奇的镜面，镶嵌在巍峨的群山峻岭中；像一块宽大柔软的丝绸，舒展在纵横交错的沟谷间；像一个温馨素雅的蓝色之梦，静谧在侗乡人质朴的心海里。它就是美丽的雁鹅湖。一个青山环抱，碧波荡漾，令人心醉的湖。

披着午后暖暖的秋阳，我乘坐的小木船缓缓划向湖心。用手亲近柔柔的满湖碧水，双目眺望远处延绵的青山，心随船桨的划动而起伏。我走过许多地方，也见过许多江河湖海，但像雁鹅湖这般具有明显湖光山色，水质清澈明亮的湖却不多见。在侗乡这崇山峻岭里，这美丽的雁鹅湖分明就是天上坠落侗乡的一颗蓝宝石。它熠熠生辉，光彩夺目，呵护着一方净土，滋养了万物苍生。

宽阔的湖面把我乘坐的船衬托得如一片轻飘的树叶。船工躬着腰均匀地摇着桨，小船慢慢地向前行进，船后吐出一条长长的水纹，依稀向两边扩散，像一条宽大的鱼尾。船行到湖的中央，那里有几丫黑黑的枯树杈，树杈上栖息着十多只白色的鸟，当船快接近树杈时，那些白鸟突然展翅腾飞，时而冲向高空，时而倾斜着身子贴着水面一掠而过，犹如高空滑翔运动的选手。我突然想起了唐朝诗人刘禹锡《秋词》里的"晴空一鹤排云上，便引诗情到碧霄"的诗句，虽然这鸟不是鹤，但意境却完全不亚于诗人当时的情景。

船工告诉我，这里原本并没有湖，而是纵横的沟壑，山沟里有深度、寨老、晒口、金竹屯等几个自然小村寨。80年代初，县里搞水电开发，便移民搬迁。在几个村的外边建起了一座约50米高的水坝，上游两条河流注入坝内，形成了宽约630公顷，总库容1.34亿立方米的人工湖。湖的形成，极大地改善了这里的小气候和生态环境，青山秀水成为各种鸟类栖息的天堂。每年的秋季，当红叶漫过山岭，大雁从遥远的北方结队向南迁飞，总会在此停留，美美地在湖里伸展曼妙的身躯，洗刷丰腴柔韧的羽毛，抖落迁徙路上的尘埃，补充长途飞翔消耗的能量。经过一段时间休整后，继续在头雁的引领下，撒下远行离愁的啼鸣，一路向南。因那段季节，在湖边随处可以看到灰白色的大雁，而大雁在当地又叫雁鹅，所以人们便把这个人工湖称为雁鹅湖。听完船工对雁鹅湖名称来源的讲述，恍然大悟，这湖还如此受鸟类青睐，这是电站建设者起始不能料到的。这么一来，这

盈盈的湖水在生态功能与能源运用上，满满当当地发挥了它的作用。

处在湖的中央，风仿佛是贴着水面掠过，把静静的水面扇出柔滑的波纹，头发与衣角被风撩拨，显然无法把持，竟有些放荡不羁，凌乱地狂舞起来。湖上还有其他鸟类飞翔，岸上的树林清脆地传来同类回应的啼鸣。船工还兴奋地告诉我，这里空气非常清新，尤其在早晨，薄雾弥漫，绿色山影朦胧，人在湖面荡舟，犹如沐浴在淡青色的氧吧之中，让人神清气爽，心旷神怡。他说二十多年了，他本人已与这里山水相融，这里的一草一木，一弯一壑，都刻在心上。早在九十年代，他就在这湖面搞网箱养鱼，优质的水源，良好的环境，年产鱼都在几千斤以上。物华天宝，凭借这一汪清亮的湖水，盘活了这方的渔业，也惠泽了这方百姓。我问他："现在还养鱼吗？"他告诉我网箱已经拆除好几年了，现在早已改行种植。究其原因，他回答说："这里已规划为国家湿地公园，因网箱会影响水生资源的生存环境，为了大局，几千口网箱全部拆了。"我继续追问："会感到惋惜吗？""这有什么惋惜的。搞湿地公园也是为了保护生态环境，有了生态环境，以后这里可能还会成为旅游区，有了旅游资源，那我们百姓何愁没地方找钱？"船工回答爽朗，从他的目光里，仿佛看到了他轻描淡写的火红日子就在不远的前方。

一路观景，一路聊着，渐渐地我与船工像无话不说的老熟人。在一路闲聊中，他用故事般的讲述，徐徐展开了雁鹅湖四季迷人的生态自然风光画卷。

和风轻拂，莺飞草长的融融春日，微泛涟漪的雁鹅湖，像一位刚从梦境醒来的气若幽兰、环姿艳逸的女子。她用柔美的身姿，轻轻搅动着一湖如蓝玉般的净水，把氤氲弥漫在绿意浓浓的山谷。隐约在雾霭里的百鸟欢歌，在春天暖阳的调和下，在灿烂山花的点缀里，如一曲多音部的侗族大歌或苗族歌鼟，让一颗酥心迷醉在如画的春景与婉转的鸟鸣声中。

当春花凋落成泥，艳阳普照的盛夏又如约而至。灼热的阳光撒在如镜的湖面，平时蓝色的湖也便成了黄绿色。湖面上不时有白色的苍鹭在翱翔。野鸬鹚和翠鸟停落在岸边的树枝上，用警惕的目光注视着静静的水面，随时准备俯冲叼食可能出现的鱼虾。而黑鸢则凭借热流高飞，盘旋在蓝天白云下，用宽大的羽翼，显示出它非凡的勇猛。还有灵巧的画眉，色彩艳丽的白颈长尾雉，黑白相间的白颈鸦也在这个季节，在这个湖岸的林间闪动着各自精灵般的身影。夏季，这里俨然成了鸟类的天堂。

最美的景致应该是五彩斑斓的秋季。层林尽染，万紫千红，山林里的树叶呈现出不同的颜色，有红的，有黄的，有紫的，有绿的，各颜各色相互簇拥，把七彩锦缎般的靓丽映入湖中，在清澈的湖水里拼成一个巨大的调色盘。蓝天白云飘飞，宽阔的湖面把天影融入自己明亮的身躯。秋意浓浓，鱼翔浅底，万类霜天竞自由。一直被人们视为爱情象征的鸳鸯，也在每天晨雾尚未散尽的时候，便从夜晚栖息的丛林中飞出来，成双成对聚集在湖边的水面上漂浮、觅食，用树荫下的窃窃私语暧昧着雁鹅湖一季的粼粼波光。

劲吹的北风粗暴地扫落了树枝上残留的黄叶，瘆人的寒流长驱直入，雁鹅湖隐藏在冬季的宁静里。唯有清晨的雾气不甘寂寞，弥漫在深蓝的水面上，像堆积的丝绸慢慢翻滚。烟波浩渺的湖中，有几只划动的木船由近向远，渐渐消失在雾的朦胧里。突然一夜间，白雪纷扬飘落，那逶迤的山全被白雪笼罩，犹如露出湖面的白色鲸鱼的脊背。湖水特别的静，颜色因白雪的衬托而略显深沉，冬日的雁鹅湖宛如玩得筋疲力尽的顽童，此刻安详地酣睡在山岭间，似乎在等候春姑娘用甜美的声音将它唤醒。

雁鹅湖，就这样四季变换出迷人的景色，它用秀美的容颜，吸引着四方游人。情人岛上俊男靓女的笑声，湖边烹饪的袅袅炊烟，水底尽情畅游的鱼类，湖面搏击的禽鸟欢鸣，无一不在彰显人与自然的生动与和谐。

我乘坐的小船依然在桨声里缓缓前行，思绪随小船荡起的涟漪慢慢向四周扩散。来之前我曾向湿地公园管理部门了解到，雁鹅湖是湖南通道玉带河国家湿地公园的一部分。近年来采取了积极有效的管理措施，使雁鹅湖水域面积稳定，水质不断净化提升，水生植物、动物种类逐年增加，适宜的湿地小气候给生产生活带来明显效应。雁鹅湖渐渐成为人们闲时游玩的理想去处。

在如此宽阔的湖上泛舟畅游，不知不觉已是日落时分。圆盘似的太阳挂在西边的山梁上，把天边的云染得像火烧一般。湖面上亦是一片橙红，闪跳着耀眼的点点波光，酷似散落湖面的繁星，又像浮着的碎玉。此刻，水天一色，苍翠的山麓也被镀上了一层金色，小船在夕阳下缓缓地划向湖边。

离船上岸，我再次回头眺望这如梦如幻的雁鹅湖，心中便产生一种不可抵制的亢奋。在残阳如血的画意中，我极力憧憬着它的未来。

"西塞山前白鹭飞，桃花流水鳜鱼肥""短长条拂短长堤，上有黄莺恰恰啼""水光潋滟晴方好，山色空蒙雨亦奇"，我想，这应该就是雁鹅湖将来的化影。

雁鹅湖夕阳渔歌

## 雁鹅湖梦魇里的天堂

黄培友　（通道三完小教师）

秋高气爽，烈日当头。我顶着日烈走在时而弯曲时而盘旋的公路上，来寻觅我的梦。

一路观光一路欣赏，来到了景色迷人的雁鹅湖，惊喜之余，亦是一场心灵洗礼。

一眼望去，湖面粼粼碧波，光闪四射，水平如镜，波光闪闪，蓝色宽阔的湖面，透不见底，一望无涯，波澜壮阔，深似大海，碧湖青青，鬼使神离，与我梦魇中的场景，相距千里，看到如此景象，徒然增添了几许诗意，倍增无穷乐趣。

踏上汽划艇，游到湖中央，带给人的悲寂陡然上升，但刹那间的狂野与心跳同时涌上心头，惆怅与悲悯让人情同陌路，宏大壮观的湖面，一切美景尽收眼底。

一望天际，碧水青山，花香鸟语，空气清新，无限氧吧，让人心旷神怡。一朵朵，一串串，随风摇曳，秋实果壮，顿添浓浓惬意。然而时不时从水里蹦跃起水面的鱼儿，一给劲儿地往你船边跳跃，好像在欢迎你的到来，无不心驰神往，自由自在，心灵得已涤荡。

再往前，湖面突然狭窄，弯曲，河岸两边，山高陡峭，突兀险峰，怪石嶙峋，碧绿清透，浓浓密林，云雾缥缈，山水相依，连绵起伏，山中灵气，百鸟争鸣，嬉闹无间，和谐共荣，鲜活景象，神秘而袒露的湿地令人梦绕魂牵。碧波荡漾，岸柳婆娑，高山林立，两岸高耸对应，游艇继续向前，我看到一幅似幻非幻的画面，高楼耸立，鳞次栉比，人影攒动，好似"落霞与孤鹜齐飞，秋水与长天一色。"

伫立船头，放声歌喉，雁鹅湖呀，我投入你的怀抱，尽享了大自然的灵秀，你博大的胸怀，给予了我生命的全部！

美丽多情的雁鹅湖，我临风舞动思绪，目光飞跃彼岸，万顷雁鹅湖，让遐想直至遥远，超越明天！无不感叹："船映碧波上，人在画中游！"

绿水青山　蓝天白云

# 一个人的玉带河

苏维芳　（通道一中高1504班）

这几天，细雨如烟，一直不知疲倦地从天空飘下来，将我的目光拽进秋天的深处，也引到了"林寒涧肃"的玉带河。

来到玉带河，船桨轻轻地摇动着，小船晃晃地动起来。河面上弥漫着些许寒气，连着我这条小船一起笼罩在这雾气里了，令我生出一种飘飘然的感觉。张岱"雾凇沆砀，天与云与山与水，上下一白"的意境大概也不过如此吧。

两岸的山耸立着，直冲霄汉。层层薄雾笼罩在山头上，如轻薄的蚕纱随风飘舞，又如缕缕的白云挂在山头。白色的雾朦胧地将小山掩藏在后头，形状模糊不定，一会儿似亭台楼榭，一会儿似奇珍猛兽，不断地变幻着，令人眼花缭乱。我还没看清楚，那小山就已往后头退去了，倒是让我有些遗憾。

不远处的几座风雨桥静静地卧在水面上，桥墩的砖是深褐色的，年代大概有些久远。两岸丛林中掩映着一些颇具侗族风味的吊脚楼。兴许天已不早，几处小屋内早已飘起了阵阵炊烟，屋内"滋滋滋"的炒菜声、孩童的欢笑声不时飘入我的耳中，倒是给这片宁静的水域添了几分热闹的生气。

玉带河的水是碧茵茵的，但厚而不腻。清清的水，密密的林，淡淡的白云，衬着蔚蓝的天，船夫的划桨声在这时也成了一种音乐。那荡漾的柔波是这样的恬静，让我不得不沉醉在其中。从水面上吹来的微风轻拂在脸颊，让人感到一阵阵清凉。玉带河的水路弯曲着，隐隐显在雾中，让人觉得有些虚无缥缈。

水面上不时划过几只飞鸟，清脆响亮的叫声回荡在空中，传到了不远处的青山，惊扰了宁静。我静静地望着玉带河的水面，连日的疲惫烟消云散。

这时船夫唱起了侗歌，声音厚重而洪亮。独特的侗歌悠长淳朴，余音还袅袅地在我耳际，眼前不自觉地浮现出侗家人劳作的画面，耳畔似乎还有人们的交谈声。听着这歌声，我不自觉地跟着哼了起来。侗家的淳朴民风让我神往，我的心禁不住陷在其中。

忽的，船夫停桨的声音将我思绪拉了回来。岸上的几株垂杨柳在水里显出淡淡的影子，随风摇曳着。小船划了过去，将那影子给打破。我要上岸回去了，于是双手合十，让冥想把自己伫立在这静肃的秋夜：散发着母性气息的河啊，请在我远望的地方点一支烛，我想让你成为我一个人的玉带河。

# 一只小鸟的独白

刘海姣　（通道林业局）

　　我是一只小鸟，一只身穿彩衣、身材娇小可爱的小鸟。如果把我放在这个看脸看身段的社会大舞台，我绝对是个抢手抢眼的角儿，但是我是一只有个性有原则的小鸟，不随波逐流，偏安一隅，过着日出而作、日落而息的田园生活。

　　我是一只来自远方的小鸟，一只有着幸福童年却身世飘零的小鸟。我出生在一个非常美丽的地方，那里有一条日夜流淌、绿树掩映的小河，我家就在河边的一棵柳树上，每天早晨起来都能呼吸到最新鲜的空气、看到最美丽的风景、吃到最美味的早餐（一种身上带斑点的肥嘟嘟的小鱼），这里有非常疼爱我的爸爸妈妈，有跟我一起纵情嬉戏的朋友，每天都过得无比开心自由，那是我对童年最美好的回忆。

　　但是美好的时光总是太匆匆，一个温暖的早晨，我从梦中醒来，发现阳光太过刺眼，空气中弥漫着灰尘和汽油味，机器的轰鸣声惊醒了周围的一切。我感到无比恐惧和惊慌，我哭泣、我呐喊，到处寻找爸爸妈妈，泪水模糊了我的视线，机器声淹没了我的哭喊，但是他们就这样消失不见，好像他们从来没有存在过一样。我此时才明白，我成为了孤儿，彻头彻尾的孤儿，没家没亲人没朋友。

　　于是，我开始流浪。穿过无数河流，翻越多少高山，终于来到了我现在居住的地方，这里远离城市的喧嚣，宁静清幽、群山环绕、空气清新、风景优美，也有一条跟家乡类似的美丽的河流，但是这条河更宽广、更漂亮，我听说这条河叫玉带河，这名字取得很有诗意，却也名副其实。河流两旁绿树成荫、古树参天、藤蔓缠绕，河水缓缓流淌、清澈见底，水草清浅、鱼虾成群。这都不是我选择留下来的原因，最主要是这里生活有非常多的我最爱的美味（一种身上带斑点的肥嘟嘟的小鱼）。

　　这里的人们勤劳朴实，热爱生活，敬畏自然，他们世世代代在这里生活，遵循自然规律发展生产。早晨，我从梦中醒来，看到一个个扛着锄头、挑着水桶的人们，他们面带微笑迎接朝霞，一天的劳作开始了。他们在田间地头挥洒汗水，累了就坐下来喝口水抽根烟，在烟雾弥漫中，我能看到一张张被晒得通红的脸，虽然有些疲惫，但更多的是对丰收的期待。时间总是过得很快，在挥锄间流走，在浇水时流走，时间到了晌午，他们该回家做饭了，补充能量才能继续劳作，下午还有更多的事情要做呢。下午的时光依然匆匆，很快，夕阳西下了，落日的余晖照在玉带河面上，泛起点点金光。一天辛勤的劳作结束了，他们收起农具回家，看到此景，我知道我也该回巢了。不一会儿，远处的村庄升起了炊烟，客厅卧室的灯光都被点亮，忙碌了一天的人们卸下疲惫开始准备美味的晚餐，那是他们一天最美好的时光，一家人围坐一起吃饭、看电视、有说有笑，白天的辛苦在这一刻消失不见。这时，月亮悄悄爬上了我的树梢，照亮了整个河面，氤氲的水汽开始升起、弥漫，远处传来悠扬的歌声，渐渐地，我进入了梦乡。梦里，我回到了故乡，那里依然美丽，河水依然静静流淌，那里有我的爸爸妈妈和朋友。

我爱这肥沃的土地，我爱这勤劳的人民，我爱这美丽的玉带河。这是我的独白，一只小鸟的独白，一只跋山涉水而来的小鸟的独白。

褐头鹪莺丝织巢

# 易延凤通道行作品

易延凤 （怀化诗联副会长）

## 神奇的玉带河

是谁
将梳妆的镜子
遍洒侗乡

细心的萨玛
顺手接了
用一条彩色的飘带
连成一串
置于青山芳草之间

晃晃悠悠
醉了游人
乐了仙姑

## 守护中华秋沙鸭

我不知道
你是如何
相中了这一泓碧水

每一年的冬季来临
我都会悄悄地站在这个地方守望
目睹你的尊容

很多时候
只要看到你身后泛起的一排浪花

就已经很满足
守望你
总为着守护你

分别一年了
你还好吗

## 对联六副

**题官团村：**
鼓楼数座，诉说古香新色；
官宅一排，彰扬祖辈今人。

**题玉带河：**
一江清水自天降；
满目绿洲迎客来。

**题芋头侗寨：**
行歌玩月，芋头侗寨欣迎客；
赏景联欢，山顶戏台竞诱人。

**题侗乡春联：**
守岁鼓楼炉火旺；
迎春侗寨福娃多。

**题画笔村春联：**
笔下村楼扬喜气；
画中苗寨晒春联。

**夜宿芋头侗寨：**
客满层楼，芋头又是不眠夜；
歌飞侗寨，村上欣迎同乐人。

## 格律诗二首

### 七绝·惊见中华秋沙鸭

一泓清水自天降,满目绿洲迎客来。
惊扰莫非北归鸟,浪花叠起令吾猜。

### 七绝·游芋头古寨有感

一路风尘向芋头,欣圆直梦客层楼。
侗歌盈耳不眠夜,甚幸此番三日游。

玉带河畔秋沙鸭

# 盈盈玉带绕城腰

陈紫漩　（通道一中高二1506班）

漫步玉带河边，观流水潺潺，听虫鸣鸟唱，览绿树劲松，赏怪石嶙峋。走进玉带河国家湿地公园，荡漾在微微的秋风中。深吸一口洁净的空气，闭上眼。恍然间，身轻飘如燕，时而飞翔于碧水蓝天之间；时而沐浴在温暖日光之中。再睁眼时，仿佛数朵烟花在眼前绽放，再也抑制不住心中的喜悦。

雨过天晴，沿岸的丹霞风貌更加引人注目，林间的绿叶愈加青翠欲滴。走在林间的小道上，伸手抚摸那青翠的绿叶，感受冰凉的水珠在指尖游走，感受着这四季长春的绿意。登高望远，整个山区的景色尽收眼底。座座山峰耸立在朦胧的烟雾之中，恍若置身仙境。一条蜿蜒的河道从中劈开，两岸的岩壁在阳光下熠熠生辉，不觉有了"会当凌绝顶，一览众山小"的豪情。

"西塞山前白鹭飞，桃花流水鳜鱼肥。"玉带河国家湿地公园不仅自然风光美，其中的珍稀动植物也同样令人目不暇接。无论是山林中的樟树、闽楠、花榈木，还是河流里的鸳鸯、红隼和白鹭。它们是深山里的影子，是天空中掠过的清风。在这里，你时常能见到它们的身影。它们在此繁衍生息，代代相传。任凭岁月更替，斗转星移，改变的是四季，不变的是常青的绿叶和悠悠回荡的鸣叫。嘘！你听，它们来了。

夕阳西下，炊烟袅袅，鸡鸣狗吠，唤回了农田里忙碌的人们，只余一叶扁舟漂浮在波光粼粼的水面上。漫天的彩霞映照在大地上，染红了两岸的山岩、树木、小草，亦染红了水面和小船。天水一色，不禁令人想起"夕阳连积水，边色满秋空"的诗句。船夫摇动船桨时的一拨一撑，船边悠悠游着的鸭子，为这夕阳河景平添了几分清新、自然与生动，不似白居易在《暮江吟》中"一道残阳铺水中，半江瑟瑟半江红"的凄凉。你看，那落日的余晖，那波光里闪耀出的亮光，不正是一幅斜阳、河流、水鸭、樵夫、芳草绝妙搭配的水墨画么？

我张开双臂，拥抱这蓝天、碧水、青山，想象着盈盈的河水绕过城腰流向远方。荡漾在和煦的秋风中，一睁眼，那满山的绿意便猛地窜进我的眼底，我知道，那是春天的气息。

## 游玉带河有感

杨昌富 （通道教育局）

春潮涌，万物苏，寂无声。
古渡口，遥想当年事，侗乡儿女情。
盖别离，非天力。
浮桥上，英雄红军，旌旗展，向前进。
晒口湖中，落日余晖，苍鹭纵横，长尾雉叫。
玉带望断，水兼天一色。
忆天庭玉女，恋凡间红尘，
腰带抛洒，化作一道弯弯碧水，玉带遂成河。

秋风起，霜叶红，竟凉意。
溯河上，还看今朝景，表里山水影。
鸳鸯行，鱼儿游。
河岸边，雄鸡报晓，古树深，走兽惊。
湿地水域，朝阳初升，霞光万道，灰鹤凌云。
夜色将至，秋与月同辉。
闻行人到此，览玉带美景，
如痴如醉，恰似少女飘临，曼妙难与说。

玉带晚霞

# 有山有水有故事

田又月　（通道一中高1501班）

## 恍若仙境，恰似蓬莱

　　秋天的早晨，烟雾空蒙。白鹭与角雉时隐时现，河畔的青草被白雾缭绕着，朦胧缥缈。阵阵奇异的花香飘来，沁人心脾。这是陶渊明笔下的世外桃源，还是那超凡绝尘的蓬莱仙山？于是，这绝美之境就引出了一个有关玉带河的绝美传说：相传一位神仙在赶赴蟠桃盛宴的路上，途经此地，那藏在云雾中的山峰，那浩瀚林海中，缓缓流淌的河水，深深地吸引了他的目光，使他毫不犹豫地飞到水面，鱼儿被吓到"嗖"的一声全溜走了，"哗"一声林鸟惊起。这让他情不自禁拿出玉箫吹鸣，好似这里的一切都为他伴舞，山与树与水融为一体，鸟儿也被他演奏的音符陶醉。山醉了，水醉了，鸟醉了，人也醉了。据说王母娘娘在天庭久候不至，派来仙女寻他，结果仙女也沉醉在这儿的山水景物中了，禁不住在河面上空舞动着绸带，跳起舞来。当时，玉带河上空，仙乐齐鸣，仙袂飘飘；河面上凌波荡漾，河两侧岸芷汀兰。仙女因爱怜如此美景，扔下一条精美的玉带留念，玉带河由此得名。

## 黑米情浓，淳朴永传

　　农历四月，玉带河畔绿树成荫，青草丰茂，特别是四月初八这天，侗寨上下热闹非凡，男女老少一片欢腾，那是在准备做黑米饭了。

　　勤劳的侗家姑娘从山上采来乌木树叶，到河边洗净，在案板上捣碎，然后把捣碎的叶子装在盆里，倒入清水浸泡，叶子乌黑的汁水就泡出来了。憨实的侗家男子把洗净的糯米和黑水浸在一起，等米浸透了，就把它放进锅里，放上适量的清水，加盖儿用旺火蒸。几个小时，香喷喷的黑米饭就算是蒸熟了。这就是手抓乌米饭。侗家阿婆舀出一碗，热情地招呼亲朋邻居来尝鲜。孩子抓了一大把，津津有味地吃着，好一派和谐安宁的景象！

　　侗家的四月八这个节日据说是为了纪念杨家将后人杨文广。当年杨文广为朝廷征战，抵御外敌入侵。但他在一次战败后被奸臣诬陷，关进了狱牢。百姓不忍忠良之后被杀，就想方设法营救，先是送饭给杨文广，却不料送去的饭菜被狱卒

们一抢而空。乡亲们认为这样下去不行，于是众人上山寻草，遍尝百草后，一位十多岁的姑娘找到一种乌树叶，用乌叶汁浇在饭上，饭变黑了。看到黑乎乎的饭，狱卒们怕饭有毒没敢再争抢，因此杨文广得以饱餐。四月初八这天，时机成熟，乡亲们齐心协力把杨文广救了出来。为了纪念杨文广，人们将这一天定为黑米饭节。直到如今，这节日成为杨家侗族同胞共同的的节日，杨家将保家卫国的传说流传至今。

## 玉带潺潺　此恨绵绵

夕阳悄悄挂在山头，玉带河里，小鸭不见了，白鹭与角雏在水面啼鸣，婉转流利，犹如白居易诗中"间关莺语花底滑，幽咽泉流冰下难。"天空与水面连成一线，红霞倒映在水中，似乎会令人想起王勃的"落霞与孤鹜齐飞，秋水共长天一色"。

夜晚的玉带河显得格外宁静，除了有几条小船轻轻划过泛起波澜，也就无人问津了。坐在玉带河长椅上小酌一会，月影沉浸在茫茫河中，会让人不禁想起很久之前发生在这儿的凄美爱情。柳絮与刘郎七夕时相逢，每当月光照亮了玉带河，他们便会在树下你侬我侬，他们不顾世俗，继续念着：在天愿作比翼鸟，在地愿为连理枝。但担心的事情终究会发生，老财主看上了柳絮，一介布衣怎能与老财主对抗，他们俩决定放手一搏，若能成功便做双飞鸟。可那晚柳絮出逃时，老财主家的狗惊叫起来，她跑到玉带河月光特别明亮，她停住脚步，向身后望去，老财主家的家丁一个个凶神恶煞，她绝望地看着对岸自己心爱的男人，对他说了最后一句："天长地久有时尽，此恨绵绵无绝期。来世相见。"最后决然地纵身跃下。众人到时，已无力回天。刘郎因爱之入骨，亦殉情而死，柳絮的红丝带飘在空中。

有山有水有故事，或许，这才是玉带河。

玉带河水天共色

# 又见白鹭落绿洲

吴金城 （通道作协、文学爱好者）

长长的玉带，在万佛丹峰中流连、飘舞。

飘过牧童遥指的杏花村，那里有十里翻腾的稻浪，和浓浓米香的侗家。

飘过水草丰盛、百鸟翔集的菁芜之洲，那里有阿哥凌乱的渔网，阿妹幸福的牵挂。

瑶坪的玉龙潭，沉淀了太多的乡愁和思念。点点滴滴，丝丝缕缕，从鱼儿的嘴里冒出，流向百里开外的大鱼潭。而在雁鹅湖，那里的乡愁和思念更深、更远。

一条河有多温柔，乡愁和思念就有多温柔，就如那只欢喜的白鹭，总在预测和期盼中，迎来了春暖花开。

而玉带河湿地公园的春天，却是从2015年的最后一天开始的。

那一天，白鹭静静地落在静静的沙洲上。沙洲，绿了。

长长的玉带，与湿地的万物，在天地之间，一同起舞，一同沐浴，听晨钟暮鼓，看四季更迭，也将随宇宙的轮回，一起老去，一起重生。

满月，一般从金龟山上升起，恒温的清辉，最适合孵化可爱的宝宝。而弯弯的月亮，往往落在白鹭洲上，戏弄几条勾鱼，等候白鹭乘风归来，在垂柳烟幕中互相依偎的缠绵，聆听千年古枫细密如沙的叶片的呢喃。

这只白鹭，是报春树的一蕊新芽，是野水韭的一抹清香，是野荞麦的一株金黄，是芒冻草的一枝寒霜。白得素净，白得自由，白得耀眼。

真想做一只自由的白鹭，从玉带河上游的天空，飞到县溪的犁头嘴，飞到江口的大鱼潭。我不要大鱼，我只想看着大鱼带着小鱼在水里畅游，便好。

两岸的风光，一定很美，是那种永远走不直的弯弯曲曲的美。那一河一路蜿蜒着的花花草草，听得懂春蛙、夏蝉、秋鱼和冬鸟的歌声吗？四季的风雨吹过，心里的阳光依旧温暖。

在纷繁嘈杂的俗尘滥调中，我分明听见了秋沙鸭觅食和鸳鸯戏水的声音，这里才是它们永远的家。

清爽甘冽的河水，滋润白鹭的尖尖细嘴。它肆无忌惮地与螺蛳、蚌壳调情、亲嘴；时而触摸荒芜的码头、破旧的渔船，时而站在黄牛的脊背、中空的香樟。梳妆。沉思。凝望远方。

它是否向往，桃林深处鸡鸣狗吠的村庄？

它是否看见，风雨桥上独自徘徊的姑娘？

此时此刻，小小的苔花，在白鹭之洲开放；纤纤的丝草，在通透的水底浅吟低唱。

飞翔的英姿越飘越近，孤单的落叶越飘越远，不近不远的，是丹峰怀抱的那一湾念想。

但愿一次穿行，一次野炊，一次礼佛，一次路途上的闲聊，不会把玉带河的一山一水、一花一草、一树一鸟，吵醒。与其让她醒了撞见人间的贪婪，不如让她继续留在梦境里，抑或一框画中，生生死死地永恒。

那山那水，那花那草，那沙那石，那阳光那雨露。一切的一切，生命静好。

这里，就是孕育和呵护生命的襁褓啊！如此温馨、温暖、温情，足够容纳白鹭和白鹭的朋友，摔一千次的跤、撒一万年的娇。

草木含情，百鸟知恩，万物有灵。

每一种恩赐，都不应该忘记。

白鹭，不能迷失夜归的方向。

白鹭的思绪，也曾在老王脚的吊脚楼上驻足观望，然后落在县溪古镇的书院里。

那是1934年9月15日，一支人困马乏的队伍，相扶相携、步履蹒跚地走进老王脚侗寨，疲惫地躺在屋檐下，望着宽阔的河面，愁容满面。

领头的人，正是威震四海的萧克和王震将军。

谷子进仓，农民遭殃。是可恨的恶匪，还是残暴的凶帮？

两天一晚，不管如何饥饿难忍，这支部队没有拿群众一针一线，反倒给老百姓发放救济的银圆。

善良的侗家人，知道这是一支人民的军队，百姓自己的部队！

他们拆下自家的门板，用藤条和稻草编织的绳索，把门板连成一座座浮桥，送红军过河。

我们一定会回来的！桥的两头，挥手之间，泪流满面。

我们欠一个寨的情，一座桥的情，一条河的情。我们，要还。红军走了。

六十年后，一座横亘两岸、长130米的石拱桥落成，上书王震将军的五个大字:"民族团结桥"。

军民鱼水,天人合一。老王脚侗寨,在恬静中透着红色的喜悦。

从此,历史记住了红六军团,记住了三个月后的1934年12月12日和恭城书院,这个好运的日子,好运的地方。

白鹭飞过,恰巧见证了这一切。


龙底河狂野,马龙河激情,坪坦河傲娇,渠水河宽容。

而玉带河,总是绵绵无尽的柔情。

这股柔情的力量,并非来源于2400年前的《离骚》和《九歌》。

而是,来自侗族人民的祖母神——阿萨。

流源侗寨和所里侗寨的五月初五,与其他地方的端午,不一样。

他们把这一天,叫作祖婆节。五月初四包粽子,五月初五祭祖婆。

祖婆,就是母仪四方的老祖母,侗族人心中永远的女神。

侗家的粽子,自然是天地馈赠的灵物。箬竹、田边菊、八角枫、车前草、马鞭草。还有草灰和黄栀子。取寨边泉、玉带水,清洗、浸泡、配料、包扎、烧煮。集日月精华于一体的粽子,才能拿去祭祀敬爱的祖母神。

包粽子,别说话。大人对小孩说。

请老祖母上楼。男人和小孩止步。

给老祖母裁衣。给老祖母洗衣。给老祖母穿衣。给老祖母穿腰带。给老祖母洗澡。

先包两个对背粽,请高个子的老祖母;再包三个三角粽,请矮个子的老祖母。

初五的清晨,捉泥鳅,着盛装。

对背粽四个一扎、三角粽七个一扎,与泥鳅一起,祭祖。敬酒。

对背粽四个一扎、三角粽七个一扎,与香纸一起,祭萨。敬茶。

吃百宝菜。洗百草浴。

千年的习俗,历经岁月的反复淘洗,在万绿丛中如花绽放。

这一幕,白鹭和我未必看得懂,但玉带河,一定懂。


与一只白鹭的相识,缘于三十年前的一棵千年古枫,缘于一场突如其来的漫卷西风。

风疾。雨聚。电闪。雷鸣。

刚刚学飞的小精灵,如漫天飞舞的树叶中的一片,飘坠在廊檐上。

一脸的惊恐,一脸的无助,那双眼睛,像极了一位早逝的小伙伴。

小屁孩拿一把破伞顶风而行，试图靠近它，俘获它。

一个闪电。又一个闪电。一片耀眼的树叶落在小屁孩面前。是鹭妈来了，她尖细的嘴，朝他的脚背凶猛袭来！

小屁孩狼狈逃回屋里，用扁担死死顶住木门，直到风住云散。

夜色渐近，小鹭还在，鹭妈离去。鹭妈终究带不走这个可怜的孩子。

每天清晨，寨边的小河里，田埂的渠道上，总有一个蹑手蹑脚、机灵矮小的身影。

那个光屁股，比火柴棒还黑。

每天黄昏，鹭妈都会绕着吊脚楼飞几圈，才回到树尖上歇息。

五天后，小鹭一飞冲天，从此消失不见。

从那时起，那个光屁股小孩，放弃了爬树掏鸟窝、扔石头砸野兔的想法。

他的梦境，是一行白鹭上青天的水墨画。

一山一水，一树鸟一湾鱼，在生生不息的奔流中，在不停地转弯中，一阴一阳地成对出现。

长长的玉带河，在神奇的通道侗乡，刻印一个个神秘的太极图，跟着哆耶的节奏，转出太阳，转出月亮，转出繁星点点的守望。

山水之间的寨楼桥人，花鸟虫鱼，构成了一生二、二生三、三生万物的生态八卦。芦笙和琵琶，吹奏弹唱出乾坤震巽、坎离艮兑之音。

喝米酒，听佛歌，打太极。半俭半丰，半醉半醒，半佛半仙。

我和白鹭已经约定，今生来世，就在此修炼。

又见白鹭落绿洲

# 玉带河，一条盛满故事的清河

粟远和 （通道林业局、县作协主席）

泛着灵灵波光，盈一河的清凉，环绕于侗乡的丹霞峰林间，润泽着阡陌大地，秀出两岸如氲的画廊。

初识玉带河是在二十多年前，那时我还在乡下的单位上班，单位紧靠玉带河，闲时经常和同事到河旁的乌桕林下散步，看早晨河面的氤氲，赏月夜清涟的波光，听潺潺流水的浅唱，借着河边的幽静，偶尔还会抒发一番畅想，放飞年轻时追云逐月的情怀。记得河边经常有人浣纱、洗菜，我们喜欢和这些人闲聊，时间长了，便从她们那知道关于这条河的许多故事传说。

相传远古时代，王母娘娘举行蟠桃寿宴，众佛尊前往祝贺，途径一地，只见峰林起伏，青山若黛，众佛贪恋此地人间美景，驻足不前。王母娘娘左等右顾，急令一侍女前去探究，然而侍女更被此地美景所迷。宴时已到，终究母令难违，侍女返回天宫时，把系在身上的一条碧玉丝巾抛落凡间为记，以备日后众姐妹相邀再来游玩。因碧玉丝巾接到地气，仙气与地气自然融合，慢慢地，碧玉丝巾落下的地方便化为一条清亮如玉的河流，后来人们把他叫做玉带河。这只是一则美丽的传说，但洁净清亮的河水却真如碧玉般，或许它也还真有灵气，让沿河两岸百姓世代吉祥安康。千百年来的时光流逝，玉带河两岸已居住着大大小小十多个村落，由于河水丰盈，水质特好，这里种瓜得瓜，种豆得豆，侗民过着殷实的田园生活。那年，我下村到一个仅有二十多户人家的寨子，鼓楼里坐着五六位红光满面，精神矍铄的老人。我问他们多大年纪，一位老人告诉我，他们六人中，有三人接近八十岁，有两人八十多岁，还有一人九十三岁了。他还告诉我，沿河一带八十到九十多岁的老人很多，有的家庭四代同堂，甚至五代同堂的也有，我问及是何原因让这里人如此长寿？他们自豪地告诉我，还不就是长年喝玉带河里的水嘛。后来我仔细查看了关于玉带河水域的相关资料，原来它的发源地全是原始次森林，从每个山谷里流出的涓涓细流晶莹碧透，冰冷刺骨，那水含有多种矿物质元素，这些细流汇集在一起注入玉带河，便成了两岸侗民取之不尽的天然矿泉水源，沿河有如此多的高寿老人便是寻常之事了。如此看来，当年那条飘落的碧玉丝巾幻化的不只是一条平平常常的河，它更是一条惠泽侗乡大地的生命之河。

玉带河三弯九曲，流淌着千年的历史古韵，书写着厚重的人文史册。官团，位于玉带河中游，是一个侗族自然村寨，玉带河水经寨前缓缓流过，或是水的

钟灵，亦是山的毓秀。这里清代曾一度出官，当年康熙皇帝见此地人杰地灵，万物祥和，特立一爱民碑。如今，那青石为碑、丹霞石当座的康熙爱民碑，一身沧桑，顶着风月，至今还牢牢地立于寨旁。四座有两百多年历史的鼓楼，飞阁垂檐，高耸于侗寨之中，与娟秀的玉带河水遥相呼应，见证着桑田的变换，历史的兴衰。

奇山环拱的玉带河，风物独艳，那满河的清流尤其能体现她扬古启今的魅力。莲花潭一个看似平静的深潭，却成为玉带河红色历史的载体。一九三四年十二月，湘江战役后，中央红军为摆脱国民党军队的围追堵截，从广西进入通道，途经此地，到达恭城书院，并召开了举世闻名的通道转兵会议。当时，红军依靠当地侗族群众无偿赠送的十几条小木船，两天两夜平安渡过了莲花潭，并且，还留下了十几个伤病红军让侗族群众照顾，给美丽的侗乡播下了红色的种子。通道转兵会议，为黎平会议、遵义会议打下了坚实的基础，挽救了中国革命，改写了历史进程。玉带河由此在历史上书写了光辉灿烂的一页。"节物风光不相待，桑田碧海须臾改"，伫立玉带河岸，看悠然流动的河水，仿佛历史的更换就在一瞬间。

玉带河流淌于青山之间，两岸重岩叠峰，千奇百怪，景色迷人。在三十多公里的河段，就有双龙夺珠岩、飞天蜈蚣盘、神龟望月、道姑臼、试剑石、敬天蜡烛、蛤蟆岩、树中树迷宫、神牛塘、玉玺石、狮子岩、阳光沙浴场、中华大水车等三十六处风光秀丽的景点，这些景点诠释着许许多多或凄或美的动人故事。那著名的一线天，相传是伏波将军为博得红颜知己一笑，手持宝剑在江边试剑，一剑劈开了一线天；那缠缠绵绵的树中树，却又是爱情的化身，"玉带河水多锦绣，玉带河畔好风流，不信你看树中树，痴童苦恋（刺桐苦楝）到白头。"形象地勾画出玉带河两岸侗族人民对爱情的忠贞；还有神牛潭，一巨大石牛饮水潭里，那来不及卸下的石犁石绳永远套在它的身上，沧桑岁月洗刷着它身上的累累伤痕，行云流水静静地抚慰它那不羁的心。故事的真实与否，我们无法拷究，但这些凄美动人的故事却为玉带河的灵动又注入了几分神奇。

关于玉带河的故事传说，我那时知道得很多。二十多年过去，时光冲淡了一切，一些人和事都只留下模糊印象，似在昨天，却又忆不起它的真实来。

那日，我独自携带摄影器材来到玉带河边，拍了几张便找一处邻水的地方坐下，想借助眼前的风景，静静地用心寻回遗忘在这一弯清河里的故事。

落日西下，河的尽头是天水相接的地方，天空布满晚霞，把深蓝的水面映得通红。两岸青山亦披上金色，在水中显现出黑色的倒影。山水间，几只归巢鸥鹭扇动它那有力的翅膀，慢慢地从视野里消失，河面上波光如玉，万籁俱寂，唯有潺潺流水似乎还在娓娓述说人们未知的故事。我顿然醒悟：玉带河的故事岂止淡忘了的那些？改革几十年侗乡的巨变，成效显著的生态文明建设全都注满了这条如诗如画的清河。而玉带河的故事，每天都在侗族人的勤劳与智慧中翻新。这些故事随波逐流，旧的远去，新的接踵而来，就像流水，一刻也不会停息。

玉带河，一条盛满故事的清河；玉带河，一本流动着的书。其中的故事你永远都无法读完。

绿水清波载翠影

# 玉带河

唐友勇　（通道一中高1601班）

春风徐徐，醉人于舟
群鸭嬉戏，与君同游
兼葭采采花飞柳
玉带春景看不旧

映日荷花，双目难收
众燕翱天，群伴邂逅
芦笙之音绕水流
玉带斜阳人未休

丹桂飘香，萦绕襟袖
游鱼乐潜，观之忘忧
侗歌悠悠漫山头
玉带秋风使人留

树木常青，绿水长流
万籁俱寂，心静清幽
冬风无力寒不透
玉带冬阳暖心头

情迷玉带河

# 玉带河边的遐想

杨长虎　（通道下乡明德小学教师）

　　我的家在通道原下乡乡境内。通道侗乡，有许许多多美丽的风景，其中家乡的玉带河湿地公园的山山水水，就是一幅神奇的画卷。她那迷人的风采，展示在世人的面前。

　　玉带河源起湖南省与广西壮族自治区接壤的群山之下，迂回曲折，缓缓向北流去，过下乡，经万佛山，到菁芜洲，再流向县溪。

　　提起家乡的玉带河，这还着一个美丽的传说呢。相传很久很久以前，一天，天上的王母娘娘举行蟠桃寿宴，众仙群佛前往祝贺，途径一地，众仙佛被此地人间美景所惑，驻足不前，流连忘返。王母娘娘等了很久，不见人到，就派一侍从仙女前去探究。侍从仙女来找众仙佛，也被此地美景所迷。蟠桃寿宴时间已到，侍从仙女急和众仙佛飞往天宫，匆忙间把王母娘娘赐的一条玉带，遗落此地，化成了曲曲折折的河流——玉带河。于是，就有了这如诗如画的玉带河了。

　　走到下乡团能湾处的玉带桥上，默默地欣赏，那清清河水，缓缓地流着，河中的鱼虾一览无余。累了，热了，到河里捧起一把河水洗洗脸，令人神清气爽，疲劳顿消；口渴了，喝上一口，也觉得甜丝丝的感觉。无风时，河面水平如镜，倒映着河边的奇峰怪石和绿树红花的影子，玉带河就成了长长的彩色风景画了；有风时，河面漾起阵阵涟漪，在朝阳的照耀下，泛起五光十色的亮光来，好似玉带河中开了朵朵金花，再加上早晨的河中飘起层层白雾，使人恍恍惚惚，就觉得玉带桥就处于仙境之中。

　　玉带河在团能湾处，水深缓行。河水一过这里到城坪一带，玉带河一改文静的少女姿态，水变得有些急了，如果你乘船顺水而下漂流，会别有一番滋味。玉带河水时而湍急，时而舒缓，时而直下险滩，时而弯曲蛇行。玉带河两岸一座座具有丹崖地貌的群山，拔地而起，一座接一座，连绵不断。山峰高矮不一，错落有致。群峰重岩叠嶂，形态各异，名字奇特。从团能湾到城坪村一带就有蜈蚣岭、试剑石、全家福、双乳峰、双龙夺珠岩、飞天蜈蚣盘、神龟望月峰、道姑臼、敬天蜡烛、蛤蟆岩、玉玺石、狮子岩、将军岩、一线天岩等等山峰和怪石。这些山峰怪石形如其名，各有其传奇的故事。河边上、山上长着茂密的小毛竹，苍翠欲滴。山上还长着郁郁葱葱树木，更有不少珍贵的古树。在团能湾玉带河边就有好

多参天的古木，巨大的，要一两个人才能抱过来。这里，还有好几棵比多数普通树要硬的珍贵古榉木，屹立在河边，显示了它顽强的生机，点缀着玉带河。

要是从玉带河团能湾处朝南方的另一支流——流源河前行，不到三公里就是纪念红军长征的兴隆桥，这座桥和流源村的水口桥是当年红军长征过通道走过的桥。这两座花桥上挂着本地民间艺人作品的木雕画，很具有欣赏性。水口桥下不远处，有一个大石龟盘在河边。水口桥边，有一株几百年的参天古银杏树，气势磅礴，冠似华盖，静静地看着玉带河向北流去。人坐在桥上，就会自然地想起：一九三四年十二月，长征的中国工农红军第一方面军——中央红军，从广西壮族自治区平等乡翻越过黄沙岗后，浩浩荡荡地从这里经过。听老人说，那时过桥的红军，整整走了七天七夜。红军还曾在流源的一座学堂，休息避雨。红军后来过下乡、万佛山，并在通道召开了举世闻名的通道转兵会议。当时有一些受伤的红军，留在玉带河流域的村庄中，受到当地百姓的照料。最后有部分受伤的红军战士留在当地成家立业，下乡、万佛山就留有好几位老红军。长征过路的红军给美丽的侗乡播下了红色的种子，玉带河也在中国革命史上留下了光辉的一页。

团结桥下波弄影

## 玉带河的秋

杨庆生　（空谷幽兰　县人大副主任）

玉带河的秋，芬芳嵌入心灵的骨缝，如约金黄的深刻。

在微凉的风中，抓一把熏腴的香土，扔给掐算生命长短的原。聆听草色耳语，尽诉绿色期盼中的潋滟水光。

劳作的号子，与犁铧刺入土地交织，融入耕作的成行土坯，奏出田园交响。品读术语，品读阳光风吟，品读朴素土地上的鸟语和果香。

拾起春雨深情的回味，晶莹剔透的字句，穿越春夏栅栏，余音缭绕山梁。

葱茏的雨露，一遍一遍，刷洗曾经的花蕊，化为浓墨，泼洒七彩斑斓，绘就大地金黄，捧出盈盈饱满。

看见，滚圆的希望，渗透田垄的五线琴弦，谱出秋之铿锵。一堆堆生命的音符，从泥土里流淌出生命交响。气势雄伟，浩浩荡荡。

掰开月亮，明眸含情。在这季节，没有比收获更昭示心灵，心旌沸腾。没有什么让一尊小酌，如醉芳芬。静谧的夜空，任一页断章流放。让浅湿沧桑的荷塘，植满岁月的守望。

玉带河的秋季，匆忙的乡村把寂寞引渡。大地，随即一幅生动的场景，堆满硕果累累。将春之露，夏之炎，秋之凉酿一壶醇香的尘世。满上一杯，待混浊慢慢澄清，溢出清澈酒香。

无言的心路，装载深深浅浅脚窝，踏着流水行云，在秋梦里重温那往昔的流光。

在这秋的季节，系好心情。让花的微笑收敛，释放出幸福的憧憬。在云淡风轻的日子，望断孤独，尽情挥洒深情与激扬。

玉带河的秋，用无声的窃喜，遗忘湍火缭绕的时光。唤醒来年大地春回。用深深期盼涂鸦时令，撩起曾经不变的畅想。

玉带秋韵

## 玉带河的邀约

罗子纯 （广西）

大自然用灵巧的手
神奇的玉带自如织就
用彩虹和云霞做丝线
绣出了玉带河的容貌美如画卷
纵是心有七巧的织女
也只能望而兴叹
怎样才能织出如此七彩的锦绣

谁用一万年的甘露
储蓄了一江的晶莹剔透
滋养了万物灵兽
玉带河上那些珍奇的精灵
正在旖旎的河水中嬉戏
那一声声的软语呢喃
洗涤了人类心灵的污垢

哪位画家在此洒脱泼墨
哪位仙姑遗落了羽衣云袖
什么样的词语可以形容你的神韵风姿
谁能栩栩如生地绘就你美丽的容颜
谁能为你谱写一首不朽的赞歌

渔翁在江面上撒网泛舟
收获一船的笑语欢歌
那佩着玉带的良人
在草木花丛中穿梭
爽朗的笑声响彻山坡

带着一颗倾慕的心
聚集在侗家的圣山下
沉醉于玉带河宽厚温软的怀抱
用一缕阳光点燃心中的圣火
捧一枚馨香赠予思慕的阿哥
唱一曲侗族大歌
激活了沉寂的心窝

圣山下淳朴的人们哟
至诚盛情地向世人发出邀约
热情的侗家阿妹
敞开玉喉唱起山歌
来吧
你还在犹豫什么
让我们聚集在玉带河畔共享惬意生活

玉带蓝调渔影

# 玉带河赋

申 键 （通道一中高 1504 班）

　　湘之西南，桂之边毗。百回千转，有河玉带。玉带之澈，澈如沉壁；玉带之灵，灵动万物。物华天宝仙人临，解下玉带化作河。人杰地灵天护佑，湿地玉带美名扬。侗家阿妹比西施，湿地风光胜西湖。

　　闻说山水风景好，遂作轻装玉带行。时值季秋，天朗气清。造化妙手出奇景，人在仙山画中游。云落烟影如墨画，雾轻淡霞似仙境。碧峰巉然干云霄，几处山花缀华景。木山连绵不知去，候鸟南飞不愿归。白鹤萃湖心，灰鹊飞木屏。秋江碧丽波四泛，清空琉璃云轻灵。天水一色，一碧万顷。时落秋丝雨，烟雨山水；或晴一片天，清新江南。恬雅畅然，阔达明快。

　　枫叶渐黄，稻香四漫；高粱转红，潦水静潺。岸芷白兰，水上葺屋。湘水湘君望公子，闺妇玉带思情郎。忽见鼓楼侗寨，古色小镇；品尝油茶苦酒，迎香扑面。溯乐声，遇歌舞。幅幅侗锦旋作舞，芦笙悠扬醉如梦。歌纤美兮止白云，舞飘雅兮花鸟瞳。渔舟起棹明镜里，人烟轻摇消天际。

　　沉醉不寻归路，驻留远观长空。雁奔湿地，渐远细微化点；人行大地，漂流似若埃尘。迷于虚梦不觉惘，浮于浅世疲无身。砚笔书画千废纸，经纶满腹无效日。恰如放翁空壮语，好似清照万般愁。但以艰难奋于世，不甘平淡度余生。愁思绕心终消释，壮志盈腔改命途。

　　黄昏忽降，雁阵南行。残阳辉斜金千里，落日朱砂火似云。归去四顾见木柳，念复沉梦玉带行。

晚霞满江天

# 玉带河观景

陆安宏 （原书协主席、人社局退休干部）

霜染枫叶片片红，嵌入渠江绘玲珑。
丹霞峰斜下高街，江渚回目掉头东。
芒花淡，甜柿浓，鱼浪吹香入帘笼。
撩得诗情抓不住，一行白鹭破苍穹。

玉带秋色

## 玉带河国家湿地公园畅想曲（组诗）

曾　威　（广东　曾经沧海）

### 今夜，你入我梦来

今夜，你入我梦来
踩着玉带河水波荡漾千年不变的节拍
携着万佛山上浩荡奔放的东风
于是我就在你温暖如春的怀抱里
悠闲地翻阅着一章"玉带河赋"
轻声地吟诵着"通道转兵"的红色经典
也阅读着最美侗乡通道的字字珠玑
静静地聆听着你款款而来的步声
享受着这一方绿色宁静的美妙梦境
又仿佛看见那一株株高耸的古银杏
于风雨中延续了千百载岁月
如今仍在你默默的注视里
依然焕发出勃勃生机盎然春意
莽莽山岭上，那悦耳的鸟鸣震耳的兽吼
总在我的梦中此伏彼起

今夜，你入我梦来
我伫立在你高高的独岩峰上
仿佛听见那逶迤山峦的翠绿森林
在风中奏响阵阵如歌松涛
也仿佛看见陇底原始次森林上那一片莽莽苍苍
依然泼洒着湘西南诗意盎然的无限风光
一千五百多公顷的国家湿地公园
这一方土地生长出的原始森林延绵苍茫
依旧浩浩荡荡葳蕤着我的仙林梦境
一年四季，春夏秋冬

每一个日子都能听见珍禽异兽的叫声朗朗
而此刻，正是早春时节
翠色欲流，绿色扑"眼"而来
片片花瓣与春风拥舞
精灵般似的在阳光下恣意飞扬

今夜，你入我梦来
我徜徉在百里侗文化长廊里
饶有兴致地欣赏一卷美丽侗乡画册
那些沧海桑田风云变幻的历史剪辑
那些人与自然和谐共处的精彩描绘
无不让我欢欣让我心生向往心驰神往
如果说封面与前言是一帧
玉带河对明天无限憧憬的斑斓图画
那么我也必然相信封底与后记
一定是玉带河国家湿地公园对昨天的依依不舍
而今天的丰富多彩异彩纷呈
正被湿地公园工作者一双双智慧灵巧的手
浓彩重墨般挥写在生态文明绿色通道的正文里
有花有果有笑有泪有歌有舞

今夜，你入我梦来
我敞开春天般温暖的胸膛
揽你入怀，拥你入梦
梦中，我置身于万佛山风景区里好奇地探险
才别马田鼓楼又醉芋头侗寨风情
梦中，我双手合十如虔诚信徒朝拜
在植物活化石银杏古树前拂拭尘埃净化灵魂
今夜，你入我梦来
我兴致勃勃兴趣盎然
多想高歌一曲让玉带河澄澈之水涤洗尘肺
在这个国家级湿地公园的角角落落
在这个人人畅享美丽中国梦的新时代

就让每一个人,从四面八方出发
朝着这一方旖旎风光,上路走吧
步伐轻盈走向辉煌未来
笑语欢声拥抱锦绣侗乡

## 在这里,我神游仙境

在这里,我神游仙境
一头扎进玉带河国家湿地公园
每一条溪流,每一方水滩
每一处古迹,每一帧风景
都驻留过我兴奋好奇的目光
香樟、闽楠、银杏、花榈木、金乔麦、野大豆、中华结缕草……
鸳鸯、白鹇、红隼、雀鹰、猫头鹰、中华秋沙鸭、白颈长尾雉……
一个个或久违或新奇或陌生的名字
无不诗意般地进入我的脑海
并且清晰地唤醒我的保护意识

在这里,我神游仙境
于飞花溅玉的阳洞滩瀑布前流连忘返
纵横的溪流茂密的森林令我叹为观止
林木深处,藏着一阕芋头古侗寨风情
歌舞之夜,侗族男女琵琶歌飞芦笙舞起热情奔放
祭萨之日,侗寨祭祀仪式别具一格庄严肃穆

在这里,我神游仙境
云海奇观万佛山,我优哉游哉
花海如梦麒麟山,我漫无目的
站在一株株闽楠古树前
仰望的目光随枝丫伸向天空
我看见一拨又一拨的鸟儿
自由欢快地飞来飞去,飞去飞来
在这里,我神游仙境

穿梭于原始森林，行走的脚步
一再被绿色而柔软的珍稀植物
羁绊、缠绕和挽留，依依不舍
露营之夜，于万籁俱寂之中
我倾听鸟鸣虫叫兽吼融汇而成的森林交响曲
聆听空旷悠远的时空里传来的声声异兽啸吼

在这里，我神游仙境
一路上，走走停停站站坐坐
看不尽奇花异草闻不够鸟语花香
这里，有曲径通幽一步一景
这里，有珍禽异兽时鸣深涧
我多想，在这里站成一棵树
看晨鸟出巢写意春山如画
赏春江水暖倒映玉带神韵

## 祝福侗乡

这是一片神奇而滚烫的土地
千年通道，最美侗乡
一年四季于风中弥漫花木清香
古人曾云此"南楚极地""百越襟喉"
于是遂成各族黎民百姓国泰民安的福祉
多少个风雨如磐的岁月绵延至今
历史云烟已消散，风流人物俱往矣
唯遗留锅冲兵书阁，与横岭古楼群等众多古迹在此
坪坦风雨桥下，潺潺流水千年不绝如缕
侗戏唱声里，悠扬了一个文化侗乡的历史美名

站在高高的马田鼓楼上俯瞰
通道，这座楚越分界的湘西南古郡
处处风景如画，风情似酒
千百年来，一个孜孜以求的梦想

终于被勤劳勇敢的侗乡各族人民实现
六十九年前，你唱着东方红站起来了
四十年前，你唱着春天的故事富起来了
今天，你要唱着伟大复兴中国梦强起来
通道，你这美丽的侗乡大地
重又容光焕发，闪耀熠熠光芒
今天，你挟"全国最佳休闲旅游县"之名
再次以"中国民间文化艺术之乡"的恢宏气势
把绿色生态安居乐业的中国最美侗乡声名
唱响湘西南，唱响大西南，唱响祖国的山山水水

阳春三月，徜徉在这万木欣荣万鸟云集的湿地上
看不够繁花似锦，听不厌鸟语欢歌
今天，我把比这三弯九曲玉带河
还更蜿蜒绵长的祝福，献给你
把比这国家湿地公园自然风光
还更透迤美丽的未来，送给你
今日侗乡，真心祝愿你在"两个一百年"期间
乘着进入中国特色社会主义新时代浩荡的东风
为侗乡人民谋幸福，不忘初心继续前进
为中华民族谋复兴，砥砺奋进再谱华章

美丽侗乡，绿色家园

# 玉带河畔人家

石礼显 （通道思源实验学校教师）

不曾想，与玉带河的第一次相遇是在那不经意之间。

那年，与好友几人从万佛山下抄近道去菁芜洲。虽是近道，但不太好走。路是水泥路，但很窄。车在山谷间蜿蜒盘旋，一路小桥流水，鸟语花香。不知爬了多少道坡，过了几个弯。车在行，心在思，这路就如人生一般，虽然坎坷，沿途风景一闪而过，却总是念想，尽头必定柳暗花明！

不知开了多久，车头一拐，在青松翠竹掩映下，一个村庄闪现在面前：村寨依山而筑，傍水而居，家家是侗家吊脚楼，不似其他村寨砖房青瓦。屋檐虽无雕龙画凤，但侗乡那般古朴、静谧无疑。村旁绿水缓缓流淌，河岸青树绵绵萦绕。块块整齐的菜畦在张扬着农家的勤劳，丘丘旺盛的稻田在孕育着丰收的喜悦，而寨边高大的古柏更见证着村寨的悠久。

蓝的天，青的山，绿的水，黄的稻，加上被车轮的声响惊飞的白的鹭，凝聚的不仅仅是一幅山村美景，更是一幅泼墨泼彩的油画。无处不昭示着游人：这里是一块远离尘世的净土，是藏在深山中的香格里拉，是五柳先生笔下呈现在世间的桃花源！

途径村口，岔路甚多，停车问路，村口闲聊的老者们停下所聊话题，你一言他一语，不胜其烦地给我们指路：前面几个弯往左，又到哪条岔口往右……他们不知，我们哪里记得那么多。但那份淳朴，那份热情，早已把我们的疲惫化为乌有。

走过太多的山山水水，领略了不少的风土人情，却不知最美最淳朴的地方，竟离自己这么近！真可谓"众里寻他千百度，那人却在灯火阑珊处。"

车上无人说话，只是静静地享受着窗外的那份静谧与安详。阵阵惊喜之余，剩下的是更多的遗憾：遗憾当时手机像素过低，定格不了这永恒的美；遗憾时间短暂，未能停车驻足，与这个小村更亲近，去体会这里别样的韵味。

后来打听得知，这个村叫官团村，村旁边的河叫玉带河。

如果说第一次与玉带河的邂逅是那么的偶然，那第二次与玉带河的相遇来得是那么顺理成章。

暑假，在家待久了，想出去走走。于是带上老婆孩子，骑着家里"小毛驴"（摩托车）四处闲游，决定重走玉带河。

骑车进了长塘坳，双江河在这里绕了个弯继续往前，和玉带河在不远处碰头融汇，因而得名两江口。一青一绿的两股水汇成一江，继续向前奔流不息。沿着玉带河边的小路蜿蜒而上，路是土路，坑坑洼洼，一路颠簸。来往的车辆不多，甚是清净。

顺路瞧去，清水悠悠，树木葱郁，好一派夏日之盛景。婵儿不知疲倦的唱着夏日的赞歌，鸟儿也在山林中叽叽喳喳地唠叨着。蝉噪林愈静，鸟鸣山更幽。玉带河水时而平静如处子，时而哗哗作响过滩涂，侧耳一听，其声如奔马，响彻河谷。冲刷而下的激流泛起的水花如碧玉如白绸。咱们一家三口走走停停，停停走走。不时在潭水边驻足，让孩子丢块石头，石头荡起阵阵涟漪；偶尔高歌一曲惊起岸边水鸟展翅而飞；有时停留路旁的古柳下，看老翁轻舟泛江而渔，猜其是否收获满满。一路前行，一路赏山看水，甚是惬意。

盛夏的天，说翻脸就翻脸，刚刚还是青天白日，突然乌云聚拢，狂风掠过山林，呼呼作响。豆大的雨珠噼里啪啦随之而来，打在脸上，叫人不禁生疼。摩托车箱没带雨衣，环顾四周，前不着村后不着店，正不知所措。忽见在不远山坳的烟雨中露出一角瓦楞，有瓦必有家，有家必有人。带上妻儿 骑车往那有人家的方向奔倚而去。果不其然，山回路转，一户农家小院突现眼前。依山傍水，岑寂而安宁。竹篱笆将小院围了个圈，门口立着两根柱子，上用杉树皮盖着，几块木板拼成的木门，将小院与外界隔绝。

担心唐突，不忍惊动主人，我抱着孩子，老婆靠着我，三人在门口杉树皮小棚下静等雨停。夏天虽热，但淋湿的衣服还是让人不爽。突然，柴扉轻推，一把雨伞冒了出来， 一位老者出现在门口。这是主人，热情相邀进屋躲雨，盛情难却，我们随之进入小院。院落不大，但错落有致，房子年代有些久远，但整理得干净整齐。几只母鸡瑟缩着蹲在墙角躲雨。进屋，女主人也出来相迎，大家都是侗家人甚是亲切。

雨一直下，便与主人攀谈起来。主人家也是个善谈之人，给我们介绍了这一带的风土人情，奇闻逸事。谈话中得知老两口的儿女都在外打拼，但老两口不忍舍弃这份老宅，觉得在外面没有田园特有的自由，种种田，喂喂鸡，生活也是难得的安逸。屋外烟雨蒙蒙，屋内其乐融融。闲聊之中，女主人破了个西瓜，说是土门村本地瓜，甜得很。尝一尝，真的新鲜红嫩、清爽可口……

雨终于停了，孩子小，性子急，吵闹着要回家。不得已，与主人家告别。主人极力挽留吃午饭再走，不忍再加打扰，告辞而去。

两次邂逅，两次辞别。邂逅是短暂的，辞别是不舍的。佛说："万发缘生，皆系缘分。偶然的相遇，蓦然回首，注定彼此的性命，只为了眼光交汇的刹那。"我常常在想，为何第一次的邂逅让我对玉带河有了无限的牵挂？思了很久，都无从解答。第二次的造访，让我心中的结有了答案。不就是因玉带河边山的奇秀、玉带河中水的柔美，更因玉带河畔那淳朴的人家吗？

陶渊明笔下宁静富足的桃花源，让刘子骥探寻不已；淳朴好客的山西村，让陆游"半夜无时夜叩门"执着造访；美丽安逸的故人庄，让孟浩然"待到重阳日，还来就菊花"未辞先约。古人探寻的不仅仅是一种视觉世界里的美，更是追寻的是一种超脱尘世的精神家园。桃花源如此，山西村如此，故人庄如此，现在，玉带河河畔的人家亦如此。古人如斯，我亦然。

悠悠玉带河，醇醇侗家人。时至今日，一直记得那天在河畔人家吃的西瓜，甜的不仅仅是瓜……

玉带河畔人家

# 玉带河湿地公园

陈 亮 （四川内江）

## 一、诗词

### 五律·玉带河赞

天地赋其魂，清波不染尘。
烟岚随处好，鸥鹭与人亲。
玉带堪栖梦，花堤欲问津。
扁舟图画里，载满一河春。

说明："问津"用《桃花源记》典故，暗喻此处似世外桃源。

### 七律·玉带河湿地春游

波光云影竞争妍，玉带春回别有天。
绿藻青萍翻翠浪，奇花嘉树拂晴岚。
烟霞似友来衣上，鸥鹭可亲戏眼前。
最爱和风长骀荡，心随候鸟共翩翩。

### 七律·玉带河湿地行吟

明媚春波画里观，盈盈玉带远尘寰。
林峦耸翠连天外，鸥鹭衔青戏岸边。
霞蔚云蒸开境界，雨奇晴好笼岚烟。
河风最是撩人意，美丽花滩客往还。

## 二、楹联类

**题玉带河湿地**
芳堤信步,如踏仙踪,看花木楼台,疑向红尘开阆苑;
湿地置身,便成海客,对烟霞鸥鹭,常将玉带认瀛洲。

**题玉带河湿地**
碧浪漪漪,人乐欣同鱼乐;
红尘扰扰,心清当似水清。

说明:漪漪指水波荡漾貌。

**题玉带河湿地**
振翅水云间,候鸟忘机嬉湿地;
憩心图画里,游人惬意坐晴岚。

说明:古四声。湿:入声。

湿地彩虹

# 玉带河之魂

黄生学　（原县人民政府副调研员）

　　玉带河是通道的母亲河，她发源于南山南麓，顺山势落差，一路蜿蜒向南，或高峡瀑布，或深谷跌宕，山重水复，川流不息。流经木脚龙底大峡谷和宏门冲原始次森林，在木脚境内多条溪流汇集，河面渐大，流量充沛，水源丰富，蕴涵着巨大的财富资源。

　　说她是通道的母亲河，并非随口而出，更非刻意杜撰。她的流域形态成就其美丽富饶，她川流于通道腹地，滋润着两岸湿地，孕育出两岸延绵不断的森林，浇灌两岸冲垄田野，养育着两岸的侗家人民。由于她的飘逸美丽，多情和富庶，人们赠予以玉带河之美称。其实她也不负斯名，以美丽的身姿婉约两岸景色，山水相连，彼此衬托，烘托出犹如人间仙境般旖旎。她的美丽和美名闻名遐迩，并且早已经成为人们休闲旅游的好去处。我们这些钟情于风光摄影的爱好者，更是与玉带河有着不解之缘。拍晨曦，摄晚霞，影友们乐此不疲；春花秋月，不负真情。

　　多彩的景色，夺人眼球；山水缠绵，情景交融，一脉相承，蕴涵着动人心魄的玄机，这种感觉，激发着我的好奇心去寻找这片山水的神奇之所在。一个乍雨乍晴的秋日，我带着这份心情，带着相机等行囊，以自驾游的形式又走进了这片山水，走进了足以令通道人引以为自豪的绿色生态王国。

　　人的情绪会带来感官的些许变化，我今天带着探寻的心情循河而下重游玉带河，尽管山还是那座山，河也还是那条河，新奇感和神秘感不同以往，有一种令人耳目一新的感受。举目远眺，群山巍峨，满山的树木似乎以一种新的姿态在欢迎我；俯瞰绿水，弯弯曲曲，波光粼粼，犹如在寻人耳语，像是有许多故事向世人倾诉。此时此刻，我从新奇的感觉中突然醒悟，人与自然之间本来就是密不可分的，森林本来就是人类进化的摇篮，是人类恩泽深厚的家园；而充满灵性的河水，则是人类不可或缺的生命之源，所有的感觉都在撞击着我的心扉和灵魂，朴素的情感在内心深处涌动，驱使我要从本源上去认识眼前的山山水水。

　　是啊，不信你就看看我们的侗寨山村，有几个不是依山傍水搭建的？人们都有以能依山傍水为豪的自然情结，这也是人类自然属性决定了人类的行为选择。这当中存在着一种本源关系，即人离不开水，树木也离不开水，而水又离不开森林的涵养，这是生命存在的本质特征，这是一种永恒不变的依存关系。也就是说没有青山常在，也不可能有绿水长流，这里就找到了文章篇名的答案——满山满

岭的莽莽林海就是玉带河之魂。离开了良好的森林生态环境的涵养，玉带河将成为无源之水，美丽的玉带河将会枯竭。

玉带河是渠水乃至沅江上游的重要湿地，应该得到很好的保护，而这种保护必然包含着周边乃至上游的山林，这将牵涉到多方面的利益关系，尤其是老百姓的山林权益，自然成为一个绕不开的问题，正确处理好老百姓的权益关系，争取老百姓的理解和支持，也就成为湿地保护工作中面临的最现实问题。带着对湿地保护的迫切愿望，我边走边思考这些问题，尽管与我没有任何责任关系，可习惯性的思维方式在牵引着我的脑细胞，使脑海中总是萦绕着这样那样的问题。

走着走着我来到了与玉带河一样有名的官团村，这是一个依偎在玉带河左岸很有特色的美丽村落，古墙、青瓦、篱笆、鹅卵石村巷衬托出寨子的年代与古韵，村子周围的古树林也保存得非常好，给这个古村落增添了不少自然生态的氛围，联想到这个村的名称，应该与眼前看到的情景相匹配，给人的印象是：官团，一个美丽而富有文化底蕴的地方。几年前我也曾经到这里采风，那时村里还喂了不少水牛，玉带河对岸有个很宽的草坪，许多水牛在草坪上自由自在地吃草，犹如一幅草原牧歌的风景图画，令人久久难忘。我来到村口向一个在路边坐着的老人问道："村里现在还喂养水牛吗？"他笑了笑回答道："早就卖完了，村里就剩几头小黄牛了。"我的心情有一种怅然若失的感觉和无奈。这时，我又发现村口右边田段中有几十亩覆盖着薄膜的稻田，我又问这位老人："这些稻田改种什么了？"他说："是租给怀化来的老板种辣椒，产品都销到外面去了。"此刻我想，产业结构调整，农事对象改变了，水牛的使用价值弱化，于是就变卖出去了，这也是与社会发展相适应的举动，再无奈也要理解。

再往下走到了土门村，这是一个依山傍水侗汉杂居的村落，有七、八十户人家，河边的部分稻田改种了绿化树苗，斜对岸有五六十亩稻田，问一个过路的老人，说是也租给外面来的人种植西瓜，看来都选择种植了比稻谷要合算的经济作物，这就是按照以经济效益为中心的思维定式操作的。眼下瓜果已经收完，老板也回家去了。这时，我看到公路坎上有几户人家，就萌生了进去聊聊的念头，我把车停到一个水泥坪里，下来一看有六户人家，可家家户户的大门都上了锁，而且都是久无人居的感觉。我刚想离开，这时候从外面回来一个七十多岁的老头，我赶紧跟他搭讪，问他贵姓？他说"姓杨。"他是四十年代的过来人，大我十二岁，我们之间没有代沟，接着我就主动与他搭腔，谁知这位杨老兄还是个农村中的老学究，知书达礼，满腹经纶，对玉带河流域的过去和现在了如指掌，此刻我心中暗喜，庆幸自己遇见要找的人了。

他先向我粗略介绍了几六户人家的情况，他说："现在的年轻人不想待在农

村，家里建了房子还要到城里买房，几户人家都跑城里去了，连老人小孩一块出去，过年和清明节回来打个转。我的两个小孩和孙子都在县城，我也经常上县城跟他们住，这几天回来看看。这几户人家今天就我一个人在家。"这种情况我并不惊讶，和我回到老家看到的情况很类似，我家乡近两百户的村寨，也只有几个老人和小孩守着，这就是当下媒体报道中，出现频率最高的字眼："留守老人""留守儿童"。紧接着我尽量把话题往森林和生态环境方面靠，听他说说玉带河的过去和现在的一些情况，并略为探听他对玉带河流域进行湿地保护的看法。

　　谁知道他的记忆和对生态环境的观点几乎和我相近。他说："在我还是青少年时代，这条河的两岸古树参天，河水常年是带蓝绿色的，河水平时都很深，四季流量很稳定，就算是秋冬季的枯水期，小货船仍然往上走，能够到达下乡、临口乃至木脚，河里鱼的种类都很多，水质透亮，清澈见底。"他是带着难以割舍的情感委婉托出，对此我也很有同感，我比他小十二岁，对六十年代家乡的生态和河流，以及河里的鱼类也记忆犹新。说到森林植被，六十多岁以上的播阳人都知道，在没通公路之前，从播阳的杉木坳到地阳坪有一条冲，因为树林高大茂密，白天都看不到天空，所以把这条冲叫"半夜冲"，而像"半夜冲"这样的植被景象在全县比比皆是。

　　年龄差不多，话语也投机，我俩的话锋慢慢转到了现实。他说："树木砍了又可以慢慢长，只要政策好，法律制度好，森林资源是可以恢复的。现在国家很重视，要对玉带河约法保护，老百姓是赞成的，只是群众利益也要适当考虑，要采取措施适当给予补偿为好。"我觉得他是一个通情达理的人，他的话是通过思考后讲出来的，应该代表了大部分老百姓的心思。我的心里也深表理解和同情，只是不好太多表达罢了。他还说："现在大部分有劳动能力的人都出去了，山上的树木也安稳了。"我也会意地笑了笑，说了句："但愿这种情况朝更好的方向转化，更快地实现'碧水青山蓝天'的愿景。"

　　在聊生态保护这个话题时，我们俩的许多看法基本相同，再加上我又向他宣传党和国家的相关政策，尤其是习近平总书记关于"绿水青山就是金山银山"的重要论述，他对这片山水充满了希望，对玉带河湿地保护更充满了信心。此刻，云层似乎逐渐散开，午后的斜阳从云层中射出一束束局域光芒，照射在稻田里西瓜大棚的薄膜上，反射出耀眼的光芒。这一束束局域光，似乎把我的心胸也照亮了，眼前似乎看到了农村森林生态资源保护和发展的新气象，更看到了玉带河之魂放射出了万丈光芒。

# 玉带河之旅

刘湘语 （通道二完小六2班）

在我的家乡，有一处风光旖旎的国家湿地公园，它就是湖南通道玉带河国家湿地公园。人们常说："桂林山水甲天下！"可在我的眼里，玉带河比桂林更加美丽，更加让我着迷。

那是一个细雨蒙蒙的早晨，我接到老师的通知来到了教育局。虽说这天天公不作美，却丝毫没有影响我兴奋、激动的心情。因为今天，我要与教育局的叔叔阿姨及各校的优秀学子们一起到美丽的玉带河采风了。

"哇，真美呀！"一下车，大伙不胜感叹。只见到处都是郁郁葱葱的树木，玉带河如同彩色的飘带，在湿地中流淌，我想玉带河就是因此而得名吧！这里满目绿树青葱，古树藤蔓缠绕，空气清新自然，令人心旷神怡。眼前这景色不就是人们向往的人间仙境吗？正当我沉醉其中时，远处游来了几只野鸭，又为这景象增添了不少生趣。

我们继续往公园深处里走。眼前，一棵高大挺拔的香樟树吸引了我们的眼球。导游告诉我们："这是一棵古树，已经有一百多年的历史了，不过还算小的，最大的古树已有五百多年的历史了！""哇，古树真了不得呀！"我们异口同声地感叹。

接下来，我们又去了雁鹅湖，真是处处美景让人不知怎样描绘。最让我着迷的却是乘船游湖。在船上，我们个个兴奋不已。当船划到湖中心时，忽然来了一阵微风，平静的湖面上顿时起了阵阵涟漪。波光粼粼的湖面犹如万道银蛇在水中慢悠悠地蜿蜒着。我用手轻轻拂过水面，清凉的水穿过我的手指间。仿佛触摸到了玉液琼浆。从船上向四周望去，雁鹅湖的美景一览无余：郁郁葱葱的树木倒映在明镜般的水中，水中还倒映着山，山峦傍着水……这些怎不让人陶醉呢？

看，我们前面有一个很小的岛！登上小岛，岛上植物丰茂，在一声声惊叫声中，我发现了狗尾巴草！咦，狗尾巴草旁边的这是什么植物？这不是之前老师发的玉带河宣传画册中的国家二级珍稀植物野大豆吗？我高兴极了，仔细端详，如获珍宝。嗯，是的！太好了，我竟然发现国家二级珍稀植物了！于是，我连忙跟它合影留念。

在回岸途中，我们看见一群很像鸳鸯的小动物正在水边嬉戏。导游告诉我们："这种动物从远处看与鸳鸯十分相似，但这不是鸳鸯，而是池鹭……"没等导游说完，我连忙拿起手机，记录下这精彩的一瞬间。

这次玉带河之旅，让我意犹未尽。我不仅认识了许多动物和植物，还让我真切地感受到了大自然的美丽与神奇。

# 玉带河之秋

王开留 （通道一中高 1501 班）

秋天，徜徉玉带河
斑斓的色彩错置河面，刺醒了双眸
染红的枫叶像醉酒的蝴蝶
在树丛中翩翩起舞
修长的翅膀，在诗人的指尖飞翔
把对秋天的畅想
织向远方

河面，碧波粼粼
犹如琴键上的音符纷纷散落
侵染了珊瑚的衣裙
紫色的章鱼在一片水谷中蠕动
只有那慵懒的石头，眯着惺忪的双眼
音符中，水鸟飞舞
振起双翅
在空中划下细细的波纹
去亲吻秋天的太阳

村子安闲了，炊烟缭绕
宛如一排冲天大雁
枯柴爆裂
在灶火的声响中
老农牵着牛，在暮色中缓缓归来
渐渐地
夕阳换上了新装

薄瓦下，一切都安睡了
侗乡歌谣悠悠
如婴儿般低吟浅唱
暗夜中，贝壳鸣奏着
丁香树窸窸窣窣
仿佛在奏响着黎明

# 玉带情歌（组诗）

杨楚儿 （通道作协会员、文学爱好者）

## 迷失在官团的时光里

官团的四里乡音
没有一点官味
但是很热情
就像鼓楼那塘火
烤起来很舒服
如果我是一颗红薯
定要将裸体深埋在炭灰里
让它把我烤熟烤透烤香

长长的竹篱笆
非常抒情
把熟悉的民乐
弹奏得弯弯曲曲
赵家的阿妹
倚门而歌
那首戍梁恋
翻动心底的河
庭前的芷兰花
为谁而开

走过车来人往的高街
寻找遗失前世的油纸伞
胭脂的一抹淡香
还在淑女亭里彷徨
高街再高
高不过万佛山

万佛山再高
高不过爱民那块碑
很想当一回乾隆的官
骑着高头大马
在众目睽睽之下
将你迎娶进门

## 凝望玉龙潭

推开瑶坪的窗格
闲云野鹤从眉间飘过
丹霞醉红了脸
所有的树都很自恋
每天对镜梳妆
任凭糊涂的春秋
被时光的落差
送出去好远好远

这一湾深潭
足够容纳世间的所有
直的和弯的
欢乐或者忧愁
一律照单全收
大雁从上空飞过
鱼儿追逐蓝色之光
留下的影和划过的线
总是那么完美

站成岸边的一棵古木
抑或古木上的鸳鸯
偶尔有意或无意
制造一波涟漪
于夕阳西下之时
复归宁静

## 想念一只秋沙鸭

我想
我的前生
是帅气的秋沙鸭
正在和她谈一场恋爱
由于太过投入
一不小心
就被陡涨的洪水
冲散了
冲到遥远的下游

用坚强的思念
修一座高高的拦河坝
让曾经的爱情
不停地沉淀
然后逆流而上
去苦苦追寻
那份痴痴的等
静静守候
北移南迁的轨迹
再次飘落

芭茅草里的窝还在
几蔸羊奶树还在
晒太阳的沙洲还在
想你的心一直都在
只要你归来
我愿把一滩浑圆的卵石
孵化成幸福的点滴
等你来慢慢点数

# 玉带情韵

刘吉祥　（通道一中高 1504 班）

金秋，走过玉带河。那些从未涉足的风景，却惊艳了我的眼眸。让我驻足，让我神往，让我留恋。

## 潋滟碧波水

沿着玉带河，是一条无人涉足的蹊径。经历过亿万年积淀形成的丹霞地貌略带有一些喀斯特风味。从远处望去，郁郁葱葱的青山突兀而起，崎岖而又蜿蜒，倒映在水中，把水映衬得格外碧绿。水似碧玉，河如腰带，也许，这就是玉带河的由来吧！水中泛着几点淡淡的绿，清澈而又见底。水底有些鹅卵石，光滑而又圆润，这就是那些鱼儿的家吧！两岸的树木婆娑招展，绿意纷呈，融汇于这空濛的水光山色中。红叶随风飘落于水面，随着水波的颤动，上下翻飞，好一幅绚烂明丽的秋景图。远处的山峰穿透云层，只露出层层叠叠的峰尖，偶尔传来几声鸟鸣，置身此地，恰似进入云飞雾绕的仙境，使人遐思万千："空阔透天，鸟飞似鸟；水清澈地，鱼行似鱼。"就是这样的境界吧？这样的一幅美景竟让人完全感受不到秋的肃杀，似乎是一向冷峻的秋也不忍心打扰这里的清梦。走近一看，近处的玉带河更美：河草丰茂，水面如镜，河底的鱼儿自由穿梭；水面上成双成对的鸳鸯欢快嬉戏，使人沉浸在恬静的梦境中。"秋光潋滟，碧波万顷；鸟飞聚散，鱼跃沉浮"，这就是玉带河的秋景。

## 浓浓侗寨韵

碧波潋滟的玉带河让人沉醉。玉带河畔的侗寨，更让人神往。河畔一里之地有一处人家，袅袅的炊烟从那儿飘出。那是一幢木房，不高也不矮。它的身后是一座鼓楼，农闲之余人们在这里聊天，欢声笑语，其乐融融。旁边是一幢幢鳞次栉比的吊脚楼，没有太过华丽的装饰，却给人以温馨之感。轻叩一户人家的大门，定会看到主人热情的笑脸，他们肯定会邀请你入门小憩，捧出热腾腾的油茶，或是香甜甜的糯米酒，质朴善良，热情好客是侗家人的标签。傍晚时分，对面鼓楼上飘来了一位侗家阿妹的歌声，真好听。那歌声似乎在述说着玉带河古老的传说，也似乎在呼唤着她那身在远处的情郎。

## 悠悠玉带情

　　侗家阿妹婉转悠扬的歌声，让我想起了那关于玉带河的美丽传说。相传曾有一位仙女在天宫待腻了，趁守卫的天兵不注意，偷偷地溜到了凡间。她在天上飞来飞去，突然，一个地方的美景吸引住了她。她飞了下去，白色的绸锦在空中荡漾，真美。她在这儿邂逅了一位砍柴回家的农人，和他一见钟情。不久，他们相爱了，并且有了孩子。她决定在这定居下来。可是想永远幸福地生活在这儿，对她来说只是一种幻想，因为玉帝知道了。玉帝大发雷霆，命令天兵天将，把她抓回天宫。一位柔弱的女子怎是天兵天将的对手？她最终还是被抓回去了，在离开的那天，她深情地看了这儿一眼，解下她的腰带，留作纪念。在她腰带落地的地方，形成了一条河流，也就是今天的玉带河。今天那位倚楼歌唱的侗家阿妹就是那个仙女，而她的情郎，就是那个荷担的农夫吧？

　　深秋，淌过那玉带。那些饱览过的秋光，让我停留，让我陶醉，让我回忆。

玉带山水情韵

## 玉带湿地美

刘海姣　（通道林业局）

玉带湿地美，美如画
藤萝织锦秀，鸳鸯携春归
银杏叶落秋意浓，丹桂香飘满侗乡
玉带湿地美，美如歌
渔舟映斜阳，鼓楼伴清辉
风雨桥上踏哆耶，玉带河边浣纱忙
玉带湿地美，美如诗
满目皆绿意，红军创奇迹
纪念馆里长征难，恭城书院开新篇
玉带湿地美
风景如画
民俗如歌
历史如诗
你我携行
共同开辟新天地

玉带河湿地

# 玉带无边（外四首）

张雪莲　（怀化市作协会员）

今天
我只是想溯着源头来寻你——玉带河
听阿耐说
你是七仙女与董永相会遗落的彩练
听阿亚说
你是萨岁征战烈烈的旗跌落玉龙潭
听阿哥说
你是红军跋涉的千山映入万水
听阿妹说
你是侗寨炉膛歌着的火火日子
岁岁年年
好吧
我就乘着传说的小船
终于来到你的面前
掬一捧清清的玉带河水
我要一饮而尽这侗乡的甘甜
我已决定　就住在你身边
有青青的河畔
有葱葱的林海
有慈悲的万佛山
以及那些人和水的交融
山和水的缠绵
都在耶罗耶的欢笑中
穿过绿水青山
飞越金山银山
世世代代　薪火相传
玉带无边

注：侗语阿耐阿亚即阿爸阿妈。

## 你好，中华秋沙鸭

那天
在玉带河上看见你飞掠而过时
我是惊喜的
你回头一瞥的目光
不光是偶遇的心动
还有不舍的张望
下一次我们还会相见吗
约在苍黄的沙洲，还是碧翠的玉龙潭
抑或画笔村的葱绿山林、茵茵河畔
反正不管在哪里
我都会欣然赴约
只为道一句
你好，中华秋沙鸭
只为见你永远矫健地
在侗乡飞的姿态
我愿意守望……

## 芋头古寨，等着我回来

我都漂泊了半生
还不知道回家

那一天
阿耐打来电话
隔壁阿望家"侗寨客栈"开张了
你阿亚几天都没说话……
我懂阿耐的话外话
那是芋头古寨对游子的牵挂

在当年出走的那个冬夜

我就告诫自己
我要用一生的流浪
生生地扯断乡愁
即使异乡的风凛冽地刮破我的心
也绝不回头再望一眼芋头古寨……

阿耐的电话越来越多
无非是村里哪几家改造了危房
哪几家鱼塘家畜养殖领了补贴
哪几家又成立了互助社
电商销售粮食蔬果
日子红火了起来

半生流离挣扎筑起的坚硬的心
瞬间就被攻城击破
我知道
芋头古寨就一直扎根在我的骨里
从来不敢忘记
如鲠在喉　我想一吐为快
我怎么能忘了那凉亭水车、木楼长巷鼓楼
我怎么能忘了那山冈溪水、稻田廊桥石阶
还有阿耐阿亚的泪眼婆娑，叹息无奈
我只是心痛往年荒瘠的日子
拉不动沉重的石磨
不堪的尘埃……

如今
山里传来的喜讯是那么欢快
家家瓜香稻灿、鱼跃鹅歌
户户花团锦簇、林荫果硕
公路村村畅达、纵横交错
鼓楼里又飘出芦笙的美妙
激情的多嘎多耶跳起来

躁动了我沉寂多年的心
不再徘徊
我还等什么
芋头古寨在呼唤我
我的血里奔腾着玉带河的汹涌
我的心里跳动着贯公萨岁的英武情怀
侗锦织成万佛江山秀美
兰花香飘侗乡的村村寨寨

现在
我要马上收拾好荒乱的心
芋头古寨
等着我回来

## 眺　望

风一吹
兰花儿就艳透了
阿妹的脸庞
火一旺
蒿菜粑就香糯了
整春的思乡
芦笙吹奏出苦酒的醉美
疯了的芭茅草
戋戋割破滴血的野山梅
引诱着阿哥猛啜一口　霎时
一生的记忆只剩下酸甜
多情的侗歌飘过山冈
故土难忘

揉碎了玉龙潭一清溪的月
被风一瓣瓣地撩拨着
是谁在那高山上眺望
来，今天

让我低声和着你来唱
依旧还在这里
等心伫立成
风雨桥上一道隽永的风景
我还是原来的我
长成画笔村那棵雌银杏
不怨不怅不彷不徨
骄阳似火百炼成钢
根连着根，枝连着枝
与你
雄性地成长

## 魅

你伏案疾书的背影很迷人
你握笔沉思的侧面很迷人
你孩气大笑的佛样很迷人
你抽烟的姿势真的很迷人
我是不喜欢抽烟的男人的
今天，我愿意套牢在你
微眯着眼，轻抖烟尘，一口一个圈里
从此，若有所思地堕落
靠近

草色青青玉带边

# 玉 魂

刘衍香 （通道牙屯堡团头完小）

不知从何起源
不知魂归何处
只知，侗家儿女，因你而生
世世代代常伴左右
雨后春笋
工厂冉冉生，乌烟滚滚来
酸酸细雨，滴在你身，痛在我心
孩提无知
玉儿，可曾怪
漫漫求学路
仿若昨一别，怎料已数年
醒时，想你
睡时，梦你
醉时，念你
不可，见你
只为寻得良方，治于魂
匆匆别离
玉儿，可曾恼
一桨搅动半日闲
幽舟落河中
采瓣日光，藏抹幽香
酿入水中央
玉儿，玉儿，可在否
来饮这杯回魂酒

# 玉龙潭

粟远和 （通道林业局、县作协主席）

玉带河在大片大片的丹霞峰林中千曲百环，在瑶坪寨前猛一调头，便十分撩人兴味地搅出一口绿茵茵的深潭来。

在一个烟雨蒙蒙的春日，缘于这方绮丽风景的招徕，我走近了这口深潭。记得那天，我邀来一位村民，将他推上小木船，要他摇桨在潭里来回漂荡，我在岸边"咔嚓咔嚓"按动快门，把一个个水面泛舟的瞬间永远定格在相机里。

这口深潭恰好位于一道弯处，为了看清它的面容，我特地沿那条早已荒废了的石板路逐级而下。窄窄的路面长满杂草，连石板上也满是绿色的苔藓，小心翼翼地移动脚步，约五十多米的距离让我花了好几分钟的时间。临水位置一长条石板静静地躺在水边，淤泥已经把石板大部分覆盖，但仍然可以看出当年码头的痕迹。这是一个难得的并且十分幽静的地方，潭边的悬崖上生长着高大的植株，有松树、枫香、木荷、皂角、乌桕等树种，还有成片的翠竹。这些树有挺立的，也有的斜斜长着，把树干伸向水面，像要对着清亮的水照照自己芳容似的。对面是一河滩，顺着潭边也生长着许多的柳树，此时在春雨湿润下，植株的叶如洗过一般，泛出鲜嫩翠绿的底色，丛林奇峰与幽深的潭水相互映衬，那深深浅浅的色彩又像一幅颇有细节的抽象画。细雨中，水面漫起一层乳白色的雾，有如瑶池仙境般的感觉。那从树叶滑落的雨滴，打在水面，泛起大小不一的圆环，宛若绽放的春花，那溅起的水珠视若晶莹的花蕊。春日的细雨中，这深潭的水如冰肌玉脂般细腻，散发出神秘氤氲的气息。

自古以来，这水潭从没有人敢下去打探究竟有多深，单看那幽深墨蓝的水就令人心里发怵。传说，这深潭底下有一溶洞，洞里藏着一条玉龙。每年四、五月份，玉龙都要趁汛期出洞到潭里洗澡，抖动的龙身把河水翻搅出汹涌的波涛，但也不至于水漫金山。由于瑶坪民众每年都会在"春龙节"这天祭拜龙神，而倍受玉龙的庇护，当其他地方遭受旱涝灾害时，瑶坪却是风调雨顺，田畴载绿，花木扶疏。后来，人们根据传说，把这口深潭称为"玉龙潭"。

"山不在高，有仙则名。水不在深，有龙则灵。"从风水学而言，房前有水塘则财禄兴旺。更何况这是游龙藏身之地，那么瑶坪侗寨深得玉龙潭的惠泽可见一斑。在寨子里，我遇见一位叫杨进元的高龄老人，老人腰不弯，背不驼，耳聪目明，身体好还很健谈。他告诉我，瑶坪侗寨的地形可用四句话来概括"寨前棉

花地，寨后跑马坪，左边围杆岭，右边狮子把洞门"。所言的狮子，其实就是水潭东面的一块巨石，因其形状如雄狮，一直以来当地人都将它作为镇守水口的瑞兽。而棉花地与跑马坪现已林木葱郁，但遗迹尚存。瑶坪的"瑶"，起始为"窑"。只因村旁有黄黏土非常适合烧制坛罐等器皿，又得益于古时玉带河水路便捷带来的商机，明末清初，这里曾有十多个大大小小烧制陶器的窑，"窑坪"便从那时叫起，只是后来那些工匠相继离世或迁往异乡，陶器工艺渐渐在此失传，器窑也被夷为平地，"窑"便被人遗忘而逐渐演化为"瑶"。

瑶坪人家依山临水，睦邻而居，写意着瑶坪侗寨的悠久人文。目前，寨里还保存有清乾隆以来修建的鼓楼和四座以"福禄寿禧"命名的寨门，从这些历史遗迹也足可见当年瑶坪的繁荣兴盛。倚仗龙的灵性，瑶坪侗寨也曾出现奇人。明代的杨汝辉、杨汝进、杨汝荣、杨汝安四兄弟，从小聪慧过人，文采超群，还可用脚、口运笔书写。清朝初期又有一位力大无比的石姓力士。传说此人可用双手抓住水牛四腿，倒提在潭中给牛洗澡。历代官府皆因惧怕这位力士，一直没给瑶坪黎民百姓强征赋税，百姓也免受了苛捐杂税之苦。至今寨子一门楼内还摆放着一块约两百多斤重的石头，相传是那位石力士从野外用一只手抱回来的。

其实，老人本身也是个奇人。老人只读过两年私塾，但字却写得相当好。老人家门上、窗棂上贴有对联，细细欣赏，那颗颗大字变幻灵动、清新飘逸、苍劲有力，团寨各户的春联大都出自老人之手。老人已经八十五岁，身板结实，现依然行游四方，为仙逝的人做些道场法事，超度亡灵。老人认为，无论聪明过人的杨家四兄弟，还是力提千斤的石家力士，都源于一方风水，尤其是倍受那条深藏水下的玉龙庇护所致，也是接纳此处周遭灵山秀水源源不断赐予的灵光而得。"头顶三尺有神明，不畏人知畏己知。"此句出自清代官员叶存仁之笔，此人为官三十余载，甘于淡泊，毫不苟取。眼下这一名句老人竟然脱口而出，让我十分震惊，足见老人的一世为人。那种供奉神灵，敬畏自然，坦荡于世的胸襟，默默间催促着我再度审视自己的言行。

安放于瑶坪门楼里的那块大石头已被人们坐得溜光油亮，那寨门的柱头木板也早已被风雨刻下深深的印迹。当繁华落尽，留给后人的当是更多更沉重的思考。告别老人，我沿村寨水泥道路走出苍老的寨门。

"半亩方塘一鉴开，天光云影共徘徊。"我再次踱步回到玉龙潭边时，雨已经停了。这时的玉龙潭从朦胧意境中醒来，洗刷之后的容貌清新了许多。潭水潋滟，河风轻拂，清波荡漾，玉龙潭像一位春天里奔放的少女，充满了活力。弯处，一条斑驳的小木船静静地靠在码头边，像一位冷峻孤独的老人，唯有水波轻叩船板发出的轻微声响，才让人发觉它的存在。这形如老人与少女的不同景致，我且将此当作古今的隐义，写在玉龙潭的清澈与杳然里。

"山水养育生灵，神龙造化传人。"我不禁感慨起来。瑶坪人家的前世今生启迪着我，良好的生态自然环境是地方经济发展的基础。所幸林业部门已将玉带河规划为湿地公园加以保护，也为今后合理的开发利用自然资源制定了蓝图。我为玉龙潭庆幸，为瑶坪侗寨庆幸，我用对大自然的敬畏感，祈福瑶坪侗寨在龙神的庇佑下，在玉龙潭一泓碧水的滋润中，将绿水青山变为金山银山。

在我寻思间，忽地一阵鸟鸣从河对岸传送过来，举目望去，只见枫杨枝上密密麻麻站满了叫不出名的小鸟。小鸟在枝头上飞来跳去，叽叽喳喳叫个不停，如一群活泼的孩童在春日里尽情放歌。一只翠鸟箭般朝水面射去，出水时尖尖的嘴夹着一条还在摆尾的小鱼。林间飞鸟，水底游鱼，这些可爱的小精灵为玉龙潭注入了生命的灵动。

玉带河从上远淌来，从巅峰走来，一路留下了团沦湾、神牛塘、三角塘……但这如许各异的深潭中，像玉龙潭这般集清澈、幽深、静谧、神秘为一身的水潭却是少有。玉龙潭是大自然给予人类的馈赠，它像一块碧绿的翡翠在丹霞峰岭中熠熠生辉。

立于潭边，我心里有些忐忑，若干年后，玉带河的温婉是否依旧？玉龙潭的模样是否依然？但愿满头银发再度回眸之时，玉龙潭依然清纯秀丽，依旧是那位带着几分乡村野味的质朴村姑。

雾罩玉龙潭

# 玉龙湾

粟远和　（通道林业局、县作协主席）

　　我一直对大自然深怀一种敬畏。在我的脑海里，大自然是有生命的，并且这种生命力极强，没有任何生命个体能与其相抗衡。在大自然里遨游，吸天地之精华，除了延续生命的轨迹外，一切物种都会丰富你生命的内容，哪怕一汪清水，一颗小石子，一株无名草，细细品味，它就像一本本教科书，让你悟出人生许多哲理。源于此，我常常喜欢行走在山水间，纵情于每一个与山水相拥的日子里。

　　一个阳光渗出桂花香味的秋日，我从两江口逆流而上，沿途的景致，令奔放的心如飘飞的芦花在玉带河畔飞翔。绕过一个叫高车的小寨子，一个大大的河湾就如拉到极限的弯弓呈现在眼前。这段弯弯的河段当地人称之为玉龙湾。对于小地名民间大都留有某种传说，而玉龙湾则是一个带有灵性和传神的地名，或许隐藏着鲜为人知的故事。河岸边，我试着与寨里一位满头银发的长者闲谈开来。在他用苍老缓慢的语调述说中，一个神奇的故事顺着河湾那盈盈清流慢慢地向远方铺展。

　　相传很早以前，东海龙王举行寿宴，龙王向各地龙族发出邀请。在玉带河瑶坪寨子对面的深潭里住着一条玉龙，收到邀请后，玉龙便选在一个吉日启程。这天，晨雾弥漫，山影也是时隐时现。玉龙早早地从深潭游出，兴奋地扭动长长的身躯，七拐八弯地往玉带河的下游而去。却说在一处叫"老黄"的对面，住着一只巨大的万年乌龟，乌龟浑身长满绿毛，几乎与山融为一体。其实，当东海龙王向龙族发出邀请时，同时也邀请了所有年长的水族们，而这只万年龟就是受邀之一。长年俯卧在丹霞峰峦间，这次终于可以远行去看大海，万年龟心里自然是十分高兴。说来也巧，当玉龙游到此地时，万年龟也刚好从山里爬到玉带河边，一见到河，万年龟更是兴奋，忍不住将头猛地伸向河里，雾霭中恰好撞到玉龙腹部，只听"咔咔"一声响，玉龙的脊梁骨已被拦腰撞断，玉龙疼痛难忍，身体扭成"U"字形，无法动弹。万年龟知道自己闯了祸，更是惊吓得一动都不敢动，便一直在玉带河畔陪伴着这条玉龙。后来，玉龙化为清河，乌龟化作石山。而这段"U"字形的河湾，后来人们便将此称之为"玉龙湾"。

　　"大壑长千里，深泉固九重。奋髯云乍起，矫首浪还冲。""行止竟何从，深溪与古峰，清荷巢瑞质，绿水返灵踪。"这是分别描写龙与龟的古诗，自古龙与龟均被人们当作吉祥之物。可见一个两物皆有的地方更应是一块风水宝地，老人对此亦表示赞同。他告诉我，玉龙湾上下八里内的官团、瑶坪、松柏、高车、土门几个村寨，早在明清时期就陆续出了朝廷官人和地方官。历史久远，无法追溯，但如今两岸延绵的青山，肥沃的田畴，崭新的民居，无一不在数说这里的丰腴与富足。

秋天的阳光几近于温和，洒在身上酥酥的，暖暖的，和着轻拂的秋风早已令人心醉神迷。伫立在秋阳下，举目与长天相望，白云飘飘，在天际的尽头，一排白鹭展翅飞来，这些精灵们带着对季节的离愁心绪，在蓝天白云下鸣叫盘旋，依依不舍向南慢慢飞移。两岸山峦此时也是更换了季装，绿色里镶嵌了黄、红、紫等颜色，一身喜庆，像穿着花衣的待嫁姑娘。河滩上一丛丛芦苇花开。一律昂首向上的白色花束，在秋风中展现出不屈的性格，那吹离了母体的花絮，在空中翻飞执意飘向远方，带着希望寻找新的归宿。山弯道旁，有一棵高大的枫香树，正值深秋，枫叶尽染，呈现出一年中最炫的橘红色彩。秋风从河口处吹来，纷纷扬扬落下片片红叶。在风的授意下，枫树枝头不停地摇动，像岸边轻歌曼舞的艳妇，把曼妙的身子倒映在清清的河水里，独自领略一季的百媚风骚。最入眼的应是那如碧玉般的一泓清流，垂首察看河的水色波光，仿若看透世间的一切。河水真清，清得可以看到河底的游鱼和圆滑的卵石，我真想融入这玻璃般的水里，成为空明澄清中的一滴。

当地人还告诉我，玉龙湾经常有秋沙鸭的出现，这是近年来的事。我问他有人捕猎吗？他一脸严肃地应道："这可千万不能，秋沙鸭是国家重点保护动物，我们生活在这里更应承担保护的责任。"看来，全国性的生态建设已深入人心，在百姓心里"绿水青山就是金山银山""爱护地球生态环境就是保护人类自己"的理念已深深根植于民众的思想中。在一处公路旁，我发现了一块林业部门立的关于秋沙鸭的科普宣传牌。牌上有对秋沙鸭个体特征和生活习性的介绍，细细浏览牌上内容，瞬间涌起一睹秋沙鸭芳容的冲动。顺着当地人的指引，我走下河边，这里俨然又是一道风景。一座水泥桥横卧在玉带河上，桥两端左右分别有一颗古树陪衬，如桥头恭候客人的迎宾小姐。站在桥上，可看到玉龙湾的远景，近处是较为宽阔的水面，秋水盈盈，静静的水如柔滑的丝绸。两岸与水交汇处，是蓬蓬绿色的草本植物和矮生的榆科植物。据说，这里就是秋沙鸭出现最为频繁的地方。我在桥上静静守候，我期望那些小精灵的突然现身，如是那样，这个秋里就多了份关于生灵的精彩记忆。

约莫过了一个时辰，河面依然静悄悄，可谓望穿秋水，却始终未能见到秋沙鸭一面。唯有阳光倾泻在水面上，泛起粼粼波光。但我并没有失望的感觉，或许这个季节本不是秋沙鸭活动的时候，纵然有也无须去惊扰它，那何不让它在大自然里悠闲地生活着呢。

午时的秋阳，高高挂在头顶上，光倒泻下来，映丹峰巍峨，照万木苍翠，一切都在金秋里尽显生机。远眺玉龙湾，一群鸟腾空而起。万年龟和玉龙依然保持着千百年亘古不变的姿势，关乎它们的传说，将会随滔滔东流水经久流传。

## 鸳鸯记

陆奇勇　吕青芳　杨昌富　（通道林业局、教育局）

　　湖南通道侗族自治县有一条神奇的河——玉带河。它发源于麒麟、万佛山脉，环绕县城流淌，汇入渠水，奔向长江。

　　沿河之侗族，古越之后裔，繁衍生息千年，深谙自然法则，追求和谐共生，勒石刻碑记事，力保原始生态，构筑生命一体。值此成立玉带河国家湿地公园之际，乡民欢呼雀跃，订乡规民约，禁捕捞，禁采砂，禁网箱养殖等，建生态家园。政府抢抓机遇，出保护条例，多措并举，齐抓共管，促品味提升。沿河古木参天，森林茂密，郁郁葱葱。河水蜿蜒曲折，碧波荡漾，清澈见底。于是珍禽异兽，纷至沓来，或圈其领地，或傲立枝头，或搏击长空，或漫步河滩，或河中嬉戏，万类霜天，各得其所，一派生机勃勃，令人心旷神怡。

　　早春三月，怀迫切心境，携摄影器具，随学者专家，沿河览胜，感悟风情，修身养性。专家说，玉带河本神奇之河，盖仙女下界返天庭抛腰带而成。玉带河本生命之河，盖动植物多样性令人叹为观止，途中可见鸳鸯。

　　我奔赴湿地公园县溪区域瓜坪地段。端起镜头，隔岸观望，鸳鸯成群结队，悠然自得。或你追我赶，浪花飞溅。或你偎我傍，温馨至极。或亲昵嘴舔，相亲相爱。或躲进草丛，秘密幽会。状态各异，不一而足。两岸青山，戏水鸳鸯，静谧的河流，湛蓝的天空，完美画卷，一览无遗。鸳鸯本弱小，无狮虎之嗜血成性，无豺狼之凶险狡诈。无蛇蝎之毒辣，无猛禽之孤寂。与世无争，淡泊名利，自由自在，生命在水中绽放。执子之手，长相厮守，不离不弃，爱情在岁月中升华。

　　古往今来，文人墨客，鸳鸯情结，源远流长。吟诗作赋，蔚为大观。德裕情种，愿作鸳鸯被，长覆有情人。夫人善感，傍岸鸳鸯皆著对，时时出向浅沙行。照邻入世，得成比目何辞死，愿做鸳鸯不羡仙。尤袤悲叹，不如池上鸳鸯鸟，双宿双飞过一生。千年长交颈，欢爱不相忘。

　　看人间，纷争几时休，名利何时足？因纷争而两茫茫，因名利而枷锁扛。一见倾城，却不知人老而色衰，美貌与才情如夜空流星，留下千古哀鸣！劳燕分飞，弃之如敝屣，海誓与山盟如秋风落叶，注定随风飘散！真乃鸳鸯楼中鸳鸯梦，一枕黄粱向东流。

　　警世钟，生命诚可贵，爱情价更高。生命不可重来，爱情不可复制。一世情缘，几多牵挂，黑夜又白昼，眼泪与欢笑成永恒珍宝，书写人生乐章。砥砺前行，患难与共，成功与失败变身外之物，铸就人生诗篇。谓之鸳鸯眼中鸳鸯情，千年修得同船渡（丙申年九月初十记）。

双宿双栖玉带河

# 缘在玉带

杨丽婷　（通道一中高1601班）

人缘天定吗？——题记

我不信人缘天定，但我又信人缘天定。朋友，也许你不是通道人，但不代表你与通道无缘。来到通道，寻找它，来寻找你与它的缘分。

它静静地流淌在通道这座小城旁，蜿蜒曲折，婀娜多姿，宛如一条碧色的玉带在这大地上舞动，它有着与之名副其实的名字——玉带河。它处处散发出南方的精致和婉约。

前些日子我读了一位作家写玉带河的文章。他是第一次去通道，我想说这是他与通道的缘分。他去了玉带河，错把玉带河当成了漓江，这令他至今难忘。

一方水土养一方人，我在通道出生，并在这里长大，而我所走过的玉带河却不及全长的四分之一，大多数地方都还未踏足，只等闲暇时光再次漫步于玉带河。

玉带河是一个可以消磨时间的好地方，在闲暇的日子里，与亲人、朋友漫步于玉带河，领略玉带河的自然风光。可以在河边自由娱乐，漫步休闲。与家人一块撑一竹筏，在河面上划行。累了，便直接在河岸边的小吊脚楼中歇息；饿了，也没有关系，因为朴实的侗乡人民已经为前来游玩的人们备好了一桌桌丰盛的宴席了，有精心自制的腊肉，吃起来爽口又有嚼劲，当然还有侗族必不可少的腌鱼腌肉……如果你喜欢吃辣的，也可以多加点辣椒，湖南人不怕辣，十个菜八个菜是辣的。

两三个筒车直直地站立在玉带河的岸边，将清澈的河水输送进草地里，滋润着玉带河的绿色精灵。几座充满侗族风情的风雨桥坐落在玉带河上，其建筑样式基本相似，却又别具风格。风雨桥精细的雕刻和玉带河的宁静，体现出南方精致和婉约的风格。

玉带河位于湖南沅水上游，长约8千米是许多野生动物的栖息地。四季之景也大不相同，来到这儿的人都称它为桃源之景。玉带河在万佛山的怀抱中显得格外的飘逸俊秀，它是我省60多个生态湿地公园之一，国家一级野生保护动物中华秋沙鸭、白锦长尾雉，二级野生保护动物鸳鸯、红腹锦鸡、灰鹤等，你都有机会在这看见。

我听老一辈的人说过一段话："一座佛教圣山，一曲玉带流觞，一片千年古寨，一处红色转兵，一席合拢盛宴，一场侗族歌舞，一方再生奇人。"前人是如此认为，我亦如是。这山、这水、这古寨，等你来访。

## 珍珠之光玉带河（外五首）

潘逢燕　（怀化市作协会员）

是谁把大地上三样美的事物
聚会成——玉带河
玉彩辉关烛，金华流日镜
寒辞去冬雪，暖带入春风
孔海池京邑，双河沼帝乡
文治武功帝业空前的唐太宗
驾临四海在万佛山镇官团村御赐三颗珍珠
镶嵌玉玺
吸天地灵气日月精华化为玉带河
官团村的太阳红遍了山冈
星星月亮通宵达旦地歌唱

珠玉在淙淙清流里回旋闪亮
光里都是遥远的叙事
因为光，我们步步贴近，变得深爱
我们迷恋着玉带河每一道交错的微光
因为它的古老与轻盈
一束光照进内心的河流
照着银杏树叶的脉络
照着中华秋沙鸭飞掠落在河面的影子
以及石栏上你用草叶轻抚的小昆虫

天空简静，河流澄澈
山川轮廓清晰无比
一棵棵生长缓慢的树永远不会老去
我庆幸自己素面朝天
才能百分百地吸收千年山水之光
温润的水蒸气松一阵，紧一阵地敷着活力修护面膜

还会护着我沿着水路方向一直向北
如玉带河和县溪镇的渠水河汇合那样
我也会遇到一条同频共振的河流
一起追随玉带到洪江与沅江汇合
从沅江往洞庭湖汇合
然后在长江一起观看最壮丽的海上日出

## 惊鸿一瞥秋沙鸭

从高寒西伯利亚一路寻着温暖
千万里跋涉而来
穿越尘世万缕苍茫
带来了多少游子的夙愿
也许只有它翅上白色翼镜摄下一组组乡愁
散佚似曾相识的炊烟里

它比我们想象中更美
一掠而过的弧线划开水底天
占据了敏锐的心
下一刻屏气凝神
等着凤冠霞帔举起火焰

如水如烟,时光借白羽纺织战栗
缝隙填满画外画
送来深于溪流高于暮色的遐想
与想念蒹葭苍苍在水一方不谋而合

## 苦酒甜醉我心窝

侗族姑娘走近我
五朵金花红灯笼里闪烁
穿越双江,汲水浣纱
酝酿千年天光云影沉淀的神韵

跋涉太平山，采撷深谷兰香
芋头神石赐予幸福秘方

土钵苦酒抢在笑靥前拥吻了我
风霜清寒，披荆逐荒
苦出栉风沐雨，物阜粮丰的古侗寨
苦出延年益寿一百〇八级石街
侗民的始祖母呵，她在灯火阑珊处
娓娓倾诉那山那人那狗的美丽传说
我看到了，听到了
幸运的痴迷化作甘冽流淌

敬酒呵，山泉一缕佩玉出
心弦贴紧我心窝
情思如注歌如月
萨玛的祥光，侗民的炽火热情
开启源源不断的气魄
我喝成密林里的精灵
我醉成一摊得道的古岩
只为长留住醉美侗乡

## 陆老师的书房

画笔陆姓，根植齐鲁
光大于江东
各朝各代秀才层出不穷
文振一里，远近羡憬

村里每户人家都有书房
通道书协主席陆安宏的书房
不只文房四宝
不只家谱家规祝寿诗
送子树、法老古杉、灵柏树都聚集一室

古树精魂融入古书古墨

迥龙观碑记、重修碑记、永定章程
内家寨门碑、锁钥碑记、后龙碑记、梓橦碑记
星罗绣错
可见先人卜居此地建基立业由来久远
子孙繁衍实由龙气之钟灵

我们目不暇接
字画合一
情满砚台，墨如血奔
留下来的
有每个瞬间新的探索
有沉淀古色古香的目光

## 古碑·古书

画笔村里观画笔
重农桑以足衣食
尚节俭以惜财用
隆学校以端士习
黜异端以崇正义
古碑上的先人遗墨依旧清晰
铁画银勾足以承载千年风雨
这是真正的课堂，永远的课堂
我获得新的指引
以及跨过生活之桥的宁静

## 英子姐的菜园

菜园是英子姐的素描画
每棵菜都带着太旧光泽
流畅的线条一如她矫健的身姿

她牵着我走下画笔吊脚楼去看菜园
我看见星星自她眼睛里跳跃出来
是每个夜里收藏的
太多了，挤出来了

她最爱的一颗星
是四季养生菜紫星
绿紫色叶片如翡翠
亲一口，捧一回
我也爱上了这颗星

绿野鹊踪

## 竹篱笆围成的官团（外四首）

杨少勇 （通道作协副主席）

诸姓抱团而居
举族随遇而安
侗人古老的夙愿孕育一团温馨
万佛山和七星岩本无界限
坪坝田垅和峰谷草甸
成群游走觅食的鸭鹅
于玉带河的温情环拥间
无拘无束地交融

丹峰如丛
松竹疯长
如绿色长城围合一个叫官团的古寨
垂老的门楼悍守了岁月
乾隆嘉庆道光森严有序
杂沓的历史人流
磨平了石阶梯和木门槛

官团不设城墙
当鼓楼地火塘升温冬季的话题
挂满家家户户的门联
一夜裈变出奇幻的火红

土楼木屋都接满了地气
神龛和炉灶飘洒耕读传家的族训
今冬今夜
竹篱笆围护的官团
远离嚣尘
一身轻松

## 高街那条寂寥的街

比照于身后海螺峰的奇峻孔武
高街太过低矮沉默
但高街确有它的时空高度
村口外
无声绕过的玉带河
千百年仰视这个土石高台上的杨姓聚落

古枫乌桕和香椿
铆足了吃奶的劲儿
吮吸清河玉泉的给养长成栋梁
鸬鹚世世代代追着麻勾鱼
让老渔翁的家族一度人丁兴旺

对岸狭长的丹霞山
巍耸为高街团寨一面如铁的屏风
站在台基崖上的牌楼吼一腔四里山歌
回声断然也跑不出
土地祠的一柱青烟

不仅是一条贯通风水的砂岩街巷
不单是几座缅怀繁华的老窨子屋
太平缸和小仓楼里收留的高街往事
像五百年前那几尾转世的红鲤
寂寥着前世今生的高街
不甘寂寥的清高

## 康熙站在滩涂上

与其说
神话里的玉带河

是王母娘娘遗落凡间的锦绣
不如说风雨中的母亲河
乃康熙大帝以威灵守候
留予后来人的惊天馈赠

河流的中央
漩沉着苍龙的生生霸气
万佛的中央
吐纳着朝宗的浩浩仙韵

玉带河畔
烟霞庇护一座庙宇
康熙着一袭侗布款袍
踱步、凝神、屏息
挥毫、疾书、昭告
禁约上的"禁革私派"从此变成
纵横天地的清风

官团颔首
高街挺秀
康熙昂立于四面环水的滩涂
把一种宁静的皈依
写进北望的江山

## 瑶坪不解玉龙潭

天上一日地上千年
只不过是一个奢侈的噱头
玉带河却总也放不下天宫的烙印
莫非瑶坪
真的是王母瑶池坠嵌人间

所有让瑶坪解不开的风情

至今还一一泊在乌篷船的橹桨上
一树白果欲醉欲仙
就在坠落玉龙潭的那个黄昏
化为鱼群顺流而下
远游潇湘

瑶坪珍存着民窑制陶的窑址
每一个出土陶瓷上的鱼刺纹
都是一首民谣
每一处陈酒遗香的金龙门
都有万种柔情

所有瑶坪不解的深不可测
都已淹没在北门悬崖下的玉龙潭
为何男人们喝完一碗老酒
就能撑船走水路出远门
就能傲立潮头去闯荡江湖

为何
古往今来
沉沦潭底日夜漩动的坛坛罐罐
竟然神奇幽幻地煅制出那么多
难再回头的水事悲喜

## 松柏不只是一个地名

一个严寒的冬天
在一个叫松柏的小地方
一条朽烂的木船被打捞上岸
九孔石桥不认识这只货船
村上最老的渔民
也不认得这只烂船

岸上那株马尾松
从没见过沉船事件
它只是用八百多年苦苦厮守了玉带河
把根扎进河床深底
把苍翠的虬枝恣意地倾向河面
苍松与过往的生灵苦中作乐
便有了松柏这么个意寓长寿的地名

不依仗玉带河沽名钓誉
不仰靠长青松声名鹊起
自然的法则是唯一的依托
松柏侗寨的骨子里
透着年年冬冷的清冽铁骨

洁净的领空
幽雅盘旋着羽翼和鸟鸣
鸿雁传书以及水禽越冬
船摇玉带抑或人约黄昏
谁也离不开不老的松柏福地
离不开这片水灵冬暖的静谧

# 醉美玉带河湿地公园抒赋

彭志密　（广东深圳）

　　巍巍玉带河，佼佼大湿地。一河浩瀚秀水，两岸休闲天堂。煌煌乎，栩栩水墨画卷，似出苍茫之烟海，勃勃然，盎盎原始风情，如入缥缈之太极。承天地之灵气，节令温和雨充沛；蒙自然之造化，土地肥厚树葱茏。蕴山水之灵秀，则横陈于浩漭；涵日月之精华，而孕育于壶兰。薰薰兮天然野趣；怡怡兮诗意栖居；气昂昂以心驰，意憧憧而神往；神奕奕以陶冶，情洋洋而惬意。喜沐清风浩浩，闲观美景煌煌。体验纯真，乐在其中，欣欣然则曰：亲水乐园，旅游休闲两相宜；世外桃源，湿地山色共一隅。

　　魅力玉带河，生态文明赞。水滢滢兮流长，天蓝蓝兮澄湛，河澹澹兮生烟，雾腾腾兮如仙。草葳蕤兮勃勃滴翠，万木葱茏兮跃跃争先。岸汀郁郁，兼葭苍苍；乔灌苒苒，落英片片；鳞浪层层，柳影纤纤；绿意浓浓，乡愁满满；秀树依依，青竹绵绵；清流淙淙，碧水涟涟。港港汊汊，水网相间；兰蕙萋萋，百花烂漫；条条绿道，茸草铺坦；处处繁花，蜂蝶缱绻；莺啼喈喈，野趣盎然。繁花覆地，杂树蔽天；碧波广淼，如梦如幻；远影绰绰，静影澄澹；游目骋怀，啧啧称羡；鸟语花香，柔柳翩跹；百鸟翔集，群鱼相伴。景宇肃澄，风高木歔；田园沃野，浪漫休闲；素湍绿潭，倒影云天；遥岑远目，凝睇留恋；天然氧吧，空气甘甜。自在亲水，颐养天年；闲云野鹤，意惹情牵；曲水流觞，逸趣平添；块垒尽吐，流连忘返。天苍苍而鹰扬，水涣涣而鱼恋。树长鹊飞竹猗猗，花开蕾绽花艳艳。采菊东篱下，悠然见南山。河光山色如画境，乐游不思进贤冠；最是休闲好去处，悠游自在惹人羡。遥襟甫畅，逸兴遄飞，不有佳咏，何申美谈？浩若烟海岂可尽述焉？

　　畅游玉带河，幸福来拥抱。美轮美奂活力朝，休闲观光乐逍遥。品味湿地风貌，倡导健身新潮；忘却工作辛劳，告别城市喧嚣；投身自然怀抱，徜徉河边一角，轻松玩转心跳。于是：轻踩漫游，寄情山水，顿觉惬意怀抱，烦恼皆消；乘舟游览，河畔垂钓，总是快乐发酵，雅致永葆。钟灵毓秀意蕴自然，山水辉映乐活绿道。天然氧吧，森林围绕；尽情呼吸，健康收到。自由自在，嬉戏玩闹；视美心豁，遥岑远眺。风景秀美沁人心脾，俊彩芬芳沐濡熏陶。潺潺溪流鸟语欢笑，习习清风怡人心撩。四季而言，春品百花盛开绿意滔滔，夏观万顷碧波苇浪萧萧，

## 相约玉带 邂逅湿地

秋看稻穗金黄硕果满梢，冬览银装素裹分外妖娆。朝暮而论，初阳升起之时，可行晨操小跑；夕照落幕之际，可漫步舞蹈。形式而议，或携友成群览胜相邀，或独自一人围湖环绕，偷得浮生半日逍遥。或言阴晴、情意云云，则因人各异，景象万千，如老者杖藜徐步练脚，孩童追逐寻花嬉笑，夫妻携手天荒地老。如此伴妻携子同游，浅浅一笑，柔柔相牵，身心健体，生活美好，实乃养生福地也！

佼佼者，国家生态湿地公园；昭昭然，珍稀生物资源宝库。英华荟萃，寰宇同醉；环保践行，低碳描绘。文化璀璨，是为玉带河厚德之载物也；原始野逸，是为玉带河形胜之魅力也。妙笔丹青，绘不完诗画山水春光；浓墨重彩，道不尽旖旎湿地风情。

吁嗟兮！大美兮玉带河，风景共风情一色，绿意与诗意同畴。大观兮玉带河，古韵携新风并茂，山水与人文齐辉。

玉带滢滢，古树幽幽

# 探秘通道 情醉侗乡

【七律】麒麟山

群峰联袂弄流云,花映长空万里晴。
麒麟俯首苍生佑,林海漫漫恋红尘。
鸳鸯缠绵白鹇舞,林麝奔走惊行人。
最喜春风绿江南,归雁呢喃万物生。

麒麟山是由麒麟神獸幻化而來。上古時期，麒麟神獸降伏了此處作亂的妖獸，為了保護這一帶的百姓平安，它將自己的身體深埋人間，肌肉化成了連綿的山脈，血液匯成了山間的溪流。今日的麒麟山，述說古老故事，書寫新時代。

　　　陆奇勇

# 麒麟山赋

杨昌富　陆奇勇　吕青芳　谢铁英　（通道教育局、林业局）

　　肇始丙申，生态立县，迎麒麟新生，画麒麟蓝图，设自然保护区。分南北两片：北片东接绥城两县，南连长新古三村，西北连接万佛山。南片西南与龙胜为邻，东北与洞雷、坪阳接壤，囊括恩科村、张里村。友人嘱予作文以记之。

　　溯上古神话，螭魅蹒跚，蹂躏十里八乡，姜子牙仙游，长太息以掩涕，哀民生之多艰。舞长袖，指江山。座驾麒麟神兽，点化为麒麟山。降龙伏虎，乐奏万方。

　　赖侗族先民，仰望自然，抱敬畏之心，崇和谐共生，合族聚议共商，碑刻乡规禁伐。勿枉纵，赏罚强。世代遵循古训，生态得以弘扬。先民理念，穿越时光。

　　寻茶马古道，荒草萋萋，品别样人生，听历史风云，金戈铁马声声，落叶缤纷阵阵。别妻儿，踏险途。梦断荒山野岭，埋葬多少忠魂。岁月悠悠，青山依旧。

　　忆中央红军，战略转移，热血洒湘江，翻越老山界，突围麒麟山，前有虎豹才狼。惊天地，泣鬼神。毛公力挽狂澜，革命重现曙光。通道转兵，万古流芳。

　　观层峦叠嶂，云雾缥缈，此人间仙境，引无数骚客，抒豪情万丈，谱华美篇章。心向往，不忍离。纳山川之精华，聚自然之风韵。朝晖夕阴，气象万千。

　　入林海深处，古木参天，乃生命迷宫，容百鸟争鸣，纵走兽飞奔，闻林间蛙噪。动植物，种类多。犹抱琵琶半遮面，藏在深山人未识。生命共体，繁衍生息。

　　盼麒麟晓春，万物复苏，看杜鹃红遍，犹侗苗少女，回眸千百媚，岭上斗芳菲。百草旺，虫鸟鸣。凭阳气而未氲，听晴明之好音。江山如画，无限春光。

　　至麒麟盛夏，避暑胜地，山涧清且浅，流水空谷音，仙女池戏水，龙潭卧神龙。虎跳峡，观飞瀑。鸳鸯池里看鸳鸯，麒麟洞里探麒麟。心旷神怡，宠辱偕忘。

　　赏麒麟金秋，天高云淡，望北雁南飞，听寒蝉凄切，漫步楠木林道，攀登麒麟晓月。麒麟石，藏秘境。残垣断瓦乍现，楼堂庙宇湮灭。落日余晖，枫叶如火。

　　迎麒麟寒冬，朔风凛冽，大雪漫长空，天地皆冰封，生灵蛰伏隐逸，行人风雪夜归。风萧萧，涧水寒。吊脚楼里炊烟起，腊肉飘香传十里。腊梅吐芳，春快登场。

　　品麒麟山庄，人文底蕴，盖源远流长，风雨桥流水，鼓楼之煌煌，客栈待客忙。原生态，自难忘。一碗拦门酒，吹起芦笙悠扬。民俗风情，声名远扬。

　　展麒麟未来，无限美好，舒多彩画卷，唱民族歌行，鼓先锋之气，争生态荣光。百业兴，志昂扬。吾党不忘初心，人民利益至上。生态建设，终将辉煌。

# 阿妹"款款"侗家乐

杨双洁　（通道思源实验学校 201801 班）

"嘭嘭嘭……"清晨，震耳欲聋的炮鸣声打破了芋头古寨的宁静。这座古老的侗寨开始热闹起来，人们忙着打糍粑，有的忙着做"冻鱼"，有的在准备节目……

"阿妹，去游行去喽！"在睡梦中的我被奶奶叫醒，穿上节日盛装，抓上一把奶奶做的香喷喷的侗家糍粑，叫上邻居家的小胖妹，就匆匆地赶往寨门。今天正是侗族人的侗年——吃冬节，只见人们穿着五颜六色的侗服，载歌载舞，河边的梨树也开心的随风舞动，共同欢迎侗族节日的到来。

不知不觉中，我们走到了古寨最大的鼓楼——芦笙鼓楼。这鼓楼由十多层组成，瓦檐上绘着许多花纹与鸟兽，楼顶还有一个宝葫芦。乍眼一看，鼓楼真像一个雄伟壮观的宝塔，在保佑着寨子吉祥安康。游行的人们在鼓楼前坪陆续摆成阵势，手拿最长芦笙的老爷爷站在中央，四周是吹着芦笙的叔叔伯伯们在左右摇摆，外围则是拿着侗帕的阿姨们在翩翩起舞。站在一旁的小胖妹也有模有样地学着，看着她那不协调的动作，小伙伴们都哈哈大笑。

"布谷布谷……"咦，怎么有鸟叫的声音呢？这是侗族大歌的其中一首——《布谷催春》，侗族大歌可是没有乐曲伴奏的音乐，它还曾被欧洲音乐誉为"音乐的清泉"呢！在动听迷人的侗族大歌音乐中，我成了一只无忧无虑的布谷鸟，在森林中自由自在地飞翔。

最后一个节目就是"哆耶"了，人们用手搭在对方的肩上，围成一个圆圈，说着，唱着。这时候我们小孩子就会跑进圆圈中间，看着圈外一张张洋溢着幸福的脸，其乐无穷。

表演完毕，沿着铺满青石板的古驿道，我们继续跟随着游行队伍来到了萨玛坛祭祀，再走上为萨岁建造的 108 台阶，经过崖上鼓楼，最后绕过龙脉鼓楼与乾隆古井，游行基本上就结束了。这时，中午的太阳已爬上高空，大人们把一张张桌子摆成长龙，放上自家特制的美味佳肴，邀请村里的人们和客人共享。"哇！好多菜啊！"桌子上的菜令人目不暇接，有腌鱼、腌肉、七彩泡椒等。此时的我早已饥肠辘辘，狼吞虎咽地吃了起来。这时还会有一道风景线——"高山流水"：香甜的米酒在侗家阿妹们的碗中依次从高到低往下流，再流入客人的口中，造型奇特，酒韵绵绵……热闹的气氛洋溢着整个寨子，愉快的心情映在人们的心间。

芋头古寨——我们侗家人的安居之地，我这侗家阿妹快的乐之源。这是阿妹最想和你"款"的话。

注：款——侗语里谈、说的意思。

华灯初上古村幽

# 藏在绿水青山里的皇都侗寨

杨芝干 （怀化市鹤城）

在南方翠绿的群山怀抱里，坐落着一个"饭养身，歌养心""道不拾遗，夜不闭户"的美丽侗寨。一湾碧水穿寨而过，一栋栋炊烟袅袅，别具一格的吊脚楼依山傍水，错落有致地伫立在河流两岸，这就是栖身于绿水青山既有山水之美、又有田园之胜、更具民俗之萃的湖南省通道侗族自治县坪坦乡皇都侗寨。

一直深藏在大山里鲜为人知的皇都侗寨，这几年渐渐揭开她那神秘的面纱，先后被授予全国文明村镇、中国传统村落、国家4A级景区、湖南省五星级休闲农业庄园、湖南省美丽乡村建设示范村、最美少数民族特色村镇等殊荣。

相传古时候，夜郎国国王从这里经过，被这里的秀美山水和浓郁的乡土民俗陶醉，许言要在此建都，"皇都"寨名由此而得。斗转星移，美丽的皇都侗寨在日新月异的时代变迁中，依然保存着优良的世俗传统和秀美的生态环境，秉承着"一方山水养一方人"的理念，男耕女织，春播秋收，与歌舞为伴，与绿水青山同居，与自然和谐相处。

## 民族建筑巧夺天工

皇都侗寨处于森林覆盖率达76.93%的通道侗族自治县"百里侗文化长廊"中心地带，由头寨、尾寨、盘寨、新寨组成，距县城10公里。前三个寨子连成一片，新寨则处于一个半岛之上，三面邻水，由风雨桥（普修桥）和公路相通，与另三个寨子隔河相望。皇都侗寨是侗族建筑保留最完整的地方之一，现有吊脚楼500余栋、人口3200余人，形成气势磅礴的侗族民居吊脚楼群，鼓楼4座，寨门3个，凉亭2座，戏台1个，风雨桥1座。寨子四周山体环绕，绿树成荫，屋前屋后是鱼塘菜地，农田穿插其间，田园风光尽显眼前。

来到皇都侗寨，首先要进寨门。皇都侗寨第一道寨门位于风雨桥以北古树簇拥的乡村公路上，盘寨、新寨寨门则位于各寨入口处。寨门是侗寨的公共木式建筑，形状各异，有的如牌坊，有的像堡垒，有的似宅门。门框上方飞檐翘角，框边雕龙画凤。古时候侗寨寨门作用有三：一是与村寨的围墙连在一起抵御外来侵略；二是在春耕时期防止牲畜离村到田园里损害农作物；三是景观功能、地标作用以及宾朋迎来送往、设置"拦门酒"的边界。如今的寨门主要是第三种作用，来到皇都侗寨的朋友，都必须先喝一杯"拦门酒"才能进入寨子。铁炮依次鸣响，男人们吹着欢快的芦笙曲翩翩起舞，穿着节日盛装的侗家姑娘，端着一碗碗芳香四溢的侗乡佳酿拦在路中央，这就是皇都侗寨迎接贵宾的一种最隆重的礼仪"拦门酒"，彰显了侗族人民热情好客、讲究礼仪的民族性情。

走进寨子里最引人注目的是高耸的鼓楼。侗族崇拜树木、爱护森林，人人植树护树，因而鼓楼造型也取意于参天大树，护佑村寨。鼓楼是侗寨的标志性建筑，是侗族建筑的瑰宝之一，纯木结构，飞檐重阁，层叠而上。皇都侗寨的四座鼓楼分别是头寨鼓楼、尾寨鼓楼、重阳楼和系凤楼。鼓楼作为侗寨的一种公共性建筑，具有多种功能和用途。里面悬挂的那面鼓叫"齐心鼓"，以前没有快速便捷的通信工具，每当外敌入侵或遇到大事时侗族人就在鼓楼内击鼓为号，召集村民集合。鼓楼日常主要用来集体议定村规民约、排解纠纷、下棋、聊天、唱歌、娱乐休闲和节庆活动，天热纳凉，天冷烤火。值得一提的是"重阳楼"，始建于清光绪年间，高6米，占地30平方米，共2层，是侗寨专为老人建造的休闲场所，体现了侗族人民自古以来就有"老吾老以及人之老，幼吾幼以及人之幼"的传统美德。皇都侗寨长寿老人很多，80岁以上的就有200多人，无一独居或被遗弃，敬老爱老、四世同堂在这里比比皆是。

普修桥又叫风雨桥、福桥，坐落于坪坦河上，始建于清乾隆年间，由桥、塔、亭组成，除桥墩外全是木料，两旁设栏杆、长凳，桥顶盖瓦，形成长廊式走道，上设三座桥亭，桥两端各设一桥门，分别有对雄狮镇守。廊柱上花鸟图案，栩栩如生。中塔塔顶有仙鹤傲立，桥脊有两对翻腾的双龙抢宝。桥内设有三阁，分别立有始祖祠、关圣殿、文昌阁，供奉神像。普修桥既是人们躲风避雨、休闲纳凉和出入村寨的交通要道，也是迎接宾客摆设合拢宴的重要场所，更是寄托着侗族人民拦截风水、护佑村寨的美好夙愿。凡到侗乡的南贾北客，无不为普修桥的工艺和桥梁大木叹为观止，纷纷拍照留影，流连忘返。

凉亭是过往行人歇脚休息的场所，皇都侗寨的凉亭一座与盘寨寨门相连，为一层木结构，顶部盖青瓦。另一座凉亭位于北面的山坳上，1930年12月、1934年12月，中国工农红军第七军、红三军团多次途径皇都坳凉亭稍作休息，为缅怀红军，纪念红军多次途经此地，侗族同胞把这座凉亭保护下来，新中国成立后进行重建并多次修缮，周围植下树木，如今成为红色旅游景点之一。

皇都侗寨的吊脚楼千姿百态、各具特色，有的像一座雄伟的亭阁，有的像一栋壮丽的宫殿，有的像一间优美的画廊，它们是那么壮观雅致。吊脚楼是一种极富特色的干栏式侗族民居建筑，多是杉木建造，不用一钉一铁，没有施工图纸，全凭侗族工匠大脑里的构思在大小杉木上开孔凿眼、横穿直套地把柱子和梁枋连

在一起，非常坚固。皇都侗寨的吊脚楼楼高多为10多米，一般为三层，屋顶盖青瓦，有的两边搭有偏厦。楼板以下为一层，为关养家禽，堆放农具、柴火、杂物和安放石舂的地方。二层用于饮食起居，内设卧室。卧室旁边是堂屋，中间设有火塘，现在大多改为灶台，厨房和客厅分开。堂屋外有宽敞的空间与走廊相连，边上放置长条木凳，可在此做家务和休息聊天。第三层透风干燥，除作居室外，还隔出小间用作储粮和存物。多数人家屋里屋外都涂上桐油，地板十分干净亮堂。屋前屋后是鱼塘、农田和果树，养鱼、种水稻都很方便。侗家人历来和睦相处，以遵守村规民约为荣，封山育林，防火防盗，整个侗寨温馨和谐，平安稳定，"路不拾遗、夜不闭户"是这里的真实写照。

依托丰富的民俗文化、林业生态和古建资源，皇都侗寨的村民亦农亦商，开办了民俗客栈7家、家庭旅馆46家，农家乐、手工艺品店等80余家，打造生态旅游基地20余个，生态稻田养鱼、土鸡、土鸭、兔子、竹鼠等特色养殖户73家，种植猕猴桃、提子、草莓、黑老虎等生态水果300余亩，一些大学名校纷纷把皇都侗寨作为学生实习实践和写生创作基地，村民在家门口经商办店，通过种植水果、发展旅游增收，脱贫致富，践行着"绿水青山就是金山银山"的乡村振兴理念。

## 生活习俗古朴浓郁

走进皇都，就像走进了一个多彩的文化世界。这里保存着许多原汁原味、古香古色、丰富多彩的侗族民俗文化，淳朴而质厚。绚丽的服饰、精美的织锦、香浓的油茶、甜美的苦酒，还有千人共进的合拢宴、丰富多彩的民俗节庆活动，真情地演绎着大山深处侗族人热情奔放的性格和热爱生活、崇尚自然的博大情怀。

皇都侗寨的风味食品品种很多，颇具生态环保特色，主要有油茶、苦酒、糍粑、甜藤粑、乌饭。侗族"嗜酸成癖"，有"三日不吃酸，走路打倒蹿"的说法。侗家四季都腌酸，别有风味的酸草鱼，用木桶一腌就是好几年，是招待上宾或是遇到红白喜事才可尝到的美味。还有绿色原生态的油炸"蜂蛹""蚱蜢""松树虫"，新鲜细嫩的"酸鱼片""蝌蚪汤"，纯天然的枞菌、蜂蜜、灵芝。这些"山珍海味"营养丰富、品质地道，让人回味无穷。利用几种植物和糯米做成的甜藤粑和乌饭更是纯天然的绿色食品，是侗家舌尖上的美味，彰显了侗家人"靠山吃山"的古朴习俗和健康环保的饮食文化。合拢宴是皇都侗寨待客的最高宴请礼节和习俗，反映了侗民族和谐友善、热情好客的民族特质。逢年过节、"月也"（友

邻村寨集体前来做客）、贵客莅临之际，为表达对客人的尊敬之情，这里都要在吊脚楼、风雨桥或鼓楼前摆上长长的木桌，各家各户都拿出自家最好的腌鱼腌肉、土鸡土鸭、野生香菇、木耳、无公害红薯尖、南瓜藤、糯米、苦酒等，汇集到长桌宴上一起招待客人。吃合拢宴时，众人先右手端着酒杯，左手挽着邻伴，唱着"转转歌"，喝着"转转酒"表示亲切热闹，围着长席左转三圈右转三圈，转回各自的原位后，再开怀畅饮。期间侗家姑娘还要唱歌敬酒，唱一首歌，敬一碗酒，酒量好的客人还要体验"高山流水"敬酒礼仪，在欢乐的歌舞之中把酒宴推向高潮。席间主客举杯互敬，不醉不休，热情好客、团结友好的气氛极其浓郁。

男耕女织是侗家人的习俗，侗族的穿着绚丽多姿，衣料大多是侗布所做。皇都的侗族妇女很勤劳，每年都会自种棉花，用自家的棉花自己纺纱、织布、染布，然后手工做成各式各样纯棉的侗族服装，经穿耐看，大方得体，透气环保。平时穿着便装，讲求实用，盛装时注重装饰审美，朴素与华贵相得益彰。侗族妇女喜爱的装饰品，大都为银质，每逢喜庆佳节，年轻姑娘佩戴的项链、项圈多达数层，手圈五、六对，全副重量达十余斤。这里的侗绵最负盛名，侗家姑娘几乎人人会织绵。编织侗锦要经过轧棉、纺纱、排纱、织锦等10多道复杂的工序，做工精细考究。编织侗锦的图案全凭织锦者大脑记忆构图，侗锦图案多为几何图形，以鸟、兽、虫、鱼、花、人、树、楼等为主体，相互搭配，用概括、抽象和夸张的手法描绘侗族图腾、神话故事、山区日常生活场景以及侗族人民对美好生活的向往等等，图案精美雅致，结构精密严谨。2008年，侗锦织造技艺被列入国家级非物质文化遗产名录。

每一个民族都有代表自己民族特色的传统节日，除了大众化的传统节日以外，皇都侗寨还有自己经过长时间的文化积淀发展形成的侗族节日。如祭萨节、芦笙节、乌饭节、尝新节、吃冬节、花炮节、大戊梁歌会等等，民俗节庆丰富多彩。侗族崇拜自己的祖先"萨"，侗族历史上出现过一位女英雄，人们尊称她为萨岁或萨玛，意为"大祖母"，寨子里建有"萨坛"。侗家人认为，"萨"能赋予人们伟大的力量去战胜敌人、战胜自然、战胜灾难，能福佑村寨平安、人畜兴旺。"萨"是侗族人的根，是侗族文化的渊源，"萨"是侗族人心灵的慰藉与乡愁的归处。

皇都侗乡又被誉为"民族体育之乡"，来到这里时常会遇上丰富多彩、比劲斗勇的抢鱼塘、划谷桶、抢花炮、哆毽、闹春牛、踩高脚、踩芦笙、斗鸟斗鸡等民俗竞技活动。这些活动具有广泛的群众性，并与文化娱乐活动结合起来，与音乐、舞蹈、田园、山水、生态融汇在一起，给人以美的享受、心的愉悦，有益于身心健康。吸着新鲜的空气，满是花草的清香，难怪乎皇都侗寨被无数文人墨客称为"康养圣地"和"世外桃源"。

## 民族歌舞荡气回肠

皇都侗寨一向被誉为"歌舞之乡"，这里流传着"有酒必有歌、有歌必有舞"的谚语。侗族同胞是一个爱美、善于创造美、富有浪漫诗情的民族。侗族人过日子就是"诗意的生活"，"多耶"（侗语）是这里最为常见的歌舞形式，翻译成汉语就是"踏歌而舞"，它以欢乐、喜庆、友谊、团结为永恒的主题，传达"平等、和谐、太平、美好"的理念。侗家人劳作之余或节庆之时，就喜欢聚集在一起以这种形式赞美自然、歌唱生活、憧憬未来，歌颂太平盛世、感恩党和政府。多耶时领头的歌者唱完一句，大家就应和一声"呀罗耶，耶罗嘿！"围成一圈，边唱边舞，整个侗寨洋溢着无边的欢乐。

皇都侗寨的村民，农忙时耕田种地，迎宾和节庆之时，穿上盛装，能歌善舞。由本土村民组成的皇都文化村艺术团精彩表演的《敬酒歌》《扯扯摸》《板凳情歌》《抢新娘》等民族文化节目汇集了侗族传统文化的精华，轻歌曼舞，回肠荡气，于行云流水间透出一种阳刚之美。每年农历四月初八乌饭节、大戊梁歌会、芦笙节等重大节庆活动，千名侗族同胞汇集河流两岸、吊脚楼上，一同上演《侗乡四月八，皇都邀天下》《看皇都，听天籁》《让世界"侗"听》等大型实景演出，掀起一场场盛大的侗族歌舞盛宴。阿哥阿妹在竹筏上对歌传情，侗族大歌、吔歌、款歌高潮迭起，精彩纷呈。吊脚楼、风雨桥、岸上、船上处处成了歌坛舞台，寨中、水中、云中处处是歌声、喝彩声。在这里，你可以观赏到美丽的山水、古朴的侗寨，你还可以当一回侗家"新郎"或"新娘"，做一次侗家耕田种地、植树造林的农夫，来一场妙趣横生的打陀螺、抢鱼塘、划谷桶、抢鸭子等竞技活动，品油茶、喝苦酒、吃合拢宴，点燃篝火晚会跳上多耶舞，零距离尽享原生态民俗风情，放飞心情，邂逅一场浪漫的侗族文化之旅，听一首荡气回肠的侗族大歌。

皇都侗寨以神奇的民族文化和秀美的山水生态交相辉映，以浑厚纯朴的民风民俗和绿水青山吸引着无数游客荡起心灵的"乡愁"。这里才是真正的天然氧吧、鸡犬之声可以相闻的村村寨寨，这里才是真正能够让人返璞归真、回归自然、放牧心灵的家园。

# 初识麒麟山

陈意林　（通道一中初 1604 班）

今天，爸妈说带我去一个地方。

驱车沿着万佛山镇方向走了十来公里，驶入一条乡村小路，爸爸说大概还有七八公里就到了。我精神一振，往车窗外看去，风景有了明显改变，只见一片林海，树木郁郁葱葱，遮天蔽日，忽然一群鸟从电线杆上飞到路边，见车子驶近也不害怕，像是在欢迎我们。车子沿着林间小道，一直前行。

推开车门，我震惊了，一道如绸缎般的瀑布从山洞中飞泻而下，倒入一个形如巨碗的水潭，潭中的水清幽碧绿，清澈见底，不知名的鱼儿在水中欢快地游来游去。我兴奋地跑到潭边，把手浸入水中，真凉！我忍不住掬了一口水，哇，真甜！山上生长的不是常见的松杉，虽然不是很大，但很苍老，盘根错节的树根缠绕在岩石上，充满了力量的感觉。山水相映成趣，潭水上漂浮着红色的枫叶、黄色的树叶、不知名的花瓣，仿佛给倒映在水中的树戴上了头饰、首饰。近观，芳草碧绿，翠林如海，苍黛凝重；远眺，高山雄伟，层林尽染，林海中点缀着五颜六色的树叶、野花。一阵风吹来，起雾了，雾似乳白色的薄纱；又一阵风吹来，云开雾散，风景又跳了出来。雾来雾往，宛若人间仙境，我不禁感叹道："无山不飞雾，无雾不飞山。"

我问爸爸，这到底是什么地方，爸爸也不再卖关子："这里是麒麟山，刚才看到的洞叫麒麟洞。走，我带你到洞那边的麒麟谷看一下。"爸爸引着我走过幽深的山洞，洞外别有一番天地，大峡谷两侧是参天大树夹杂着翠绿的竹林，根本没有路，我们只能沿着溪流涉水而上，山势很高，相隔不远又是一个小型瀑布，层峦叠嶂，景色别致。我忍不住"哦、哦"的大喊起来，山谷回应着，一阵啪啪的声音传来，是山里的动物被惊了，"咕、咕、咕"只见一只斑斓靓丽的鸟从这边山飞往那边山。"是野鸡！"爸爸也忍不住兴奋地大叫起来。宜人的风景让人目不暇接，令人流连忘返，时间过得很快，这一次麒麟谷是走不到尽头了，我和爸爸约好下一次早点来，一定要彻底征服她。

返程的路上陆续碰到几批游人，大家都对麒麟山的风景赞不绝口，很遗憾的是很多人都不知道有这么一个漂亮的地方，真是"养在深闺无人识。"爸爸告诉我："我们今天来的麒麟山是麒麟山自然保护区的核心部分，麒麟山自然保护区位于通道东部，总面积 124 平方公里，保护区内森林面积 113.6 平方公里，森林覆盖率91.61%。物种丰富，目前已调查记录到的种子植物177科756属1558种；已记录脊椎动物有5纲31目271科，有大量的国家级野生保护动植物。同时保护区内还有很多优美的自然风景，如麒麟洞瀑布、吊水洞瀑布、白水瀑布，有杜鹃花海、长冲林海、麒麟望月、麒麟洞、鹰嘴岩、风神洞、天池山、恩科热带沟谷雨林，还有上洞梯田、麒麟山庄、莼菜等人文景观。总之，麒麟山自然保护区是一座难得的动植物宝库，具有极高的科研价值和旅游价值。""为什么要设立自然保护区呢？"我打破砂锅问（纹）到底，爸爸说："问得好，过去我们很多地方为了眼前利益，把大树砍掉卖钱，把林地过度破坏开荒，结果受到大自然的惩罚，发生泥石流、水灾、旱灾等一系列自然灾害，所受到的损失远远大于获得的收益。为了实现人与自然和谐发展，促进生态和发展和谐共融，所以设立自然保护区，通过发展旅游业促进当地经济发展，实现保护和发展共赢。"

我若有所思地点点头，心里想："麒麟山，你就像一个渐渐撩起神秘面纱的美女，越来越吸引世人的目光，待到来年春光烂漫时，我再来看你。"

麒麟山云海

# 侗乡传说

吴永艳　（通道二完小教师）

美丽而神奇的通道是我的家乡，它地处湘西南边陲。历史上素有南楚极地、百越禁喉之称，是兵家必争之地。

通道地域在历史上大部分属于靖州管辖，特别是东接广西的坪坦，属靖州范围内。由于这里的位置非常重要，经常遭受外来土匪强盗的骚扰，抢劫。

当时，我们吴氏先祖在靖州做县令（家谱为证），他有三个儿子，势力非常大。那时的河道是主要的运输通道。他在靖州城的河边，修建一个很大的码头，只要过路客商的船靠到他的码头，谁都不敢去抢劫。他公正廉明，庇护百姓，深得民心，他还修建一个大大的家祠，供家族和地方百姓办喜事用。

靖州经济繁荣，人民生活安稳而富足，他听说坪坦那里的情况后，就派一个儿子到坪坦镇守管理，他的儿子就是我们现在坪坦一代吴氏的开山祖。

他的儿子到坪坦后，看见人民生活贫苦，洪水泛滥，强盗四起，无法正常生活。他从小受到父亲思想的熏陶，利用父亲制定管理地方的方针策略来管理地方，那就是"世大吉昌，家国永祥，遵守先序，光地传芳，功德树立，名誉昭彰，贤良尽用，政治平康"，这32个字，表达了一个地方官的雄心大志和美好的愿望。他为了实现愿望，就用这32个字来做吴氏子孙后代的字派。

他有计划有步骤地综合治理地方。首先，建寨门，把入侵者拒之门外，让人民生活安定下来，休养生息，发展生产。其次，兴修水利，他带领人民把坪坦河道修成后，又带领人民到万佛山官团那里修河道。人们挖河道非常卖力，积极肯干，做到废寝忘食。那时有这样的传说，王母娘娘不准七仙女嫁给牛郎，就是怕牛郎在人间劳动辛苦，没有时间照顾七仙女。所以他把七仙女带走，画一条银河阻断他们见面，每年见面一次。但是，王母娘娘一直惦记牛郎，毕竟是他的女婿，就去看牛郎，他脚踏祥云经过万佛山官团时，看见人们在修河道，非常辛苦，男人挖女人担，小孩帮搬石头，这热火朝天的景象感动了她，她抛下金光闪闪的、长长的神玉带，轰的一声，把河道修好了。从官团修到靖州交界处，河水清澈见底，缓缓流淌，人们欢欣鼓舞，传递佳话，取名为"玉带河"。为了记住河的源头，就在这里栽种闽楠树和种植其他珍稀树种。

河道修好后，人们带着喜悦的心情，早出晚归抓紧生产，男耕女织，人民生活富足安康。人们为了纪念王母娘娘，每年在他抛玉带的那天祭拜她，就是现在

的祭萨活动，所以侗乡山寨都建萨岁神坛。

　　他为了给人民生活增加色彩，鼓励人们学吹芦笙、弹琵琶、学哆吔舞。为了人们有休闲娱乐的地方，他就修风雨桥，建鼓楼。每逢佳节，杀鸡宰羊，芦笙悠悠，侗戏声声，吃合拢宴。热闹非凡，堪称人间的仙境。周边的百姓都朝这里搬迁，慢慢地人变多了起来。

　　传说当时东海龙王派大太子到南海探望观音娘娘，回来时经过这里，见到这人间仙境，就跟龙王说："父亲，南楚极地有一处很好建别墅的地方，以后你可以到那里住一住。"于是，东海龙王同意了大太子的请求，命他带一些小兵小将去建别墅，有鱼兵、虾兵、乌龟兵。他们走呀游呀，到了玉带河与靖州河交界的地方，大太子命鱼兵在这里镇守。人们在这里看见又大又多的鱼，就取名为大鱼潭。龙王太子带着龟兵、虾兵，继续朝玉带河的上游游去，游到一个地方，大太子命龟兵在这里镇守。乌龟已经长大了，背上像镀了一层金子。后来有人看见了乌龟，取名为金龟滩。龙王太子带着虾兵继续往上游游去，到了玉带河源头，他一看，哇！这里好，有闽楠树遮挡阳光，真凉爽，水又深又清。于是他在这里修建别墅住下来。他用口吸着河水朝岸边喷洒，树木顿时绿油油的，人们把这里叫作玉龙潭。

　　传说如来佛的大徒弟南游化斋，看见这里山美、水美，人更美，就带一众徒弟来到太平岩，他们摇身一变，变成了万佛山。这里山峰秀美，云雾缭绕，是神仙居住的好地方！这种人间仙境传到动物王国里，野兽之王麒麟带着他的兄弟姐妹，朋友都来了。他们走呀走，走到了万佛山的其中一座山，看见此山树木枝繁叶茂，于是他们就生活在那座山上。有人看见那座山上的麒麟，取名"麒麟山"。飞禽也跟着来了，它们飞呀飞，看见的玉带河山水秀美，风光好，就住在玉带河沿河一带，有白鹭，鸳鸯等，本地的植物猛长，外地的植物种子藏在动物的毛发里，粪便里，被带到这里生长，争奇斗艳。

　　多彩的通道是祖先留下的一座宝藏。人人依恋着您！万物生灵依恋着您！

麒麟山下有人家

# 侗乡情怀

吴永艳 （通道二完小教师）

多彩侗乡景区多，
第一就数玉带河。
名贵物种出此处。
吸引专家去探索。

七彩侗乡湿地多，
珍禽异兽满山坡。
政府号召齐保护，
众人责任不推脱。

神奇侗乡景点多，
跷起拇指数万佛。
群山环绕如仙境，
惹得游人呼快活。

传奇侗乡故事多，
学习红军不退缩。
书院开会转兵去，
为着胜利把命豁。

侗乡儿女勤劳多，
领导办事不啰唆。
男女老少全响应，
美名流传后人说。

# 浮 桥

杨雪晴　（通道一完小 64 班）

"红军不怕远征难，万水千山只等闲。五岭逶迤腾细浪，乌蒙磅礴走泥丸。金沙水拍云崖暖，大渡桥横铁索寒。更喜岷山千里雪，三军过后尽开颜。"相信大家都听过看过这首脍炙人口的名诗。这首诗是当年毛泽东率领中央红军越过岷山时即兴而作。2016 年是长征胜利 80 周年。我们怀着崇敬的心情，在老师的带领下来到了玉带河国家湿地公园——县溪镇大码头浮桥。

浮桥是一座美丽之桥。浮桥两旁有着护栏，护栏上摆着整整齐齐的花盆，鲜花怒放，姹紫嫣红。有红色的，就像一位庄重的小公主，穿着鲜艳的连衣裙；有紫色的，就像一位英俊的少年，昂着头，真威风！也有粉红色的，就像一位美丽的少女，头戴王冠，娇贵艳丽！还有黄色的，像一个卷发的外国小朋友。渠水两岸的柳树，在微风中摆动着柔软的枝条，轻轻地撩过水面，像一群侗家少女，在对着河水梳理自己的秀发，美丽极了！这些柳树和鲜花点缀在浮桥两旁，让我们亲身体会"春风元巳艳阳天"的感觉。

浮桥是一座红色之桥。当我们近距离观赏时，感受到红军浮桥的气势。红军浮桥象征着红军战士，他们每前进一步，都要付出巨大的牺牲！我眼前仿佛出现当年红军战士与敌人厮杀的情景……突然有人把我从遐想中拉回来，说要去拍团体照。在拍照时，忽然有一只雄鹰飞来，在浮桥上空自由盘旋飞翔。风一吹，河面泛起了像鱼鳞一样的微波。

浮桥也是一座传说之桥。在很久很久以前，勤劳的侗族人民一直过着幸福美满的生活，但是直到有一天傍晚，忽然有一声巨响，接着有一道闪电划破长空，随后，雷电交加，下起了倾盆大雨，地面有一些晃动。这是人们才察觉到要有地震了，马上带着孩子出门去避难了！可是来不及了。顿时山崩地裂，地面上裂开了一条万丈深的裂缝，有不少人都掉进去了。剩下来的人跟着村主任来到了一个暂时安全的山洞里度过了一晚，本以为安全了，可是洞口外还是疾风骤雨，没有人敢出去。于是他们又在这个山洞过了三天三夜，雨终于停了。可是他们出来看时，原本美丽的小山庄如今变成了一片凄凉的土地。这灾难怎么会降临到一个小小的山庄上呢？原来是天上的某一位神仙看不惯人们这种幸福的生活，于是就利用自己的权力给山村带来了灭顶之灾。村主任决定带领全村人移居到另一边去。那里群山环绕，空气清新。但是经过那里必须要经过一条大河——渠水河。

大家正为这事发愁时,玉帝的三女儿知道百姓遭受灾难是一名天将所为。于是就私自下凡,等到了这个地方后,看见村民只需要渡过一条河就可以抵达对面那座山。侗族人民看见仙女来帮他们喜出望外,他们希望仙女能为他们变座桥。果真仙女给他们变了一座浮桥,让他们安全渡过。人们为了纪念仙女,就把桥命名为"仙女桥"。

　　浮桥又被称为红军浮桥。因为红军长征途中经过此桥,在恭城书院召开具有历史意义的"通道转兵会议"。通道转兵,中国转运,我们今天的幸福生活是多少英雄为祖国抛头颅洒热血换来的,他们为人民的幸福、民族的解放、国家的富强,用自己的生命谱写了"历史的新篇章",他们用自己的鲜血染红了五星红旗。作为他们的后代,我们要让红旗更鲜红、五角星更明亮。我们要珍惜来之不易的幸福生活。

　　历史是不断向前的,要到达理想的彼岸,就要沿着我们确定的目标不断前进。每一代人有每一代人的长征路,每一代人都要走好自己的长征路。今天,我们这一代人的长征,就是要实现"两个一百年"奋斗目标、实现中华民族伟大复兴的中国梦。

古镇浮桥图

# 古镇浮桥

杨昌富　（通道教育局）

　　桥是什么？桥是让人无限神往的地方，是让人心跳不已的地方，是让人充满梦幻的地方，是让人产生猎奇心理的地方。桥是什么？桥是连接成功与失败的地方，桥是连接过去与未来的地方，桥是连接光荣与梦想的地方。我到过祖国的大江南北、长城内外，见过无数壮丽的或奇险的或精巧的桥，但大多都是"一桥飞架南北，天堑变通途。"除了惊叹，并没有给我留下什么深刻的印象，而家乡古镇的一座浮桥（所谓浮桥，指用船或浮箱代替桥墩，浮在水面的桥梁），却让我久久难忘。

　　这座浮桥位于湖南通道玉带河国家湿地公园渠水河段，渠水河畔有通道侗族自治县历史最为悠久的城镇——县溪镇。从宋崇宁元年（1102）建县至新中国成立后的1958年，一直为县治所在地。该镇位于县境西北部，东临菁芜州镇，西北邻靖州新厂乡，西南挨播阳镇，正南连牙屯堡镇。境内山河秀美：历史上的通道八景"月山产秀、飞山应雨、范岭阴晴、罗蒙烟雨、宝潭鲲浪、蓉渚鸥栖、多星樵唱、江口渔歌"，除江口渔歌外，其余七景均在县溪。

　　浮桥有什么样的传说？翻开历史的年轮，触摸历史的脉动。无须什么考证，口耳相传，渠水两岸人民一定蕴藏着巨大的故事传说，只是至今还没有被完全挖掘。

　　但浮桥的来历却与中国革命的滚滚车轮紧密连接在一起。1934年10月，党中央和中国工农红军踏上了长征征途，开启了中国革命的新阶段。湖南是红军长征经过的重要省份之一，在工农红军长征史上占有极为重要的地位。特别是通道会议和通道转兵，实现了红军长征中一次具有战略意义的伟大转折，开启了红军从失败走向胜利的光明道路。2016年10月20日上午，湖南省纪念红军长征胜利80周年大会在通道隆重举行，省委书记杜家毫出席并讲话。他提出，要大力弘扬长征精神，为建设富饶美丽幸福新湖南而不懈奋斗。

　　我怀着对伟人的崇敬，参观了位于渠水河畔的通道转兵纪念馆。我为跌宕起伏的充满曲折的革命历史而震撼，更为伟人对信仰的执着而折服。有一副长联对伟人做出了中肯的评价："抒发豪情谱写春秋指点江山润之扭转乾坤，忍辱负重维护团结举贤荐能恩来鞠躬尽瘁。"斯人已逝，风范长存，他们巨大的精神遗产将为中国人民世代继承。

　　红军长征过通道至今有大量的研究成果，如怀化文联主席杨少波先生所著《红军长征过通道》一书，这本书对这段历史有详细的考证。当年中央红军为了顺利渡过渠水，于是便搭起简易的浮桥。有一副对联说得好："浮桥铺设红军西去胜利坦途，通道造就伟人东来崛起之地。"如今随着渠水浮桥的重建，县溪七景应该更名为县溪八景。尤其是夕阳西下，霞光映照大地，浮桥与渠水交相辉映，水天一色，远处的群山，具有现代气息的县溪新镇，两岸杨柳依依，沿河护堤，构成了一幅绝美的画面。正所谓："伟人书院定乾坤，通道转兵改进程。浮桥雄鹰渠水上，残阳如血添八景。"这是历史的真实，更是历史的细节。

这座浮桥也迎来了通道的解放。我祖父当时作为播阳所的代表亲自见证了通道的解放。据他说，程潜和陈明仁将军通电起义，湖南和平解放。解放军摧枯拉朽，迅速南下。当时国民党通道县长粟昌福眼见蒋家王朝大厦将倾，积极响应程潜和陈明仁将军起义通电，准备迎接解放军的到来。但有一个叛徒告密，最后被发现。粟昌福当时将其枪毙。祖父说，子弹射进叛徒胸膛，只见血液像从地底下喷射出来，像一条细细的丝线。叛徒可耻地了结了自己的一生。我不知道祖父当时走过这座浮桥没？即使他没走过，我也为他这段光荣的经历而自豪。通道历史由此翻开了新的一页。

正是："通古今百越东方破晓当家做主喜翻身，道中外侗乡继往开来改革开放新时代。"

如今，随着通道旅游兴县战略的实施，通道县溪镇已成为国内游客必选之地。因为这里有丰富的旅游资源，融民俗、生态、红色文化、自然景观为一体。他们都怀着无比激动的心情来参观通道转兵纪念馆，来接受红色教育，来看看当年红军走过的浮桥，来游览渠水沿岸风光，来品尝侗乡的美食佳酿，来探寻县溪古街的传说。在繁花盛开的阳春三月，有许多准备结婚的青年来此拍婚纱照。也有小情人来此谈情说爱，在夕阳西下万丈霞光的时候，在浮桥上尽情拥抱，难舍难分，羡煞世人。有人赋诗一首："年少轻狂逐浪涛，蝴蝶采花弄春潮。郎情妾意会于此，水浮桥动拥碧霄。"

浮桥如今最主要的功能是作为历史景观而存在。它作为景观的意义要大于它作为一座桥的意义。通道溪镇交通发达，枝柳铁路、209国道从这里经过，河上架起了两座大桥。人们赶集、出行均不会选择浮桥。浮桥作为八景之一，为县溪古镇增添了无限的亮色！

回忆少年时代，我也差点与这座浮桥结缘。当时在本村借了《天龙八部》，看得津津有味，在那个缺少电力的年代，晚上不顾蚊虫叮咬，点着煤油灯坚持看完，但却走火入魔。心想自己能像乔峰那样的大侠多好。于是在一个早晨，我离家出走了。我想去少林寺，我想学绝世武功，我想打败天下无敌手，我想消灭一切人间不平事，我一路跑到地阳坪，当时壮怀激烈，有一首诗可以形容："独孤仗剑走天涯，浮桥流水浪淘沙。夕阳晚霞从兹去，乡关何处是我家。"结果被后面追来的表哥抓了回去。

# 故乡神秘的古树林

黄生学　（原通道县人民政府副调研员）

　　在湖南通道西端的湘、黔交界之地有个百余户人家的古村落，隐藏在群山环绕，古树环抱的密境之中。一排排错落别致的吊脚楼，一缕缕青瓦屋上袅袅升起的炊烟，一条条弯弯的石板古道，把鼓楼、寨门、风雨桥依序珠连在一起，铺展着侗族村寨特有的古朴元素。从三省坡上流下来的小河从寨子旁边蜿蜒流过，河边的竹筒水车、石板码台、竹篷小船以及小桥上担着担子的村妇，无不映衬出侗家山寨的古朴风韵。

　　很古老以前人们就为这里取了个很动听的名字——上湘。这里就是我值得引以为豪的故乡。上湘地处虽然边远，可是一条通往云贵的古栈道经过这里，多少民间传说与青石板古道一样久远，许多历史故事与古栈道一样悠长。吴勉"赶猪"、补宽"卖牛"等，青石板路上留下许许多多的传说和故事。最值得称道的是这里也经历过闻名于世的大事件，八十三年前的中国工农红军二万五千里长征，就是从这条古石板栈道上走向贵州、走向胜利的。

　　故乡村子背后靠着一座雄伟的大山，山的顶端有两座突起的巅峰，高高耸立，直抵云霄。耸峙的山头犹如少女的乳房，非常逼真，楚楚动人；一起一伏的山形，又如骏马背上的马鞍，村里人就形象地把这座山叫作"马台山"，从古至今都这么叫。

　　马台山远近闻名，它的俊俏与清秀应该归功于满山的树林，归功于世世代代保护着这片树林的故乡的人。

　　举目可见，整座马台山就是一座充满神奇的植物宝库。从山脚到山头长满了树木，有香樟、青冈、枫香、栲木、荷木、合欢、麻栎、酸枣……还有榉木、楠木等等许许多多属于重点保护的树种。密密匝匝的古树纵横交错、遮天蔽日、严实丰满。林密荫蔽，曲径通幽，当你沿着山间逶迤的小路拾级而上，进入林莽深处，山风伴随树叶莎莎的韵味迎面而来，此刻你会情不自禁地深深呼吸，贪婪地吸吮着林间特有的带着芬芳沁人的空气，似乎想一口把它吞个够。不经意间你的心灵深处会有一种难以名状的清新感受，只觉得心旷神怡，倦意顿消……此刻的你会心潮起伏，感叹大自然的神秘。愈往深处，树木愈老，许多几个人才能环抱的树挺拔而立，直逼云端，粗粗的树干上挂满了名贵的大血藤和长满了石苇、苔藓及许多不知名的附生植物。幽林中时而静静谧谧，时而鸟叫蝉鸣，眼前一幕幕古老幽深的画面，无不令人感到惊奇和震撼。

"山不在高，有仙则名。"这座秀美幽深的树林自然也有许多古老的故事和传说。相传很久以前，山里幽深的谷底有两条神奇的巨蟒，每遇干旱的年份，它们就蜿蜒来到山脚的深潭中洗澡吸水，然后爬到山顶，仰起头，将腹中的水喷射向天空，给久旱的田园送来雨水，给庄稼带来甘露。有一天，这一方天地黑云压顶，雷鸣电闪，暴风骤雨，洪荒大水汹涌澎湃，正当云低夜黑的午夜时分，两条巨蟒呈灵显圣，化为两条巨龙，翻腾着从深谷中游向洪水汹涌的小河，顺着洪流急匆匆游向大江大海……巨龙出游的那个深沉的午夜，正巧被正在楼阁上织布的年轻貌美的女子看到，借着远处雷电的闪光，她惊恐万分地看到了两条鳞片斑斓的巨龙向河边蜿蜒而去……

第二天，更神奇的事情发生了。当人们看到这名女子时，她已经不是普通的村姑了，只见她娇艳动人，美如天仙，明眸皓齿，出语不凡。这半个夜晚的光景，她已脱俗成仙，化为超凡的仙姑。惊奇的人们奔走相告，寂静的山村顿时沸腾起来了，消息很快传开，四方八寨的村民们潮水般涌向这里，整个上湘村寨像是在赶庙会一般。

后来，人们为了纪念这一神奇的事件，四面八方的人们自愿化贡捐赠，在马台山半山腰的一个台地上修建了一座庵堂，起名为"青龙庵"，那位仙姑随之住进"青龙庵"，成为人们供奉的神灵。这座庵寺因为有着活生生的仙姑而声名鹊起，引来方圆百里无数的善男信女前来朝拜，乞求神灵除灾去难，保佑安康。同时，山民们为了保护好这片呈灵显圣的山林，饮酒立誓，歃血为盟，在山脚水口刻石立碑，告诫村民遵约守誓，违者必罚。

星移物换，沧海桑田。传说中的仙姑已乘仙鹤而去，古庵也随岁月化为尘泥。那块立誓为盟的古碑还在，那片美丽的古树林还在，还有古石碑的训诫仍然深深地刻印在每一个山民的心中。这片历经沧桑保存下来的森林已经成为远近闻名的风景。八十年代初美国福特基金会官员孟泽思博士一行来到这里，他们带着神圣的使命和人类发展的崇高理念及价值观而来。他们深入侗寨山村细致探访，进入森林深处详细考察，他们站在人类发展需要的最高理念，对这里的护林的习俗备加赞赏，并期望这一优良习俗进一步发扬光大。

每一次回家，我便会面对家乡这片古老的树林驻足徘徊，仰苍穹高远，望山色如黛。晨观朝阳，暮睹春雨，仰慕彩虹，领略禅意。作为生长在这片树林下，喝着家乡清泉长大的我，深深为家乡能有这么美丽的古树林而感到高兴和自豪，当然更多的是希望家乡的古树林万古长青！

# 红军桥

杨旭昉　（怀化市作协副主席、原县文联主席）

很多人说，桥，是没有生命的建筑物，它只有冷冰冰的桥面和水的寄托。实际上，桥是有生命的，桥是灵魂的建筑。它能识遍世间万物，看遍人生百态，它是心灵之桥。它体现着人类的智慧，并给人以美感，人们情不自禁地用诗文来赞颂它，关于它的故事传说也十分丰富。这些故事传说赋予了桥无穷的魅力。

在侗乡，有水必有桥，尤以长廊式风雨桥最为出色。大都建于清末，多属石墩木身桥梁。普修桥、普济桥、迴龙桥、回福桥、独蓉桥、永济桥、永康桥、福禄桥、万佛桥……这些都是侗家人的宝贝呢。它们虽然没有长江大桥的雄伟壮丽，也无盘江铁索桥的惊险缥缈，更没有金水桥的典雅秀美、杭州湾跨海大桥的大气磅礴和现代立交桥的豪华洒脱，但它们是侗族建筑艺术之精品，常常勾起人们的无限遐想。

风雨桥又称福桥、花桥，一般都建在村寨的下游，主要取拦截风水，护佑侗寨之意。在侗语里，意为：迂回龙脉，锁住水口，福济侗寨。它既是交通设施，又是护佑村寨的神灵。冬暖夏凉，能避风遮雨，是侗家人乘凉休闲的好去处，也是过路行人休息歇脚的好场所。因而，在侗乡，水和桥是永远不能分开的。从桥的建筑构架来看，足见侗族同胞的聪明才智和工艺水准。

在侗族同胞的心目中，风雨桥不仅仅只是重要的交通设施，还可休闲纳凉，遮风避雨，更是护佑村寨好风水的屏障。风雨桥是由桥墩、桥身、桥廊和桥亭组合而成。桥墩一般用大青石块垒砌而成，非常坚固，桥身多半用老杉木伸臂托梁，以解决桥的跨度，桥廊上铺有木板，两边设长凳，供人们歇息；桥亭则根据桥的长短而设，一般有三亭，有的有五亭。桥亭顶端收尖处或置宝瓶鸟饰，或置风铃银球，微风吹来，风铃脆响。桥亭和廊檐绘精美图案，飞禽走兽，花鸟鱼虫，造型各异，美观逼真。整座桥不见铁钉，全部凿榫接合，大小木条斜穿直套，纵横交错，层层叠叠，潇潇洒洒，实为侗寨一枝独秀。在民间传说里，它是龙的化身，吉祥的象征。说起风雨桥，还有一个十分美丽动人的故事。

相传，在很久以前，有一对侗族青年男女分住在河的两岸，并经常用木排过渡到对岸约会、对歌。有一天，俩人坐在木排上对歌，情意绵绵，突然狂风大起，昏天黑地，一个巨浪打来，姑娘被卷走，小伙子日夜呼喊，也不见踪影。小伙子的举动感动了河里的白龙。白龙知道是黑龙在作怪，它不忍心看到一对相恋的人儿被拆散，决心救出姑娘，于是白龙潜入河底，与黑龙搏斗七天七夜，终于将姑娘救出，但白龙因失血过多而死。这对侗族青年为了感谢白龙的救命之恩，在白龙战死的河上，仿照白龙的形状架起了一座雕梁画栋的木桥，也就是现在的风雨桥。

风雨桥架于溪流之上，紧挨着寨子，冬暖夏凉，能避风遮雨，是侗家人乘凉休闲的好去处，也是过路行人休息歇脚的好场所。桥下静静地流淌着清澈的河水，桥洞下有径流水冲刷着堤岸，岸边柳树垂下绿绿的丝绦，一切都显得那么质朴。月光撒下银辉，斑驳的树影透射点点月光，水中朦胧的倒影，泛起层层微澜。水、月、影，组成了一幅灵动的画面。有微风轻轻吹来，越过迷茫的烟水，苍茫的群山，折回到桥下的粼粼清波里。

风雨桥的两端立有数十块大青石做的功德碑，碑上刻着各村各寨善男信女的名字，有捐款几十元的，也有捐几个毫子几枚铜板几个工日的。在建桥时，周边村寨的民众也会前来出力帮忙。可以这样说，这是侗族人民共同拥有的公共财产。在侗乡，修桥铺路是积德行善的重要内容之一，也充分体现了侗乡人民和睦相处，团结互助，心齐山移的良好道德风尚。在侗家人的心目中，风雨桥是护寨镇邪之桥，生命之桥，灵魂之桥。

透过功德碑，你可以看到侗族同胞的一种精神，一种热心公益、团结互助的精神风貌。侗族同胞热心公益事业由来已久，清朝马善汪寨歌师吴朝堂编有著名的叙事长歌《松梁歌》，讴歌了侗族农民杨松梁一生修桥补路，连续几个冬春修建武洛江流域通往孟江流域的山间道路和大小桥梁的动人事迹。

《松梁歌》的传说已经久远，或许你也不太相信，但侗乡风雨桥在遭受一九九二年特大洪水袭击之后，竟仍然屹立于溪流之上，令你不得不佩服侗族同胞建桥爱桥之品德。当时洪水已经入侵寨子，风雨桥危在旦夕，全寨男女老幼在三公的带领下，舍小家而不顾，奋力护桥的情景依然历历在目……在与洪水的搏斗中，三公，这位三十年代参加革命的老共产党员，献出了宝贵的生命。

溪河在悲鸣，风雨桥在哭泣，侗家人更是热泪纵横。人们追忆三公数十年如一日爱桥护桥的英雄故事，歌师将其编入侗歌，传唱在侗乡山寨。

1934年，国民党匪军获悉中央红军主力将要通过风雨桥西进贵州，便派兵力在此设卡堵截，企图炸毁风雨桥，置红军于死地。是三公和他的父亲带路，协助红军先头部队从玉带河下游涉水强渡玉带河，悄悄绕至敌人后背，来了个出其不意，全歼敌人一个连，使得风雨桥完好无损，取得了中央红军"通道转兵"后的第一个胜利。从此，侗族同胞称风雨桥为红军桥。

岁月流逝，当年的场景已经远去，只留下这历经沧桑的风雨桥。

带着敬重，带着缅怀，带着期盼，与你一同穿越岁月的河流，怀揣中国梦展望未来。其实，只愿红军精神继续传承，希望红军走过的地方美丽富庶，文明向上，早日走上小康之路。

## 红军足迹

吴永艳 （通道二完小教师）

麒麟山长麒麟高，
毒蛇猛兽深山嚎。
红军不怕路艰险，
崇山峻岭走一遭。

意义非凡团结桥，
军民联手桥建好。
红军不怕路途远，
飞奔跑过到平朝。

栩栩如生名人雕，
转兵会议发号召。
红军不怕行军难，
英勇善战把敌敲。

麒麟山上杜鹃开

# 后龙山记

侗 仁 （通道三完小）

纷繁盛世，美景交融，参天古树，幽森葱葱，枫香似火，数我后龙。

后龙山上，苍松翠竹，繁森茂盛，横贯交错，郁郁葱葱，珍奇百兽，鸟羊翚飞，漫山碧透，层林尽染；云雾缭绕，景致迷人；崇山峻岭，巍巍雄灿；花草树木，青幽如天。

春回大地，万树发芽，新枝吐艳，柔嫩似水，饱盈光洁，舞媚淫姿，雅之俗气，令人羡仰；锦山秀水，苍藜滴翠，丽景重叠，尽收眼底；蛙鸟虫唱，醉入山中；微风吹来，颖枝茂叶，翻眉脸笑，和风起舞，尽舒胸怀；清晨滴露，鸟语欢歌，花香四溢，尽享春之美玉，舒展春之韵儿，达光耀眼人间。

夏日当至，碧野山川，一望无涯，灌木葱茏，燕舞纷飞，蝉凤和鸣，蛐奏凯歌；森林深处，叶灿透气，泥土芳香，味道新鲜，异常绝美，神奇如雾都，如天庭，活灵活现；万物舒展，好一派天堂之画，壮美是也。日烈当头，步入山中，清幽凉爽，舒心盈气，胸阔泰然，如碧玉净身，如雪碧清爽，如此净得那么平和，净得那么无暇，尽管净得滴水难留，但是，古藤缠老树，始终一如既往，往上攀缘，积极向上。景中胜景，永放荣光。投进怀抱，尽享大自然之博爱，之灵气，之瑕美，嗟乎，万物之灵秀！

秋之来临，景山别致，果实累累，竞相斗艳，挂满枝头，珍珠串串，晶莹透亮，小小灯笼，挂满树梢；山枣野梨，茱萸野栗，香香甜甜，甜甜酸酸，漫山遍野，盈山盈地，徒手可摘；秋风飒爽，落叶纷飞，响彻九霄；近听临看，如山洪暴发，一泻千里，如海声滔天，波浪翻滚；如远方闷雷轰响，不断连绵；又如万人私语，卿卿我我；又如天庭聚会，鸣奏庚堂；如娘娘蟠桃酒宴，喜笑颜开……再细看，哗哗落叶，翩翩起舞，恰如仙女，下凡人间。

寒冬极至，古树光秃有致，枝条纵横，饱满圆润，高耸云端，满山野树，红枫似火，一条条，一叶叶，随风飘动，美若天仙；晚霞辉映，秀水显灵。枫林坐爱，恰似二月红花，竞相争流；漫山红遍，层林尽染，一棵棵，一树树，千枝万条，凌锋交错，之裸露，之细腻，之光洁。胜似繁花锦绣；古藤缠古树，高耸之云霄，期盼久远之梦，在一夜间，承继弘扬，永远祝福：旗山脚下，人丁兴旺，祥和安泰！

五百载，光阴流逝，后龙依旧，苍山翠绿，从未改颜，锦山秀水，百世流芳；

虽遭冰霜袭击，古藤老树，依旧挺拔，依旧苍翠，古郁葱茏，碧野草地，川绿秀水；福桥雄伟，宝龙腾飞，宜风宜雨，民乐居安，鼓楼钟鸣，耀谱华章，世人敬仰。后龙山上苍滴翠，碧野草地绿油油。上湘后龙，是以记之。

注：后龙指播阳镇上湘村后的那座风水林。

侗乡古树芦笙欢

# 家乡清明甜藤粑

杨芝干　（怀化市鹤城区）

  春天，是一个生机勃勃、万物复苏的季节。蝴蝶翩翩起舞，花朵竞相开放，绿叶挂满树梢，和风吹拂大地。春天来了，植物多样性的通道玉带河湿地的山坡里和田野上，黄蒿和甜藤更是到处疯长着，这是大自然馈赠给人们最好的天然食材。每年清明节前，家乡的阿婆、阿姐都要到山上和田野里采摘甜藤、黄蒿、箬竹叶，用这些纯天然的绿色保健植物，与糯米、山泉水经过精确的配比和原生态的手工工艺加工制作成甜藤粑。糯米的滋补、柔软、黏合，甜藤和黄蒿混合在一起的甘甜、清香，使甜藤粑粑充满了田野气息、晶莹剔透，融合成独特的味道，吃进嘴里，让舌尖品到春天的嫩绿，让胃触及可口的山珍，让心情尽享大自然的心旷神怡！

  甜藤粑，在我们侗寨有一个美丽的传说。老人们说在很久以前，有位侗族青年在农历三月三这天，上山砍柴时用一种藤捆柴，这根藤的皮上全是花斑点，像蛇皮，且香甜、无毒，人们称为"甜藤"。晚上，他做了个梦，梦见有位白发苍苍的老人对他说："孩子，你们这里毒蛇很多，经常咬伤人，白天你捆柴的那根藤条，不要烧掉，可拿来制成糯米粑粑吃，这样就可以避免毒蛇咬伤人，还可以辟邪、不痛肚子……"第二天，这位青年人按照梦中老人所说的去办。果然，他上坡干农活遇到毒蛇时，毒蛇都怕他，看到他便溜下坡去了。于是，这位青年就把这件事告诉村里人，大家都按照这个方法去做，防治毒蛇的效果很好。后来，过清明节时，村里人又到田野上采回黄蒿，与甜藤一起掺和到糯米粉中做成香甜可口的甜藤粑，上坟扫墓用作祭品，视为给逝去的亲人的一种珍贵礼物，把人们对已故亲人的哀思寄托在甜藤粑上，表达出一种无以言表的缅怀。这思念，正如甜藤粑一样，甜甜的、黏黏的、湿湿的，绵绵不绝。甜藤粑被蒙上了一层神秘的色彩和节日气氛，赋予了更深的民俗文化内涵。就这样，在侗乡清明节前用甜藤、黄蒿、糯米做粑粑的风俗便由此沿袭下来，一直传承至今。

  清明甜藤粑具有柔韧、耐放、不易变质的特点。据资料考证，它还具有镇咳、祛痰、治气喘和支气管炎以及降血压等补体健身的功效。于是，家乡人除了把甜藤粑当作祭品以外更是当作清明过节饭桌上必不可少的一道美食佳肴，上山干活也要带上几个用作午饭充饥，还作为很好的礼物送给客人或亲朋好友。

  俗话说得好，樱桃好吃树难栽。甜藤粑确实很好吃，但其制作工序较为烦琐，

耗时费力，而且食材生长有一定的地域性和局限性，甜藤粑一般只在湿地山区长有甜藤、黄蒿的村寨才可制作，并且需要经过多道传统手工工艺加工而成。

第一步，采集食材，逐一加工。甜藤粑的食材全部来自大山里，绿色环保纯天然，主要材料是糯米，辅料有甜藤、黄蒿、箬竹叶、稻草、竹笋皮、山泉水。这些都要到山上和田野里去寻找采集及平时储备，拿回来后要逐一分步加工，要耗费一定的时间和功夫。

甜藤为多年生半常绿缠绕灌木，主要分布在南方山谷之中，其味清香、口感甘甜。树木茂盛的玉带河湿地自然到处长有甜藤，每年制作甜藤粑粑时乡亲们到山上打个转身，就能采回几捆。甜藤用清水洗净，放在石板上用木槌敲打、锤烂，或用石舂擂烂，把捣烂后的甜藤渣用山泉水浸泡几个小时，再用纱布滤出甜藤汁液，用来搅拌糯米粉。甜藤汁液主要起到增甜、增香及长时间保持甜藤粑粑口感软糯的作用。

黄蒿又名鼠曲草、清明草，叶无柄，茎叶可入药，为镇咳、祛痰、治气喘和支气管炎及非传染性溃疡、创伤之寻常用药，内服还可降血压、降尿酸等。玉带河湿地的田坎上随处可以寻到一撮撮盛开着小黄花的黄蒿。黄蒿在甜藤粑粑中的主要作用是增加香味和嚼劲，还有保健功效。黄蒿采集回来后用清水洗净，再用石舂捣烂，用手反复多次揉捏成团、挤干水分，把黄蒿里的涩味、苦味冲洗掉，留下香甜之味，留下嫩绿的叶渣掺入糯米粉里。

糯米是大家所熟知的，它是制作甜藤粑粑的主食材。玉带河湿地气候宜人，良田较多，乡亲们每年会种一些特有的高杆糯米，这种糯米一般种在水温相对低的田里，其生长周期比普通糯米多2个月时间。这种糯米特别香，做成的甜藤粑粑口感更加软糯。糯米也是用石舂或石磨反复碾打成细粉，越细腻越好。

箬竹叶是用来包扎甜藤粑粑的纯天然植物叶片，它含有大量对人体有益的叶绿素和多种氨基酸等成分，气味芳香，闻上去有回归大自然的感觉，采摘于箬竹。箬竹为禾本科箬竹属下的一个种，自然生长在玉带河湿地的菜园边或山坡上，竿高0.75～2米，直径4～7.5毫米，生长快，叶片大。箬竹叶是用来包裹甜藤粑的。箬竹叶采摘回来，第一步先用清水洗净后备用。

第二步，混合搅拌，揉成粑坨。几种食材分别加工准备好后再按一定的比例合成搅拌。用一个盆子将细腻的糯米粉、甜藤汁液、捣烂了的黄蒿嫩叶、适量的山泉水充分混合搅拌均匀，拌成不稀不硬的混合体，促使食材分子进行重新组合。甜藤、黄蒿、糯米三者完全融为一体，口感发生新的变化和改善，然后用手掌心揉捏成鹅蛋大的粑粑坨，放在簸箕上，等待包捆。

第三步，包粑捆粑，上锅蒸煮。取来清洗干净的箬竹叶，用两层箬竹叶将椭圆形的粑粑坨细心包裹成长方体，用稻草或竹笋皮条捆紧，剪掉多余的箬竹叶，保持外观整齐好看。阿婆、阿姐说甜藤粑包捆是一道细活，要手巧而且有耐心，箬竹叶四面不能有丁点粑坨裸露，否则上锅蒸煮时粑粑会溢出箬竹叶外粘黏到其他的粑粑上。打包捆扎要有一定的力度，较紧为好，以便蒸煮过程粑坨膨胀受力，食材表面充分接触箬竹叶吸收其养分和清香气味，同时更重要的是粑坨内部也进一步发生混合反应达到高潮而使甜藤粑煮熟变得更加细腻、香甜可口。蒸煮是用原生态的木桶蒸笼，蒸笼底部放置丝瓜瓤做成的垫子，自然环保。把包捆好的甜藤粑放满蒸笼盖上木盖板就可以上锅蒸煮了。

一个时辰左右，香气四溢，蒸熟出笼，纯天然、香甜可口、奇珍美味的清明甜藤粑就新鲜出炉了！迫不及待剥开一个，看得见的嫩绿、闻得到的清香、嚼得动的甜美，细细品味，慢慢下喉，最后珍藏到肚里。这就是叫人回味无穷、思绪万千、思念绵绵的家乡清明甜藤粑。

打糍粑

# 金龟滩传说

吴庆光　（通道农办退休干部、《三省坡》杂志副主编）

　　从通道城顺209国道前往怀化方向驱车前行，大约10分钟就到了塘冲路段的测速点——金口。

　　据坊间传闻，古时的金口是一处灌木苍翠的坡地，诸如檵木、矮栗等低矮树种。有天，一个戴着顶破斗笠的老者路过这里，发现灌木丛下有一道道绿光在闪烁，大有"破土一展身姿"之态，老者扒开一丛杂草，看到了一块巨大的花岗岩从地下拱了出来，老者掐了掐指头道："原来是此中有灵之物，想借助外力换个地方修行啊……罢了罢了，吾乃助你一臂之力吧，成龙成虫全凭你的造化了。"老者手指沾着唾沫，在岩壁上写了"此岩壁兑米三十石"这一行字之后，用杂草的嫩尖打了结，然后就消失在古驿道的远处。

　　清咸丰四年（1855年）暮春的一个晚上，塘冲侗寨的石匠吴瘸子在用热水泡脚时，一股暖流由涌泉穴直冲上百汇，极度的舒坦拌和着一丝眩晕波涌在脑际间，他眯起双眼享受这种怪异的美感。突然，他看到一只驮着金元宝的大乌龟，正从一个山洞里向外爬行，因洞口太小，无论它怎样努力都无法将那硕大的身躯挤出洞口，乌龟的脖子猛地一伸，差点就撞到他的脸上。吓得吴瘸子胆战心惊，脚下的一盆水悉数打泼。

　　"醒醒吧，老头子，水都凉了，那……要不再给你换盆热水？你可千万不能有事哦。"

　　吴瘸子看到老婆一脸的忧虑站在他的跟前，才知道自己在洗脚时打了个盹，赶忙歉意道："没事，没事呢。"

　　第二天拂晓，吴瘸子又试图解开昨天晚上洗脚时那一小盹的结时，"石匠不走，无米入口"的师训又在他的耳边响起，便懵懵懂懂地背上铁锤等打石磨、石碓子的工具，一瘸一拐地走出家门，粗布袋里的铁器随着他的左右晃动而"叮叮当当"响。

　　石匠不同于别的行业，石匠手头活的对象大多是笨重的大石料，需要按照雇主的要求，到指定的料场去开凿岩料，并錾造出器件的成品，才算完成一次交易。

　　吴石匠从塘冲走到罗武、琵琶，再转道地连，一路上，只有自己的喘息声和工具的碰撞声，根本没有人家让他停下来打个石碓子、修个石磨什么的。这年月，大家都借米下锅，哪还需要自己置备碓米、磨粉这类石头工具？

"喂，垦石头的，我家正需要打一座榨油用的石碾子，你有好石料吗？"

正当吴石匠为揽不到活而发愁时，一个打扮妖里妖气的女人拦在他的面前，看这身打扮，听这声招呼，厌恶之心立马在吴石匠的心中发酵，有钱又怎么了，有钱就不知道尊重人？"我吴瘸子什么好石料没有？别说一座石碾子，就是十座石碾子照样难不住我，本人从娘胎里一出来，不缺的就是石疙瘩。"吴石匠扔下这句话后，一个侧身就从那女人身旁闪过。

"我说，师傅啊，您别走啊，我们家真的要打石碾子呐。如果您真的能找到上等的石料，这一块银圆先给您当定金。"

石匠停住脚步转过身，余光瞟上妇人手中的银圆："你们需要个怎么样的碾子？"他开始为自己刚才的气话后悔，他哪来什么好岩料？别说是碾盘所需的大料，就是碾槽所需的料也没有。这真是的，很多时候祸端从嘴起啊。

"那师傅，我们家也知道您的手艺和家境，你也不容易，先给您两块银圆作定金吧，一个月后我们来拿货再交清余额，这是字据，按个手印？"看到石匠没有伸手拿走银圆，妇人先行敲定这单生意。

从地连返回塘冲的这十多里路，吴瘸子只觉得跟跟跄跄、头重脚轻。他知道并非身体出现状况，也并非那妇人的男人劝酒太勤，而是内心愁火上窜所致，当走到与家门隔河相望的金口时，吴瘸子一阵眩晕倒了下来。

夕阳的斜晖裹着暖风将吴瘸子唤醒，他眯着眼打量四周，一个"草标"令他一骨碌爬起来，他分明看到草丛下那裸露的花岗岩壁在斜晖里放光。"怎么可能，怎么可能啊，这条路我走过千百次，难不成这花岗岩壁才长出来？"。

一个月还差几天，瘸子石匠打的碾盘子已立在风中吹着呼哨，四节六尺长的弧形碾槽，也在星月下闪动着清辉。

地连那户人家如期履行前约。

一时之间，吴瘸子的生意好如芝麻开花。

人怕出名猪怕壮，觊觎上等花岗岩料场的人，一波接一波地上门找茬。吴瘸子掂掂这一段时间所挣的银子，足够一家人过上几年宽裕的日子，石匠吴瘸子就准备雇请一些人清理料场残渣，再在上面覆盖泥土，以恢复被掏瘪了的山体。

这天，吴瘸子带着的人刚刚把场地整平，几个骑着高头大马的人气势汹汹来到他们跟前，其中的光头一把快枪抵在吴瘸子的胸前喝道："住手！你们整理料场问我了吗？"

清理场地的一个人赶忙贴住瘸子的耳根说："快停手，这位是烂泥塘山上的爷，他说一，没有人敢说二。"

"烂泥塘"也就是人们传说中的"强盗坪"，那是广西龙胜和湖南通道交界

的一座大山，常年盘踞着好几股土匪。据说，因山太高，从远处往上看，只见云雾缭绕，不见天日。但走到上面，才知道缓坡、坪地、水塘、清泉错落其间，艳阳高照。

吴瘸子的裤裆湿了一大片。

"知道我杨爷的名头了吧？"光头的枪口把瘸子顶得一个趔趄。

"知道，知道了。"

"知道了，还不快点给老子打八只有八仙吉祥图的柱墩，外加一对雄狮？"

"取不了那么多料啊。"吴瘸子啜嚅道。

"我不管，现在就给我开料！"

没办法，吴瘸子只好重新焚香拜山，然后，牵线、弹墨、打钎，准备撬料。

一切准备就绪，吴瘸子示意光头等众人离远。

"开……"

随着吴瘸子的暴喝声起，天空顿时乌云低压，阴风呼啸，枯叶飞舞。

"轰隆……"的一声炸雷响过之后，光头带来的人七仰八翻地躺在各个刺蓬中，那些枪支也不知震飞到了哪里，一块巨大的花岗岩脱离山体，向着河谷"爬"去，许多脸盆大小的石块，也随着巨石块的移动而向河床"爬"行。

爬，对，是爬，因为在场的所有人，看到一只金色的大乌龟引领一群小乌龟，缓缓地朝河道爬去。这一奇特的异象，让所有人暂时丢失了语言功能，整个场地只能听到枯叶的落地声。

半月后，神龟现世的奇闻，传遍通道侗寨山乡，更让"烂泥塘"上的"爷们"龟缩在被窝里不敢下山扰民。

清幽的双江河，又恢复了往日的平静。

细心的乡民忽然发现，塘冲的河面上多了一只小船。这只船，不打鱼，不下网，无论是刮风下雨还是皓月当空，这只船的身影总在这段河流中往返荡悠。

"金龟""金龟滩"就这样走进了平民百姓的日常话题。曾经有人看到一只大乌龟浮在河面上晒太阳，宽大的龟背闪耀着金色的光辉。于是，金口河段的两岸，时常有人在翘首以待，人们期盼能亲眼一见金龟容颜，以沾沾灵物的福寿财喜。

据说，前些年，通道林业局的一位工作人员，多次驾舟在塘冲的河段上荡悠，有那么几次，感觉金龟就近在咫尺，蓦然回首，又擦肩而过，只抓拍到一块像极了乌龟的石头，那石状的乌龟，在朝霞里熠熠生辉。

金龟，既成灵物，又岂轻易与人相见？

# 俊美的麒麟山

粟凯燕　（通道四中八276班）

　　湖南通道水秀山清，民风淳朴，有高耸的梨子界，俊俏的万佛山，矗立云端的独岩，险峻的麒麟山。

　　麒麟山自然保护区的景点有：麒麟河、鹰嘴岩、麒麟石、麒麟山庄、麒麟望月、仙女池、麒麟山日出、长冲阔叶林景、风神洞、麒麟山天池、人猿山、麒麟潭等。

　　其中仙女池有一个美丽的传说：天上有七位美丽的仙女，因在天上觉得寂寞，就偷跑到人间嬉戏，看到一潭池水，就在池里玩耍。被王母娘娘发现，王母娘娘派人将仙女们逼回天宫，可不曾想，天上一天，地下一年。仙女们已有各自的好友，当好友不见仙女的踪迹，就到仙女们经常玩耍的地方去寻找。可没人再见过仙女。好友们为了寄托自己对仙女的思念，就将池子称为"仙女池"。池水深蓝，碧波荡漾，池边鸟语花香、草木青葱。

　　麒麟山中的人猿山是最著名的，它坐落在山顶上。人猿山之所以叫人猿山，是因为它的形状类似人猿。麒麟山还有美丽的天池，天池旁有两个很大的石头，休息的时候躺在石头边是最舒服的。

　　麒麟山的景色美如画，让人赞叹连连。麒麟山还有许多珍贵的动植物。目前已调查记录到的种子植物一百七十七科七百五十六属一千五百五十八种，其中国家级一级重点野生保护植物三种（中华水韭、南方红豆杉、伯乐树），国家二级有篦子三尖杉、华南五针松、樟树、闽楠、清钱柳等十八种；已记录脊椎动物五纲三十一目九十五科二百七十一种，其中国家一级重点野生保护动物有林麝、云豹、白颈长尾雉和黄腹角雉四种，国家二级野生保护动物有鸳鸯、白鹇、红腹锦鸡、斑头鸺鹠等三十二种。

　　这么多的植物中，令我记忆犹新的应该属"中华水韭"，记得小时候根本不知道它的用处，只知道两人同时撕开水韭的两端，撕到一半就分开的就是天气好，一撕到底的是天气不好；或两人同时撕，撕完的是有缘无分，撕一半就分开的是有缘又有分。这是记忆中的"水韭游戏"，伴着童真，伴着欢乐。

　　麒麟山最美的应该属"麒麟山日出"，要看日出就要到山顶。你会看到在天地相间之处的太阳。

　　啊！这就是侗乡的麒麟山！它险峻、秀丽！它高耸在通道东部、南部，也屹立在我的心间！

# 梦游麒麟山

刘雨晴　（通道一中高1508班）

　　航海的人谈起海上仙山瀛洲，烟波渺茫实在难以寻求。通道人说起那麒麟山啊，云霞忽明忽暗，如若仙境。访遍万佛山的丹霞地貌，走过玻璃栈道；游遍独岩的青山绿水；赏遍皇都侗寨的风土人情，永远看不厌的当属这拥有无数瑰宝的麒麟山。

　　我张开想象的翅膀，梦游麒麟山。一夜之间就飞过洒满月光的上洞梯田，水光月色照着我的身影。送我来到吊水洞瀑布脚下，红军长征走过的足迹仍然还在，瀑布下清清的溪水迂回荡漾。岸边的白颈长尾雉在闽楠树上欢快地啼叫，溪中的鸳鸯在嬉戏打闹，羡煞旁人。顺着红军走过的足迹，我登上直上云霄的山路。上到半山腰便看到从那杜鹃花海上升起的太阳。还听到云豹的怒号与红腹锦鸡的报晓声从那山顶上的长冲林海中传出。千折百转的山岩，弯弯曲曲的石道，不知过了多久，赏了多少美景。我迷恋着南方红豆杉、伯乐树，依靠着正在小憩的林麝。不觉间天色已晚。

　　踏着皎洁的月色，我走进了一座名曰"麒麟山庄"的小村庄，土地平旷，屋舍俨然，有良田美池苍松明月。田间小径交错相通。月光下侗家姑娘穿着银光闪闪民族服饰，在聆听对岸小伙子唱着的动听侗歌，那歌声清脆空灵。我想侗家妹子听了之后一定会为之动情。

　　天色渐晚，但在村巷里玩耍的孩童仍然可见，他们拉着我的衣襟邀请我参加他们那具有民族风情的合拢宴。宴席上摆满各式各样的侗家美食：腌鱼、腌肉、咸菜、米酒……能歌善舞的姑娘举起盛满美酒的杯子，对着我唱起了敬酒歌。盛情难却，一杯又一杯香醇的美酒下肚，不知不觉我便醉倒在这宴席之上。

　　太阳从地平线上缓缓升起，一缕调皮的阳光洒到我的床边，我猛然坐起身来，才发现没有侗家的锦绣花被，只有温暖的阳光普照在我的身上，梦中的歌声仍萦绕在我的耳边，一幕幕美景依旧浮现在我的眼前。

　　我恋恋地道出一句：明天我一定要再游那如梦如幻的麒麟山！

# 民族团结桥

杨旭昉　（怀化市作协副主席、原通道县文联主席）

　　这是一座群山环抱之中的风雨桥，它坐落在通道侗乡菁芜洲镇老王脚村的河流之上。这座桥弓着佝偻的背脊，横跨两岸。默默地凝视伴随了自己一生的村庄。潮湿且有韵味的青石板，捧着一簇簇新绿的嫩草，展示一种生命的繁衍。泛着太阳光斑的小青瓦片，错落有致地铺盖在屋顶。古朴的吊脚木楼，吐露着时间的沧桑，也埋藏着一种类似花开般的温柔。这座桥叫作"民族团结桥"。

　　这里原来没有桥，村民主要靠一艘渡船引渡出行。据村里老人吴怀妹、吴通炎、吴道肚、吴道祥、陆仁义、陆汉木、陆尚能等人的回忆，1933年9月15日，在菁芜洲镇老王脚村来了一支队伍，老百姓十分害怕，便都躲到山里一个叫岩冲的地方去了。这支队伍其实就是王震领导的红六军团，他们在村里住了一天一晚，他们没有打搅村里的百姓，而是住在村外的牛圈内。却不知何故，一位小战士站岗时，突然发现村中燃起熊熊大火，大火瞬间蔓延，小战士迅速叫醒熟睡的战友，投入到救火之中。由于天干物燥，尽管战士们与百姓共同扑救，最终只能救下陆氏鼓楼一处和部分房屋，百姓房屋还是被烧毁了60多户，场面十分惨淡。天亮后，红军首长在陆氏鼓楼召开群众大会，拿出不多的光洋发放给村民，每户发放光洋2块用以安慰老百姓，当时只有一部分留在家里的老人得了光洋。其他光洋由几个代表负责代领，等到天亮躲到山里的村民回来后，才发现房子已被烧光，广大村民一无所有。由于军情紧急，部队即将开拔，红军战士寻找船只无果，仅有的一艘渡船也不知道哪里去了。那时候，战士们只得向村民暂借从火灾房屋里拿出来的板凳、桌子、门板等搭桥过河，村民们也纷纷跑回自己被烧毁的家中卸下门板、拿来床架、桌子、板凳以及棺材板等物件，帮助红六军团的战士架门板搭浮桥过河，红六军团的战士才得以顺利渡过渠水河。

　　老王脚村恢复了往日的宁静，依然过着原有的生活，母性的农业在依然黑土地上拔亮神圣的火焰，以生命的方式叩击热土，于炊烟里抒写激情岁月的骊歌。那艘破旧的渡船在烟霭中漂游，读风读月，击浪而歌。

　　1988年，老王脚村民为了解决无桥之苦，自行发起捐款捐物在当年红六军团渡河的地方修建桥梁，以解决村民出行方便。经过近两年的努力，一座宽三米，长近百米的三孔水泥桥便立于渠水之上。从此大桥变成了村里人最喜欢走的路，平坦坚硬又特别舒适。村民还在桥的两头修建了两座木构凉亭，供行人歇息乘凉，

其中靠近寨子一头为五层八角檐顶，靠公路一头为三层八角檐顶，并立有两头雄狮镇守桥头，以护寨安民。桥建好了，为了给桥起一个有意义的名字，村民们七嘴八舌地讨论着，最后确定为"民族团结桥"，因为老王脚村是侗族地区，要突出民族特色，感谢红六军团的战士当年帮助救火以及军民共搭浮桥转兵贵州之意。桥名确定后，便由老王脚村人、原审计局老局长吴通焕执笔书写请求报告，请时任国家副主席王震将军为该桥题词。吴通焕局长带着老王脚全体村民的意愿，于1989年11月初专程前往北京面见王震将军，因王震将军公务繁忙，出差在外，吴通焕局长便将报告递交国家信访局工作人员，请求转交王震将军，信访人员答应了吴通焕局长的请求，让其回到县里耐心等待。

等待的日子是十分难熬的，吴通焕每天都到邮局去打探消息，时间就这样一天一天地过去，终于1989年11月16日王震将军提笔书写了"民族团结桥"五个大字，落款为王震敬书，并盖有王震的红色印章。王震交代秘书寄给吴通焕，十天之后，来之不易的王震将军题词送到吴通焕的手中。吴通焕顿时热泪盈眶，激动的心仿佛就要跳出来。吴通焕及时回到村里把这一好消息告诉村民，村民们十分高兴，感谢王震将军为侗乡民众欣然题词。如今，王震将军题词的"民族团结桥"镌刻在白色的花岗岩石碑上，静静地矗立在桥头，成为老王脚村一道亮丽的风景。

走在民族团结桥上，远远望去，是一派悠然闲适的气象，有点世外桃源的感觉。再后来，改革开放土地承包后，农村闲置劳动力外出打工挣了钱，买了拖拉机、机动三轮车、农用汽车，大桥上显得热闹起来，也拥挤起来，老王脚村一片繁忙景象。

桥，像雨后天上的彩虹，连接着渠水河的两岸，七彩贯通千里路。因为有了这座桥才显示出渠水河的魅力。春天，万物更生，冰消雪化，民族团结桥旁边的河岸新树吐嫩芽，随风舞动，给民族团结桥添加了一份生机勃勃的景致。如果你站在桥上远眺前方，你会感觉到自己置于山水之间，是何等的沁人心脾。夏日，花红柳绿，忘却一天的疲劳，在民族团结桥上的凉亭里休息乘凉，观看两岸美景，笑谈人生，那是何等的惬意。金秋，落叶缤纷，像一只金色的蝴蝶飞落桥头，远远望去，就像一位画家泼墨在侗乡的山村。寒冬，瑞雪飘飘，银装素裹。这四季变化的景色，潇洒柔畅，秀美飘逸，气势磅礴，呈现出不同的神韵和精致。在蜿蜒曲折的山路上，在袅袅炊烟的山寨里，在错落有致的田园间，在流泉飞瀑的碧水中，有侗家女身背竹篓，款款而行；有侗家汉子碰撞的酒碗里，把开心的日子弄出几声芦笙曲的旋律。纯朴悠扬的山歌小调穿云破雾，震撼在天地间。

坐在桥头的凉亭里，闭上眼，想起春的绿，秋的黄。聆听米粟和帛的声音，民族团结桥上的音符萦绕老王脚的天空，古色古香地飘逸出一种醉人的色调。

# 七律·麒麟山

陆改强 （通道四中教师）

群峰联袂弄流云，花映长空万里晴。
麒麟俯首苍生佑，林海漫漫恋红尘。
鸳鸯缠绵白鹇舞，林麝奔走惊行人。
最喜春风绿江南，归雁呢喃万物生。

群峰联袂弄流云

# 七律·玉带河侗寨三宝

徐良光　（通道溪口中学教师）

### 其一　寨门

五色宝鼎映云苍,油彩门坊纳绿江。
开屏孔雀献如意,威风麒麟呈吉祥。
迎宾大嫂拦门酒,送客阿妹挽情郎。
门内哆吔意正浓,户外芦笙曲犹长。

### 其二　鼓楼

翘角叠檐合六方,凌空拨地寨中央。
高天流云眼前过,世间风烟胸中装。
涵虚胸襟天地宽,陶然情趣山水长。
春夏秋冬四美具,东西南北五德飏。

### 其三　风雨桥

晨曦映照似蟠龙,晚晖投影如霓虹。
龙盘虎踞相对峙,东西雄关成坦途。
风雨桥上无风雨,流苏河中泛流苏。
闲庭信步意彷徨,天上人间谁堪殊?

# 麒麟山

李琳娜　（通道一中高1503班）

　　正值初秋的小长假，从书堆里逃脱的我可算是有时间回归回归自然了。清早，我骑着自行车穿行在被整整齐齐排列的高大茂密的白杨树遮盖的公路上。

　　骑着骑着竟不知来到了何处，不远处有一处凉亭，我便随意坐下了。亭间还静坐着一位老爷爷，我轻轻坐下，没说什么。视线不经意间穿过亭子，眼前是连绵的山，云雾似薄纱般轻轻笼罩在山头，如羞涩的少女遇见生人犹抱琵琶半遮面，在翠绿与红枫的映衬之下静静地坐着。山脚下几户人家错落排列，几束炊烟缓缓从人家的房顶升起，几条宽窄不一的古道镶在田边，看不清究竟通往那个方向。"这是什么地方？"我不禁问老爷爷。"麒麟山，好地方！"亭里的老人开口答道。

　　麒麟山？没错，第一次听到麒麟山是在一次无意的外出。那老爷爷告诉我这麒麟山还真不简单，红军以前还从这麒麟山走过哩！以前只在历史书上看过红军长征的描写，如今到了这麒麟山越发能够感受红军长征的气势了。我眼前忽而浮现浩浩荡荡的红军队伍，他们迈着坚定有力的步伐，穿越条条古道，跨越座座高山。这麒麟山就是其中一座……

　　走在那条被山"咬"着的古道上。古道的一侧是山壁，另一侧则是潺潺的小河，山上的红的绿的叶子落入河中，随波流淌。通过古道走进林中，不时也会碰到归家的农人，我们微笑着打招呼。沿途只见茂密的大树，越往里走越是幽静。

　　不久映入眼帘的是一条白水瀑布。瀑布不高，在葱郁的树木的笼罩下，仿佛是从麒麟的口中涌出。瀑布分为两个阶层，第一层是笔直泻下的，没有任何阻隔，到了下面则被明显分成五道，分别流入下面的小湖中。湖水也是深厚，湖面清幽，绿得发了黑，可见它是极深的。两旁的花草被飞流的水花溅得直晃身子，四处都是水雾缭绕。我走到她的面前，她自然清香的气息迎面扑来，风吹起我的发丝，此刻，我唯有听见的是瀑布的流水与我激动的心跳声。闭眼凝神，就如同穿越山林，翱翔天际。

　　我知道还有许多地方没能"一睹芳华"，但我得回去了。我原路返回，秋风扫过，路旁的叶子一片片打在我的肩上，像是在道别。

　　来到这麒麟山实属无意，但世外桃源般的气质却是刻在我的心中。

# 麒麟山的传说

杨长虎 （通道下乡明德小学教师）

　　如果从玉带河团能湾处，往东方向玉带河支流——所里河支流方向前进十多里，就来到所里大山深处，就会来到神奇的麒麟山。这山形如天上祥瑞神兽——麒麟，故名麒麟山。

　　传说古代有一只麒麟在麒麟山的麒麟洞修炼，留下了种种足迹。麒麟山树木茂盛，峰石独特，麒麟洞更吸引人去探奇。麒麟山周围，不仅山峰奇特，溪涧清幽，还活跃一些珍稀的动物，如石蛙、娃娃鱼、山鸡、野猪等等。隔麒麟山下几里处，有个叫所里岩头坡的地方，这里有着一个叫"龙宫"神奇溶洞。传说很久以前一条龙在这里修炼，这条龙快修成正果时，当地的一位老百姓看到了，就说："你是龙王吧？"这条龙一听立即就修成正果，并说："谢谢你的美言，我今天成了龙王，我好，你也好！"后来一次下大雨后，龙王离开这里的龙宫，去了东海的龙宫，那位说好话的人也富贵发达。听人说，这个"龙宫"溶洞深不可测。有一年所里的一家人的一群鸭子，进入这个溶洞不见了，过几天却从万佛山石壁村处出来。这个洞的神奇可见一斑。

　　如果从玉带河支流——流源河高盘处往另外小支流前行，就来到雷团村的雷团河，雷团河的源头处在坪溪的大山脚下，这里是黄沙岗大山，海拔较高，风景宜人，古树参天，奇花异草数不胜数。其中燕子洞风景更是让人迷恋，此处有水有洞，洞中可以挡风避雨，也可以搜奇探险。再往前几里就有一造型奇特的山——手掌形山。这座山峰高高耸立，远看就如一位神仙的大手掌。手掌形山的对面是一条蜿蜒的古道路，这条路从万佛山镇境内一直延伸到广西壮族自治区境内，是古时连接湘桂两省的古老通道。当年红军一部分就是从这里走进通道侗乡的。路边有一块古老的石碑，记载着当时的侗乡人民捐款修路的出资数量和名册，这反映了麒麟山境内，侗乡人民的无私奉献。时光流逝，玉带河日日夜夜不停地向前流去，这前人早已不在人间了，但是他们修路的义举一直被后人传颂，他们纯朴、勤劳、无私的精神一直教育着一代又一代侗乡后人。

　　麒麟山境内美丽的山山水水，珍奇的动植物，纯朴的人们，温馨的故事，一时诉说不尽。我想，在党中央的惠民政策的帮助下，在通道大力发展旅游产业的战略下，麒麟山境内的美景美事更会多起来。

# 麒麟山之行

吴远程 （通道一中高1504班）

　　一次次穿行于蜿蜒的山路，周围的树叶更加深了，车轮碾压石子的声音戛然而止，打开车门，一股清风扑面而来，我终于来到了一直心驰神往的麒麟山。

　　晨光熹微，置身于这深山之中，我深吸一口气，是泥土与青草的气息。麒麟山早上还有些许凉意，薄雾恋恋不舍地在山头缭绕，在山中行走，竟感到一阵阵寒意。过了不久，阳光终于喷涌而来，洒在地面上，像是洒落一地的黄金，我开心地伸了一个懒腰，享受着久违的阳光，再定睛一看，已经到了我们的目的地——上洞村。

　　向前望去，村中的房屋鳞次栉比，周围的群山紧紧地将这小村庄拥在怀中，袅袅炊烟升起，一片安详。太阳已经完全升起，柔和的阳光下，远望麒麟山，郁郁葱葱的树林仿佛披上了金黄的外衣，清风和煦，伴随着鸟鸣在空中奏出天籁之音。这时，隐隐约约中，一阵侗歌传来，这是人们辛勤劳作后的放声高歌，还是侗家男女在山头所唱的婉转情歌？我不得而知，但却放轻了脚步，生怕打搅了这村庄。走在布满青苔的小石板路上，右边是一条小溪，潺潺流水从高处层层倾泻而下，流水激石，宛若天上之曲，鸟啼翠柳，好似人间仙境。

　　抬头便看见了那一排排吊脚楼，经久未饰的木墙仿佛在述说着历史的沧桑。这时，一位中年人走了出来，身后是一个抱着孩子的妇女，他们穿着朴素，但热情不减，没有过问我们从哪里来，便把这儿的美食与我们分享，我想，这便是侗家人的热情吧。谢过他们的好意，我的内心一片温暖。

　　不知不觉已经到了下午，云翳将入，飞鸟知返，在外面嬉戏的孩童也准备回家了，哼着侗歌，蹦蹦跳跳，又是一天接近尾声。抬头远望，麒麟山也如同沉睡的婴儿一般，没有了白天的喧闹，河水缓缓地流动着，阳光已不似中午那般毒辣，村中所架的电线杆的影子被拉得老长，远处的飞鸟在空中久久地回旋，每户人家都生起了炊烟，微风轻轻地吹拂，我的心也如同那些轻烟一般向着远方飘去了……

　　都说一方山水养一方人，这里的人们靠着山维持生计，而这里的山，同样因为这些可爱的人充满了欢乐和生机。正是山水与人的自然融合，才让这个地方令人流连忘返。这里没有高楼大厦，没有锦衣玉食，置身于自然之中便是最美的享受。这里的每一口空气，每一寸草木，还有人们脸上纯真朴实的笑容，就算是万金也难以买到。

我不由得暗自庆幸，庆幸着自己能切身感受到这样的纯净与朴实，这是大自然给我最好的馈赠。车子又一次发动了，我们准备启程回去了。透过车窗，我轻轻地对着远处的群山说——再见！

麒麟叠翠峰峦远

# 清浅流动，藏在玉带河里的侗家故事

李尚引　史　琴　（通道独坡镇政府办公室　怀化日报记者）

去往通道的旅程，显得格外的漫长。

虽然，高速的开通，让怀化抵达彼岸近200公里的路程拉得越来越近。然而，源于"湘桂黔三省区交界处"的这一称谓，让我们的潜意识里，对于通道的向往是悠长而神秘的。

此次的行程，无关歌舞，无关节会，仅仅是与一条河流的约会。

玉带河，是到侗乡通道的必到之处。这条起源于万佛山脉的河流，介于东经109°32′12″～109°49′5″，北纬26°12′59″～26°22′33″之间，流经万佛山、双江、菁芜洲、县溪、播阳等5个乡镇29个行政村。一路奔流，最终汇入渠水，奔向浩瀚的长江。

## 河流颂歌，绝不仅仅是那最清浅的流动

源出山间的涓涓细流，以其无数的汇聚，最后成就大江大海。因此，我们总爱歌颂河流，歌颂它的逶迤向前，也歌颂它两岸的满目青翠。

在三伏天的猛烈阳光里，我们走进通道的玉带河，去寻找高山里的岁月绵长。遇见菁芜洲镇老王脚村73岁的吴金照时，老人家正背着锄头，在河畔的田地里锄草。尽管天气炎热，却丝毫阻挡不了他劳作的决心。

吴金照身体硬朗，听说我们想听玉带河的故事，把锄头一撂，便带着我们往河边走去。"好山，好水，玉带河的故事说也说不完呢。"吴金照满脸骄傲地说。在他的带领下，我们一路向前，只见不宽的河流沿岸，绿洲、浅滩逶迤其中。两岸大树青葱，藤蔓缠绕，河边水车飞转。

对于玉带河两岸寨子里的乡亲们来说，玉带河的风光是四时不同的。春天，百花盛开、树发新芽；夏天，鱼游浅滩、水鸟嬉戏；秋天，稻穗金黄、层林尽染；冬天，银装素裹、分外妖娆。"这个时节啊，在玉带河见得最多的就是各类鱼和鸟。"顺着吴金照的指引，只见青山下，水岸里，一只只白的、灰的小鸟，时而飞舞，时而停留，在水畔唱起一曲曲动人的歌。溪流平波缓进，水面下，若隐若现那游动的鱼儿，又给了我们许多的惊喜。

随行的通道宣传部工作人员告诉我们，九曲十八弯的玉带河处在暖温带和亚

热带的过渡地带，再加上受到河水的调节，玉带河沿岸的气候冬暖夏凉。造就了沿河林带茂盛，奇峰怪石苍松似海，河流环绕如玉带，玉带间小岛星罗棋布。由于饵料充足，水草丰美，玉带河成为鸟类生活的天堂，这里生活着白颈长尾雉、鸳鸯、白鹇、斑头鸺鹠、红腹锦鸡红隼、阿穆尔隼、灰背隼、雀鹰、日本松雀鹰等 20 多种国家一级二级保护鸟类，是全国重点鸟类迁徙地。

水草丰美的河流，孕育的又岂止是鸟类的天堂？我们从无人机里俯瞰玉带河，只见河水在山间蜿蜒穿行，一路向前奔流，冲积出大量的河谷台地，为玉带河沿线山麓河岸的村寨提供丰盈的沃土。

老王脚村，就是沿岸 29 个行政村里普通的一个。尽管玉带河冲刷出的峡谷地带并不广袤。然而，老王脚村勤劳的人们，仍然在田地里种植出水稻、红薯、玉米等作物。同时，还在山上种植松、杉、楠竹等树木。一辈子未走出大山的吴金照，正是依赖玉带河的滋养，将三个儿子抚养长大。而今，三个儿子里已经有两个走出了大山，在县城工作。留守山村的大儿子更是成为老王脚村连任三届的老支书，用他的光和热扎根在乡土，服务于乡邻。"农村人嘛，靠山吃山，只要肯干，饿不到的。"吴金照说，上山可种树，下河可捉鱼，进田有稻子。这一切，都是玉带河的恩赐。

如同吴金照一样，玉带河两岸的山林大地里，讲着纯正侗话的人们，躬身在田地里，用汗水画出了这个夏天最美的弧线。

## 时光停滞，苍老的侗寨到底在这河边驻扎了多少年？

我们继续沿玉带河行走，通道宣传部的工作人员说一定要带我去看看县里保存最为完好的侗寨。于是，我们便来到了距通道城双江镇约 12 公里的芋头古侗寨，这是一处位于狭长谷地的村寨。

芋头侗寨地势西高东低，最高峰为芋头界，形似芋头，海拔达 1142 米，芋头寨因此得名。当地人给我们铺开的一幅寨子平面图显示，呈长方形的芋头侗寨分为上、中、下三寨，玉带河的支流芋头溪自西向东穿过，村寨主要的公共建筑和干栏式民居沿溪分布。据史料记载，芋头侗寨侗现存的干栏式民居最早可追溯到清代中晚期，距今 200 余年。

"寨门是进寨的标志建筑，它最初的功能是防卫，如今更多的是作为进寨的通道和地域的标志。"在通道宣传部工作人员的陪同下，我们从寨门而入，一路感受风雨桥、鼓楼、萨坛、戏台等各种侗族元素，一路去追寻侗族文化那生生不息的强大生命力。

进入寨子，只见大路小巷均由石板铺成，弯弯曲曲、高高低低地通到每户门前。踩着青石板，迎着山风拾级而上，从这家的门口走到那家的院子，从这家的水塘走到那家的屋后，时光的疏影在这里被一点一点地拉长。

而后，我们沿小路拾级而上，跟着河水的方向，往芋头侗寨较高的地方走去，沿途都是侗式民居。智慧的先辈们在选址构建这座村寨时，充分考虑到采光、水源和朝向的合理性，使这里无风平静，安享丰沛。沿既定路线，走到始建于1789年、位于半山的崖上鼓楼时，视野变得更加开阔起来。继续向前，直至村中最高的龙脉鼓楼时，俯瞰古寨山脚下的村舍、鱼塘和稻田以及小溪，一股对大自然的敬畏之情油然而生。

随着古老的寨子被当地政府逐步开发，越来越多的人知道了这座大山深处的寨子。如今，家家户户或开家庭小餐馆，或办小民宿，让平淡的日子因游客的到来而生机无限。

正是暑假时分，平日里宁静的寨子里一下子多了许多孩子，而显得越发热闹起来。偶尔三五成群的游客，带着相机穿寨而过，寨子里的人早已见怪不怪。

村外那条浅浅的河边，戴着头帕的妇女正浆洗昨夜换下的衣裳，几只麻鸭顺水嬉戏，偶尔低下头去水底啄食虾米。"这天热，走，到家里喝碗油茶去。"有几个站在岸边收拾物品的女人热情招呼。勤劳朴实的侗家人，对于外来者，总是如此的热情。

和芋头侗寨一样，在玉带河畔，无数个侗寨就这样安心驻扎在它的岸边。每一座寨子专属的风雨桥，同样安详地横跨于河流之上，傲视百年风霜。老去的人们，时而与身边纳着鞋底的妇人闲唠，时而安静凝望，就这样在风雨桥上让生命无声地流动。而那些逐渐长大的稚嫩小生命，与侗寨里梭梭的纺线声，又让这些古朴的寨子，充满了温情与希望。

### 一河向东，在最淳朴的节奏里唱着向往的歌

这天一大早，万佛山镇官团村村民陆定斌的农庄开始忙碌了起来。厨房里，儿子陆伟正与厨师们协调今日的特色菜品，一旁的老陆将所需的牛肉、草鱼、羊肉等分量逐一记下，并打电话让给在村里的侄子送来。儿媳和老伴领着从村里请来的9位大嫂到各家各户采买蔬菜，一会儿就要拿到河边来洗了。

老陆的城坪农庄是玉带河沿岸功能较齐全的一家，提供了烧烤、饮食、玩水、娱乐等项目。这几年，随着玉带河美景逐渐被外界所了解，老陆的感触最深："我们家的农家乐能一次性提供六、七十人左右同时用餐，游客多的时候，经常

厨房人手不够，人手都是从村里请来的。游客们吃的蔬菜基本上是在村里买，我们这里风景美、游客多，大家地里种出的农产品也不愁卖，靠着玉带河，大家都能有一份收入。"

而家住玉带河上游的原城坪村村民石庆伟，借着玉带河迷人的山水风光，在河上做起了竹筏载客的生意，生活也一天天好了起来："这是我自家的小船，以前就靠它打打鱼，现在每天都有游客要租我的船，我就干脆用它来载客，生意好的时候一天能挣个两三百吧。"

生活总向前，村民多向往！

在玉带河畔，坛子里的腌鱼、腌肉，山上采的野菜，鼓楼里的腊肉，屋檐下的香肠，还有溪流里的河鱼，这些最生态的味道，流连着侗家人千年的传承与期待。因此，他们总是迫切地希望有人进来，尝一尝侗家的味道，看一看玉带河的风光。

幸运的是，当地政府正着力于打造玉带河国家湿地公园，一处自然风光与人文情怀交融、旅游休闲与科普学习交织的理想场所，正雏形初现。那么，沿河而居的人们，向往的生活，就在不远处。和老陆一样擅长经商的侗乡人，日子也会越过越富裕。

结束采访时，金色的夕阳揉碎了光斑，温柔地洒向平静的玉带河。归家的鸭子成群而过，打破了河面的平静。不远处，河岸边嬉戏打闹的孩子，在依依垂柳下，笑容醉了一地。

"拜颜罗，记藕罗。"（侗语，意为：回家咯，吃饭了）一声温情的呼唤，属于玉带河的夜晚时分来临了！

水岸侗乡

# 渠水的回声

吴庆光　（通道农办退休干部、《三省坡》杂志副主编）

　　县溪古镇，自宋崇宁元年（1102年）至中华人民共和国成立（1949年），一直是通道的县治所在地，直至1954年经国务院批准撤销通道，成立通道侗族自治县、并于1958年县治迁往双江，县溪镇才落下了长达800余年的县治所在地的历史帷幕。

　　据县志记载，县溪镇春秋战国时期属楚黔中地，秦为古镡城之地，汉为武陵郡镡城县地。

　　东晋至南朝宋、齐为舞阳县地，梁至隋为龙标县地，五代时为诚州属地。

　　宋元丰七年（1084年）置罗蒙砦，隶沅州。崇宁元年始置罗蒙县，翌年改为通道，隶靖州。

　　明洪武十年（1377年）五月，撤通道并入靖州，十三年五月复置，属靖州。清沿明制，隶属不变。

　　历史上的众多朝代更替，县溪镇仍然保有县治所在地的光环而不衰，主要依凭一条大河——渠水河。渠水汇集了通道域内的坪坦河、马龙河、临口河、溪口河、播阳河等流域后，直下靖州、洪江、黔城，汇入洞庭湖。在陆路不畅的年代，河流是南北客流、物流的主要通道。

　　汇集众多流域的渠水，以它独有的灵韵造化着县溪古镇八大景观。

　　清康熙十九年（1680年），殷道正（江南江都人）任通道知县时，对于罗蒙（县溪古镇）八景的咏叹已被列入清县志加以记叙：

　　"天地之奇多在山水，五岳之耸翠，四渎之浩瀚，观者无不惊心骇目，披襟流连通邑。环境皆山，溪流一带，虽不能与衡山洞庭比观，然环诸四郊，亦有绝巘藏云，清流激湍，为眉山柳州辈所必录者，余为之总记，其胜志不于后以俟引尊着展如康乐其人者。八景：月山产秀、飞山应雨、范岭阴晴、罗蒙烟雨、多星樵唱、江口渔歌、宝潭鲲浪、蓉渚鸥栖。"

　　殷道正并就县溪的八景以七律诗的形式，予以一一咏记，其中的"宝潭鲲浪"如是：

　　　　宝潭匕水接潇湘，中有鲲鱼幽壑藏；
　　　　鳞甲动时生雪浪，优游过处启波光。
　　　　飞腾自应风雷变，潜伏还需云雨翔；
　　　　一片惊涛凝望里，烟光万顷霭苍茫。

相传，在县溪古镇宝观楼下的深潭里，藏着一尾巨大的鲲鱼，某日，它聚集同类从小到大逐次排列，它则犹如压阵的将军，在最后督阵。鲲鱼群沿着河滩往上游行，一时之间，鳞甲闪耀，浪花翻飞，一层层浪头，此起彼伏地往滩上翻涌而去，形成了逆水而行的壮美潮观。见此景观的罗蒙民众，纷纷相互转告，"宝潭鲲浪"成为一时佳话。

鲲鱼所冲的"滩"，只是与深潭相对而言，这处"滩"的河道中间位置宽有五十米上下，深则船篙撑不到底，水下更是暗流涌动，漩涡连连，许多放排的汉子，都会在播阳河与双江河的交汇处，借助河湾的缓冲地带对所放的竹木排进行并排和加固之后，才敢顺流下滩。

站在通道旧县治所在地凝望，流逝的岁月依稀浮空而来，让人从历史的回放中感受到了黎明曙光的热度。

1934年初秋，红军长征先遣队红六军团由绥宁进入通道到达县溪古镇时，只见宽阔的江面上空空荡荡，没有船行，没有桥梁，唯有滚滚的波涛不停地拍打着浪花"哗啵"作响，红六军团首长们一时心急如焚。

正在红六军团为渡江而发愁的节骨眼上，江面的上游隐隐约约出现了几个黑点，黑点越来越大，原来是六个排工放着十二个杉木大排缓缓而来。红六军团的指战员们喜出望外，奔向前去大声呼唤："老乡，老乡，我们是中国工农红军，是穷苦老百姓的队伍，请你们靠靠岸，我们有事同你们商量。"

六个放排工都是播阳人，分别是薛昌纪、潘定坤、刘贵成、龙海清、夏圣清和吴万良，当他们听到岸边接二连三的呼叫声后，立即将木排摇拨靠岸。一位背短枪的红军指挥员立即跳上木排，笑容可掬地伸出双手，要与排工握手，弄得排工们个个惊呆而立，他们从来没有见习过握手啊，更何况是带枪的军人？那位指挥员笑呵呵地说："老乡，不用怕，我们是萧克的队伍，是红军，和咱老百姓是一家人。现在，我们遇到了难题，这么多人无法渡过河去，想借你们的木排用一用……不，是租借，你们看可不可以？"

这几个排工见过不少带枪的队伍，就是没有见过这么和蔼可亲的队伍，他们相信眼前的这支队伍是好人的队伍，好人的队伍有困难，老百姓自然愿意尽可能地给予相助。当即，排工们二话没说，就把木排借给红军，并与红军一道用篾缆将木排连接横架在江面上，成了连接两岸的一座浮桥。

其实，县溪古镇原来就有一座连通两岸的浮桥，以供南来北往的客商通行之用，是驻守于靖州的国民党军队接到何健的指令，强行将浮桥撤除，以此来阻挠红军的前行速度，为他们在靖州、会同、芷江一线布防争取时间。

说来许是天不绝红军，按原定计划，这十二个木排应该在三天前就到达靖州，只因为六个放排工中有两人要为新生的小孩办"三朝酒"而推迟了出行的日期，结果，在红军面对空荡江面发愁时，正好与放排工相遇，从而搭构了通过渠水河的"浮桥"。木排连成的浮桥，在渠水江上架有三天，直到红六军团的部队全部过江后，六个排工才拆开"浮桥"，恢复排形而前往靖州和洪江。

敌人的封锁彻底破产，不久后，县溪古镇的群众又以大木船为墩，重新架起了通往两岸的浮桥。

县溪浮桥恢复通达两岸 2 个月后的 1934 年 12 月，迎来了它历史上的最辉煌时期。"湘江战役"惨遭重创后仅剩三万余人的中国工农红军，进入通道后，在毛泽东的极力鼓动下，由洛浦和王稼祥向周恩来提议，由周恩来主持的"通道转兵"会议，在县溪古镇恭城书院召开，采纳了毛泽东同志提出的转兵贵州的正确意见，为"遵义会议"确立毛泽东在红军中的领导地位奠定了基础。经过"通道转兵"西进贵州的三万余红军指战员，其中有万余人走过县溪浮桥；更有 12 月 12 日参加"通道转兵"会议的毛泽东、周恩来、朱德、张闻天、王稼祥等老一辈革命家，在县溪浮桥上留下了铿锵脚步声和走向新生的自信笑容。

渠水东去，浪花淘尽千古风流。

中国特色社会主义新时期的县溪古镇，在阳光下展示着旧貌换新颜的新姿，昔日的浮桥已被历史所收藏，两座钢筋混凝土大桥直通两岸，恭城书院、通道转兵纪念馆述说着历史的进程。

伫立于县溪古镇的渠水岸边，连绵波涛拍岸而来，那是中国工农红军从危在旦夕转折走上发展壮大的音律回荡。

渠水晨雾

# 山水画笔，一笔一画总关情

粟远和　（通道林业局、县作协主席）

　　不惧初冬的冷雨微寒，我与《雪峰诗刊》创作采风团队分乘四辆车，向目的地溪口镇画笔村进发。

　　对于画笔村，我并不陌生。但要说出村寨的子丑寅卯，我还真说不上。有幸这次陪同前往的是县林业局原副局长陆奇勇，他是地地道道的画笔村人，对于自己的家乡他应该是了解的。如是这般，那本次采风创作也就有下笔之处了。

　　甩掉一路的蜿蜒，舍弃一路的秋色，车队在山间道上缓缓前行。约一个小时后，车终于停在画笔村老礼堂前的一块空地上。

　　刚下车，老熟人陆安宏热情地迎上来。安宏是一位退休干部，也是画笔本地人，亦是一位擅长书法和研究风土人情的文化人，见到我们一行，他显得非常高兴。在逐个打了招呼之后，陆奇勇先生便把带队讲解的任务转交给了安宏。于是，大家在安宏的引领下，穿巷子，走石阶，过门楼，访庙宇，围绕画笔寨子，听他讲述每一看点的历史与传说。

　　我向来无拘无束，喜欢自由自在。在大伙跟随安宏走访村寨古迹之时，我却悄悄离队，独自去寻找我认为有兴致的东西。

　　穿行在寨子的小巷，从百年古宅，到百年石阶，我仿佛闻到了从幽远时空飘然而至的一幅古风国画的意蕴。画笔寨子历史悠久，早在宋嘉定九年就有陆氏一族从新化迁入，在此安居乐业，繁衍生存。从宋嘉定九年至今整整八百年，时光悠悠，画笔古寨依然可见宋元明清留下的点点痕迹，依然可领略到宋元明清传下的遗风余韵。内家门楼的"千祥云集"匾额叙说着这里的人文荟萃，外家门楼上的"万福来朝"匾额则彰显着尚武崇德之辉煌。

　　人文的东西像深扎于土壤下的植物根系，错综繁杂，是需要花很多精力去挖掘理顺，我自知慵懒，担心清瘦的拙笔抒写不出画笔村荡气回肠的历史气韵。与其给自己加压，还不如抛下一切顾虑。于是，我便在冬日点滴冷雨中洒脱豁达开来，步履也有了轻快的感觉。

　　其实，我每到一处，最喜欢的还是欣赏当地的植物，或许这与我的职业有关。但若细细推敲，从植被保持的好坏，不难发现此处的历史背景与文明程度，至少我是这样认为。

　　走着，思着，突然看到地面落满了黄色的杏叶。举头仰望，两颗高大的，一雄一雌的银杏树像巨人般立于高坎上，满树的黄叶把周围农舍映衬得金碧辉煌。

粗略估计树龄约五百多年，树干表皮呈灰白色，树皮上一道道深深的裂纹镶满了岁月的沧桑。靠坎边的树根裸露着，像无数双有力的巨手，紧紧地将石坎环拥。仔细观察，说不上是石坎保护古杏的根，还是古杏的根保护石坎，那相辅相成，相依相靠，竟然隐藏着抽象的哲学原理。

在乡间，但凡通过谐音而带吉祥之意的物体，全都附着黎民百姓的虔诚之心。银杏，当地土语"银"同音"人"，"杏"同音"兴"，连意为人丁兴旺。相传明代寨里一位孕妇在裸露的银杏树根上坐了一会，晚上得梦怀上了双胞胎，十月分娩果真生下的是一对男婴。这两棵根部缠绵在一起的雌雄银杏树，因托梦送子，而被寨里人起名为"送子树"。此后，凡新婚想生双胞胎的女子，都会来到银杏树根上坐坐，那些德行好、家风净的皆能如愿。传说充满了神奇，却不知这两棵送子树当今是否还灵验，但陆氏"思报效国，奋志诗书，掇科升秀，为官廉能，固属纯忠"的家风祖训应当是亘古的，永恒的。

离开古银杏，我径直往寨前的山上攀登，一条小小的曲径向山脊延伸，两旁是青翠的竹林，透过竹林可以看到几户农家的吊脚楼，隐约在山湾里，若将此景摄下来，那取名为"山里人家"或"竹林人家"应是十分贴切。往上再走二十多米，就到了从山下看到的寨前那块凸起的高地。站在这里，画笔全寨风貌尽收眼底。俯视整个寨子，原先走在巷里显得有些凌乱的房屋，突然像是列成了队形，一栋栋，一行行，井然有序，朝着一个方向排列。灰黑的瓦宛若片片麟甲，静静地发挥遮阳避雨的功能。南端枫叶的艳红，北端杏叶的金黄，恰到好处点缀其中，深沉里即有了明快的色彩。正值午时，几家烟窗冒出袅袅炊烟，几声公鸡的晌鸣，几声汪汪的犬吠，沉寂的古寨如从百年的梦中苏醒，有了生机，有了灵动。

先前和大家朝拜寨子一隅的显应祠时，我看到一块光绪二年的"后龙碑记"。从字意理解，此"后龙碑记"也属"禁约"之列。"爰是合族共商老幼同心，欲定封禁一切竹木杉横等树，并严禁毋许砍伐。""禁杉横竹木等树永远不许砍伐焚烧，挖山锄地，犯者公罚。"可见，画笔民众早在清朝末期就有了生态保护意识，并立碑共同维护。难怪至今村寨周边树龄两百年以上的古树就有四十余棵。而这些古树亦因其传神的故事而被冠以形形色色的名称，诸如"除邪树""惩恶树""成仙树""锯不倒树""九锤罗樟""法老古杉"及那一雌一雄的"送子树"等，一棵古树，一段故事。故事里的古树有的已经难觅踪迹，但古树中的故事却千古传说，就像寨旁那条永不干枯的涓涓溪流，绵长而悠远。

我伫立之处的正前方，也是画笔寨子的后山，生长着一百多棵古杉群落。据安宏介绍，这些古杉树龄也有120多年，虽然树皮几经泛白，但依然葱郁，充满了生机。作为以杉木为主要房屋用材的地方，能把杉树保留一百多年，无疑是那块"后龙碑记"的作用。由此，我对老幼同心，自觉遵守禁约的画笔百姓又平添

了几分深挚的敬意。

目光越过这古杉群落，更远处是茂密的由松、杉、阔、竹组成的原始次森林。那里百年以上的古树不计其数。一方水土养育一方人，有如此多古风水林和古树名木的庇佑，画笔村寨风调雨顺，世代昌明自在情理之中。

寨子的南边主要以松杉为主。青松高耸，迎风而立，足有将军之相与气派。而杉是近年新造，成行成排，葱茏茂盛，尖尖的树梢，如利剑出鞘，直指苍穹。北边是漫山遍野的楠竹，风吹林动，此起彼伏，远看宛如怪兽拱动。一到春来，青青翠竹便散发出蓬勃生机。村寨前，便是日出的东方。像是为了烘托每天的朝阳，层叠的山峦被大片松林占据，林海莽莽，松涛阵阵，山色郁郁葱葱。每天的清晨，山顶上高高的松林，用张开的巨臂托起那一轮冉冉升起的太阳。

在这个季节，无任从哪个角度看画笔的山山岭岭，红的、黄的、绿的、橙的，各种色彩足以让人目眩，而画笔古寨的每一处菁华，都是画家笔下那巨幅山水国画里的一画勾勒，一笔点缀。

天空骤然飘落几颗雨，滑落颈脖顿觉有些凉意，我赶忙下山。在寨子南端的道旁，一块石碑上记载："全村森林覆盖率达到百分之八十以上，是名副其实的动植物王国。"此刻，我突然感觉到，我以及画笔古寨，还有所有这里的人或物，都被浸泡在浓浓的绿意和万紫千红的色彩中。

画笔人秉承古训，始终以生态优先。古寨才如此灵动，如此美丽，如此多娇。"绿水青山就是金山银山"。我相信画笔的黎民百姓会更加珍爱这份家业，在绿色理念的倡导下，依托得天独厚的生态环境，干出轰轰烈烈的一番事业。

于我一个林业人而言，这幅泼墨巨制的画卷里，那有着顽强生命力的、充满生机的万象林木，是我最钟爱的。但镶嵌在古韵国风里的画笔古寨，还有更多的古迹古事值得去追踪，沉浸其间，可谓一枝一叶总关情，一笔一画显真灵。

藏在绿水青山中的画笔村

# 神秘的人猿山

姚 媛 （通道二完小六4班）

旅游，能使紧张的心情放松下来，能让人心情愉悦，能让人呼吸到新鲜清新的空气，能让人感受到大自然的魅力……

我是山里的孩子，平时很少出来，如果不是那一次在老师的带领下到玉带河一游，还真不知道通道有这么神仙般的境地！

那是一个周六的早上，公交车上的我有点晕车，可一到麒麟山，见山清水秀，闻鸟语花香，晕车的感觉就转瞬即逝，我便大口呼吸阔叶林带来的新鲜空气，开始了美妙的旅游之日。我们有说有笑，互相拍照留念。"耶，茄子！"我和同学又拍了一张"剪刀手"的照片。这时，向导老师把我们集合起来，指着一座山，说："大家过来看，那就是我们旅游的景点之一——人猿山。"老师话音刚落，同学们就像炸开了锅似的，叽叽喳喳，七嘴八舌地说："这是人猿山？""又像人又像猿猴啊！""可真逼真呀！""哇，他可真大！"

望着远处的群山，只见他威武地屹立在那里，像一位严肃的老爷爷，在郁郁葱葱的树木的装扮下，又好像一只调皮的猴子的毛须……在他的山脚下，起伏的群山紧紧地挨着，好似他忠诚的卫兵，山上，有的地方稀稀拉拉地长些小树，有的地方则光秃秃的。此时同学们的说法也各不相同，真是"横看成岭侧成峰，远近高低各不同"啊！向导老师故作神秘地对我们说："关于人猿山，还有一个民间传说呢！你们想不想知道呀？"

"老师，您就别卖关子啦，快点说！"同学们异口同声，我心里也多了几分好奇。

看我们心急如焚，老师不慌不忙："传说，那时天上发生了一场祸乱，不知怎么的，一只猿猴偷偷地溜进了天宫，还打翻了七仙女刚采摘来的鲜桃。不仅如此，还打死了许多天兵天将，却毫无后悔之心。玉帝龙颜大怒，十分气愤，派托塔天王李靖和许多天兵天将去降服他，把他囚在一座山上，成为这里的山神。后来这只猿猴保护的区域都风调雨顺，安安稳稳。人们就把这座山命名为'人猿山'。"

我听后意犹未尽，心想：这么美的人猿山还有这么神奇的传说！

# 神奇的阳洞滩

陆安妮　（通道二完小教师）

　　阳洞滩地处陇城镇坪阳村境内，从坪阳村往东江方向走一公里左右便到。举目四望，映入眼帘的都是怪石嶙峋，山峰突兀，山峦绵延不断。特别是悬崖对岸，一块巨大的石头从横溪一直延伸而来，直直跳进了阳洞滩水库里，似乎渴急了！

　　记得爸爸送我上学时，指着这一带的山脉说：这里的山脉就是我们湖南的一条巨龙。相传龙王从城步出发，来到我们这里考察民情，一路游来一路普降甘露，帮助老百姓解决困难，人们欢呼雀跃。来到阳洞滩附近，口渴了，便俯下身，探头喝水，龙须顺水流着，形成一片白色水流。他的那些蟹兵虾将看到这一幕都惊呆了，嘴里只嚷嚷到："灵光闪现了，灵光闪现了，好大一块白布！"这就是著名的阳洞滩瀑布的由来。龙王喝足摇身一抖，洒下大大小小的水珠，继续南巡。到了石门准备从这儿下水回东海，不料对面的广西龙王也来到此地，一看广西龙显得瘦小憔悴。因为我们湖南龙王勤勉，湖南地广物博富有，吃穿不愁，而广西则是盏盏梯田，龙王劳碌奔波降雨只能顾此失彼，人们生活贫苦。两龙王隔江相望，诉说衷情，久久不肯离去。现在来到石门还可以看到这两条龙。而他的那些蟹兵虾将还在观看"龙须"，就成现在山上形体各异的怪石。

　　阳洞滩瀑布是通道境内最大的瀑布。两岸山峦耸峙，河床断落，流水飞身而下形成了高达28米，宽3米的飞瀑，直泻而下，落入九龙潭。滚滚河水扑面而来，虎啸龙吟之声如雷贯耳，十分壮观。溅起的雨帘弥漫整个山谷，眼前就像隔着一层层纱。雨雾落在身上，不到一会儿便湿透了。

　　脚下的九龙潭深不可测，墨绿色的水清幽幽，丢一个石头，"嗖"一下子不见了，也没看见泛起波纹。再往潭水对岸打石头，竟然不知道石头落入何方。据说一个成人男子站在潭边往对岸打石头，不论怎么打都打不到边是九龙潭太宽了？不像，可以清晰地看到对岸。是九龙潭具有特殊引力？一直都是个谜。

　　刚分田到户那时，一天下着大雨，一个农户戴着斗笠，披着蓑衣，扛着竹片，准备到田里接水，不料脚下一滑，连人带着蓑衣一起跌落到深不可见的九龙潭里，这下连自己都认为没命了，没想到还能安全回家，回到村寨讲自己的经历谁都不信。还有一回，幅宽发现九龙潭的悬崖上一个树桩长着很多平菇，只要一跳抓住树桩就可以采到平菇了。于是幅宽背着背篓跳到小平地，搂住了木桩，平菇装了满满地一篓。一连两年都如此。第三年，他还想像往年一样，没想到那树桩枯槁了，再也承受不了他的重力了，就那样一跳连同树桩坠入九龙潭里！他同伴惊呆，连滚带爬赶回家，躲到床上不敢吱声。晚饭时幅宽到家里喊他去吃平菇。他同伴说："你是人还是鬼？明明看到你跌入潭底，你还有命回来？"幅宽说："我没有死。那时一扎下去实在是被吓得不行了，我脚一蹬立马就浮起来了。走，到我家吃平菇去！也给你压压惊。"这可是真实的事，这或许龙王在冥冥之中保护着一方百姓吧。

九龙潭左侧的悬崖上是阳龙洞。主洞高达十七八米，可以装下五六百人，修建一座三间木瓦房绰绰有余。步行5～6级台阶有一个约400平方米的圆形地下岩洞，沿着10米的悬梯才到洞底，洞底地面坪坦。洞顶有泉水渗出，可以解决一两百人的饮水问题。可谓是天然的避难所。洞内凉风飕飕，尤其是洪水季节，瀑布的轰鸣声、山风的呼啸声从洞口传出，嘘嘘作响，犹如尖锐的哨声一般，响彻整个山谷。从横溪流下来的溪水不走地面，而是穿越地下的溶洞。据说有人在洞口放枕木，而到银河滩下游出现。

九龙潭水顺流而下，两岸树木繁茂，谷底怪石林立，流水淙淙，清澈见底。走在峡谷里，随处可见奇形怪石，形态各异，令人叫绝。似人似物，似鸟似兽，情态各异，形象逼真。这些怪石在不同的位置，在不同的天气观看情趣迥异，可谓"横看成岭侧成峰，远近高低各不同。"其分布可谓遍及峰壑巅坡，或兀立峰顶或戏逗坡缘，或与松结伴，构成一幅幅天然山石画卷。置身其间无不感受到大自然的鬼斧神工。

山间瀑布

# 食在玉带河

吴书良 （通道作协著名作家）

## 苦 酒

从酒缸里溢出来，香飘十里。可以润喉滋肺，祛寒解暑，健骨强身。这就是侗家"土茅台"——苦酒。

苦酒乃苦娘酿制，沾手扯丝，度低劲足，丰富着苦娘的情绪。

十月是一个收获金秋的季节。颗粒饱满的线线糯谷，经过阳光与水的喂养，将生命孕育成熟。在湛蓝的天空下，苦娘的满腹心事倾泻而出，于织布机的"吱呀"声中，升华一种难以割舍的情结。

绵绵长长的相思啊，点燃了重阳日最躁动的炉火。

远行的男人带走了叮咛和呢喃，留下苦娘永久的期盼。数百年来，见到的只是秋去的落叶，飘雪的黄昏。苦娘那一声声思念的呼唤，化作一首凄婉的情歌，飘荡在风雨鞭打的吊脚楼上空。

苦娘用相思之苦做成的苦酒，向世人诉说一段衷肠。闪着泪花的心语，感动了碧碧山溪水，感动了青青石板路，感动了山中那只低吟浅唱的画眉。清脆悦耳的歌声，惊醒了远行归人的梦境。

我是一个哼着乡间小调走来的后者，走进古老而又生动的故事里。三碗苦酒下肚，两眼开始朦胧。不经意间，我已醉在苦娘相思的怀中。

苦酒不苦，甜甜的。

## 黑米饭

把山中采回的杨桐树的嫩叶捣烂入水，然后将糯米倒入其中浸泡，然后沥干上甑，蒸熟后便是黑米饭了。

黑米饭墨黑发亮，清香中散发一丝儿淡淡的草药味。

相传，北宋那个英勇神武的名将杨文广被奸臣陷害入狱。为救兄长，聪明的妹妹每天送来黑米饭，蒙蔽了狱卒的视线。挨饿受冻的文广于是热力倍增，浑身是劲。农历四月八，雨后初放晴，兄妹二人里应外合，齐心协力，冲破牢门，奋战疆场，精忠报国。终于洗清罪名。

四月八，就成了侗家人的乌饭节，一个胜利喜庆吉祥的节日。

黑米饭是侗家人最喜爱的绿色食品。清热解毒，健脾补肾。观之油光发亮，食之喷香爽口。如同侗家人的秉性，勤劳勇敢，善良纯朴，和蔼可亲。

黑米饭啊，一种力量的化身。

楚越古道孕育的骨骼，牵出情，抖出韵，伴随着田园牧歌，一股丹田之气，颤响一曲新时代的强音。

站立苍茫岁月的极高之处，飞转的时空，把坚韧不拔的顽强毅力，写进生命的最高境界。

## 油炸蜂蛹

马蜂，一种毒性很大的小生灵。稍不留神，就成为食客的桌上美味。

把蜂蛹用油炸得金黄，拌上鲜椒爆炒，香喷喷，脆生生，味道好极了。

蜂蛹味美，来之不易。

秋高气爽，万里晴空。猎者设法抓得几只马蜂，在蜂腰上系一片染着红色的羽毛放飞，然后跟随那一点红，到山中搜寻。目标找到后，猎者用帆布裹住全身，以防被蜇。

马蜂求生的本领，是很多人的老师。马蜂遇敌入侵时，立即反抗，尾部的毒针会凶猛的扎向敌人，从不退缩。几针扎下去，足可以让一头大黄牛毙命。

吃蜂蛹，得到一个启示：要生存，就永不言败。抗争，直到生命的最后一刻。

## 臭菜根

侗家人最喜欢吃臭菜根。

臭菜根又名鱼腥草，一臭一腥，只是一种称谓，不伤大雅。

臭菜根是最贱不过的东西了，连名字也那么难听。有水的地方，或是阴湿地，便可见到它的存在。

瘦小的身躯埋在泥里，不敢示人。根质梢脆，易碎，似乎经不起任何风浪。淡红褐色的叶，偏就撑起生命的伞，在灿烂的阳光下，展示独有的魅力。

治五淋、消水肿、去食积、补虚弱、解酷暑。那个不要命的李时珍遍尝百草之后，竟让它神气起来。

三十年河东四十年河西。风水这么一转，昔日屈居山野，很不起眼的臭菜根，也潇潇洒洒地走进了侗家人的生活。

放一些剁辣椒凉拌，香、脆、酸、辣，一种最简单的制作方法，调味出侗家人最喜爱的菜肴。

臭菜根，卑贱中显现高贵。

## 世代传承的意志

### ——参观小水战斗遗址有感

杨 璐 （通道万佛山镇中心小学教师）

上下一心的思想，红色的旗帜，钢铁的洪流，哪一样是可以被阻挡的呢？

当飞扬的思绪被司机师傅的报站声追回时，我们一行已经到了小水战斗遗址。此行我是带着我的学生来到这里参观小水战斗纪念碑学习长征文化的。此碑始建为1991年，是由门楼、楼亭、碑塔三座建筑物组成的建筑群。带着学生们自门楼一路往上，一边走我一边解说着这段战斗历史。人们的悲欢虽然都是不相通的，但历代先贤所执之意志是可以传承的。和平年代的我们或许永远无法体会前辈在艰苦岁月中的奋斗，可当我们重新踏上这被寸寸热血浸染的土地时，便会知晓，将这种历史传承、讲授给下一代是人民教师，也是所有人民的使命与责任。

昨晚我已做过功课，知道小水战斗的壮烈结局，而此刻从头给学生们讲起时，却有了些异样的情绪。同学们听着的是红军英勇战斗故事，而我心里却知道这是一场有死无生的掩护战。

当时红军在一心甩脱追兵的情况下，于小水大坡界山底峡谷遭遇突袭。红军队伍顿时被截成两段，阵地劣势的情况下红军迅速做出反应，命令红军一个排三十余人担任掩护，抢占高地，此排英勇作战，竟然被当作增援主力受到敌军集中火力打击，而红军主力则借此突围出去了。

整排苦战三个多小时后，多数红军已然牺牲，仅剩下八名红军战士还在坚持。人力有穷时，弹药也并非无穷无尽，最后一颗子弹打尽后，他们为了不让敌人俘虏，把枪砸烂，高喊着"红军万岁"的口号，集体跳下悬崖，全部壮烈牺牲。

讲完八名红军战士贯彻自己的理想后，我们也走到了小水战斗纪念碑下，萧克上将题写在纪念碑上的"红军精神永存"几个字出现在我们眼前。一路行来，学生们高歌猛进，我却在故事的壮烈中，看到了那个年代斑驳的一角，现在读起来的大豪情原来无不笼罩于大悲情中。当时红军中最年轻的战士可能与我身后这些学生大不了多少，但是印刻在他们心中的却不是天天向上而是至死方休。是什么让这些少年在如此年少之时能怀有这种英雄主义情怀与敌人作战呢？

我想纪念碑之上的红军精神或能解释一二。一九二七年八月一日，曾经把中华民族复兴之希望寄托于国民党的中国共产党吸取了"马日事变"血的教训，意识到了共产党与国民党本质上的不同：反对封建压迫、反对帝国主义、谋求追寻幸福自由的权利是不能依靠帝国主义支持下的封建阶级领导的国民党军的。成立属于共产党自己的革命队伍，是革命的根本所在，也是革命的未来所在。此时的国民党已近统一全国，在如此形式下，共产党人依然选择发动了"南昌起义"，点燃革命的星星之火。此后红军不断壮大，当时的红军有什么呢？缺衣少粮，弹药、军员供应也不充足，在如此艰难的形式下，却一次次突破了国民党的围剿，靠的是什么？靠的就是群众基础，或者更深一层来说，依靠的是人民心中的理想与人民中那些理想主义战士。

小水战斗，红军的牺牲，也正是理想主义战士为了实现心中的理想，把生命当作所有曾经为理想而献身的人们与所有今后即将为理想献身的人们的安魂曲。世代传承的意志，时代的浪潮，人们的梦想，只要人们继续追求自由的答案，这一切的一切都将永不停止。

小水战斗遗址红军英雄纪念碑

# 双江印象

杨 璐 （通道万佛山镇中心小学教师）

　　山不在高，有仙则灵，水不在深，有龙则灵。一座小城，因山幽而富有灵气，因水秀而更富诗意。双江城，正是如此。

　　双江，湘西南的一座小城，是通道侗族自治县的县城所在。城不大，点根烟的功夫就能将其走完；城不大，但其中却别有一番风味。侗族自古偏安一隅，两条小河汇成一处，侗族百姓在此繁衍生息，于是此处取名"双江"，蕴含"两水相融"之意。双江城因水而得名，悠悠双江河穿城而过，有水便有了城。城中有河，河上有桥，桥上有廊，廊上有桥，一桥多用，遮风挡雨，休息娱乐观赏美景，谈情说爱，真是绝佳的好去处！一座座各具情态的风雨桥萦绕着水雾，宛若仙境。横亘在城河之上的一廊九桥，则代表侗族桥梁的最高艺术，构成了双江山水生态的绝美画卷。

　　双江的水是有诗意的，双江的山也是富有灵气的。百丈崖古树葱茏，绿树成荫；植物园松柏挺立，翠竹青青；独岩-柱擎天，威武雄壮。纵使山已与城融为一体，山中有人，城中有山，山人合一。城虽小，但人人快乐似神仙，谁还会远离尘世去追求那虚无缥缈的世界？

　　在源远流长的历史长河中，侗民族创造了灿烂的文化。行走侗乡，走进双江，你可以品味丰富的文化遗产以及感受到侗民族的文化符号、文化记忆。代表侗民族最高建筑艺术的鼓楼，让行走在现代钢筋混凝土中间的你眼前一亮，它古朴、庄重、极具震撼力。独岩风情园里的鼓楼号称"世界最高鼓楼"。坐落于双江城东，具有民族特色、展示着侗族历史文化的萨岁广场，能容纳几万观众观看演出，中央心连心艺术团曾经代表国家到此进行慰问演出，盛况空前。

　　行走侗乡，在这里，你还可以领略侗族大歌的魅力。侗族是能歌善舞的民族，你穿梭在双江的大街小巷、花桥鼓楼，不时会听到侗族大歌的天籁之音，以及侗族琵琶歌的悠扬婉转的曲调。即使你什么也听不懂，但它超越阶级、超越民族、种族的界限，激发着你强烈的共鸣，它如春风吹拂，夏蝉高鸣，涤荡着你的心灵。

　　行走侗乡，走进双江，你还可以感受到一股浓烈的扑面而来的文明气息。文明行为处处可见，卫生习惯人人养成。路不拾遗，夜不闭户，淳朴民风，持续弘扬。国家级卫生文明城市的荣誉是对双江最好的褒扬。

　　走进双江，在这座山城，你不会感到有任何隔阂，你可以放心地玩，放心地吃，放心地睡。在这里，你可以寻到一份你渴盼已经的宁静……

双江独岩民俗风情园

## 天堂里也有鱼塘

王启友　（通道人大常委会）

　　"上有天堂，下有苏杭"这是老古话。这里说的既不是天上，也不是浙江，而是在美丽神奇的湖南通道侗乡。——题记

　　金秋时节，鱼肥稻香。跟随怀化市作家协会组织的"文化扶贫，走进通道"系列活动的脚步，从县城双江出发，沿着通坪公路到达坪坦后，汽车开始右拐转入双层村道，一路爬山过盘，九九十八弯，忽然前方出现了一座风雨桥。"天堂寨到了，请同志们下车！"随车的侗妹向导说。下得车来，只见路两边站满了身着盛装，手持芦笙的迎宾队伍，悠扬动听的芦笙响处，一群敬酒的侗家阿妹，在通往花桥的路中间拉着一条红布带，那是侗家迎接客人的拦门酒仪式，"欲入侗寨，必先喝酒。"当然，这绝不是《水浒传》里武松景阳岗前的"三碗不过冈"也不是《三国演义》里曹操赤壁之战前的"何以解忧，唯有杜康"。那是侗家用糯米酿制的甘甜米酒，是少数民族村寨迎接贵客的一种礼节。

　　说来有趣，这里原来叫三层村，乡村机构改革时与附近的双拔村合并，两村各取一个字，变成了如今的双层村，本来双拔加三层应该是五层，结果还少了三层。天堂寨位于五层的中间，最里边还有一个"亚洲"组（侗语"亚纠"直译，语意是鸟窝大的一丘田）。在天堂组的寨子中央，有一户杨姓人家，门前有一个花园，栽满了各种各样的花卉。屋边有一口鱼塘，当女主人带我们走到鱼塘旁边时，鱼塘里的几条大鱼腾空而起跃出水面，鲤鱼打挺，草鱼翻飞，搅得满塘池水泛起层层涟漪，好像是欢迎贵客的到来。

　　天堂里有没有鱼塘，有待人们对太空的进一步探索。侗乡里是有鱼塘的，而且每个村寨每户人家都有，鱼塘不仅是用来养鱼，还作为侗寨防火蓄水池之用。侗家人对鱼特别偏爱，逢年过节，拜祖祭祀，招待客人等，鱼是必不可少的。过去，鱼是稀少的佳肴，如今精准扶贫，大力发展稻田养鱼，溪河护鱼，鱼塘溪河里的鱼也逐年增多，特别是玉带河湿地公园的创建，村民们靠大力养殖商品鱼，成了侗寨脱贫致富的项目之一。侗家人对鱼的吃法也多种多样，最原生态的是吃烧鱼，侗民在野外田间劳作时，因路途离家较远，为节省时间，中午一般都不回家吃饭，清早出门就带上一坨糯米饭用笋壳包好，中午时分就在鱼塘或稻田里抓几条鲤鱼，用木棍串起来，放在田埂上的火堆里烧烤，再烧几个干辣椒，撕碎后放入一碗泉水里加点盐蘸着鱼吃，便成了一顿美味的野炊。在家里就不同了，也丰盛多了，煎、炒、炸、烤，清蒸、红烧，品种齐全，花样翻新。这里重点介绍两种，一是生鱼片。侗家的生鱼片，不同于日本料理，原料主要是取自侗家鱼塘2～3年3～5斤的草鱼，洗净去鳞剃骨后，削成薄片，伴点香油装盘待用，从坛子里舀一瓢酸水，将一种草本植物的叶子切碎，加一汤匙剁辣椒在酸水里搅匀，就成了吃生鱼片的最佳汤料，将切好的生鱼片放入汤料里1～2分钟即可食用。若是配上一小碗芝麻黄豆粉，再加上花生米碎、酸藠头、酸萝卜、酸豆角及香菜、香葱等配菜更佳，真是酸辣味美，清甜爽口，一点都吃不出草鱼的腥味。二是腌酸鱼，过去，也许是没有冰箱、冰柜的缘故，侗家人就用一种独特的腌制方法来保存鱼肉。每年七、八月份，当稻谷微黄的时候，就要放水捉鱼，以便干田打谷子。还要干塘腾鱼，以便将稻田里的鱼婆和小鱼放入塘中，以待来年放养。放塘干田时节，侗家都会邀请亲朋好友来家里吃上一顿全鱼宴，余下的全部用木桶或坛子腌制起来。

　　腌鱼是很有讲究的。虽然湘桂黔各个侗寨腌制的风味不尽相同，但制作方法都大同小异，将草鱼或鲤鱼洗净破开，去除内脏，用盐腌制两三天，然后，大小鱼种分开，三五斤或者更大一点的草鱼放入木桶腌制。首先在木桶底部用木棒塔成支架，在支架上铺一层芭蕉叶，再将糯米饭秘制的腌糟平铺在芭蕉叶上，一般厚度1～2厘米，将每一条鱼腹中也放入适量的腌糟，同时放入5～6粒木姜子，再把鱼腹开口合拢后，一条紧贴一条地放在木桶中的腌糟上。铺完一层鱼覆盖一层腌糟，如此反复操作，直到把鱼放完为止。接着把剩余的腌糟全部倒在木桶里的鱼上面，再铺一层芭蕉叶和木板用大石头压紧。最后用塑料薄膜密封好木桶口，使之与空气隔绝，存放在干燥通风的地方，一年左右方可食用。木桶腌鱼通常一腌就是三五年，甚至几十年都有，侗家招待上宾或遇红白喜事时方可尝到这种美味佳肴。坛子腌制方法类似，只是鲤鱼小点，时间也较短些，两三个月既可食用，而且即食即取，十分方便。既可生吃，亦可火烤油煎，不同吃法，风味也大不一样，那种舌尖上的腌香感觉，酸、甜、麻、辣、咸五味俱全。真是让人闻香欲食，回味无穷。

　　如今，精准扶贫，生态保护，经济发展，社会稳定，乡风文明，生活富足。人们安居乐业，过的日子比蜜甜。我想，天堂也不过如此吧！

# 通道行（组诗）

刘才来 （怀化市知名作家）

## 芋头侗寨

高山流水，我和你之间的距离
那一路进来的美好，有鼓楼、门楼，我喜欢木楼
我和你朝夕相守，苦酒里酿出甜
我姗然而来，过去里关上的一扇门，徐徐开启

风雨桥，萨岁坛，侗家人的神
它们都是你的味道
山川河流，天空细雨，萨玛打开了慈祥
它庇护这里，把我拢入怀中
我记起十二道莲台，它高高在上
佛光普照，慈爱安详

我转身在江南细雨
十年斗酒，转瞬烟消
它们越细，这里火焰熊熊燃起
侗家人扬起笑脸，驿路聚群而居
这是他们的家，长乐安宁

他们选择你，这一路山水高企，云霄在上
攀爬而上的家园，鳞次栉比
中间古井，奔涌清冽
阿妈说我是回家的孩子，快快洗去风尘

高高鼓楼指引我
它说有凉亭，和姑娘的绣楼
欲眼望穿多少年

## 画笔村

二十七道半台阶
有花落了下来
它们眼中还有你,轻抚记忆
文人武士,一双双画笔剪裁你
书香门第,坐落于此

漂泊过后,松柏都安定下来
银杏守住了寨门,沉淀起一地金黄,它们的目光没有偏移
这一片土,和陆家人一起

你们招引我,远方的来客
十字河在侧,我双手合十,为谁祈福,她这一世
从此翻山越岭,在幸福的路上

## 中华秋沙鸭

我说是穷乡僻壤,在这里看到你
这一片山水,它身姿妖娆
我和你一样着迷,玉带河的水,要把我滋养

从西伯利亚到南方,你得到储备的温暖
在这片河里,你优雅地拨弄水花,欢呼雀跃
团寨在你之上,这一片湿地,使你流连忘返

这一路艰难险阻,多少险滩
你流了下来,像音乐流入心田
你说你给我的悸动
要延续多少年

# 我爱家乡这块沙洲

李奉安　（通道双江镇）

我的家乡坐落在滔滔北去的渠水河畔，位于湖南通道国家玉带河湿地公园的中心地段。

亿万年来，地壳的运动造化了峰回路转的变迁，使河道弯曲迂回，泥沙淤积，在家乡形成一块可爱的沙洲，给家乡恩赐几份迷人的自然景观。

我爱家乡这块沙洲，是有几个方面的原因。一是这块沙洲位于家乡侗寨前方东面的河道边，地势较高，离沽水位一米左右，不易被洪水覆淹。二是较宽，与河道相向且呈长弧形，约有五亩之多面积。除边沿是沙堆与卵石混杂外，表面地皮长的是一种特色水草。茎状有节，节上生根，匍匐地面延伸生长，不易被洪水刮走，有固护沙洲作用。一年四季青色茵茵，把沙洲扮成似一块绿绿的地毯。三是外边东部临渠水河道，西边内有一条紧挨陆岸且呈长弯弧形的岔河。岔河出入两端河段，平时是浅浅的流水，方便人们随意涉过到沙洲上。中间是一口呈锅形约二米深的潭，割草关牛时段便利放牧水牛泡澡；洪水时人们又常常到潭边钓鱼。

每年立夏节后，大小的洪水频发。少年的我也同伙伴到潭边垂钓。从而发现潭内鱼类很少，上钓的大多数不是团鱼，就是沙鳖。过后我们干脆换上专门钓团鱼沙鳖的诱饵和钓竿。但是，潭内团鱼沙鳖为什么多的原因，一直是我少儿和青年时代的谜。

后来，当我进到不惑之年，在一年夏至节过后伏天的一个下半夜，虽是半边月亮，却明朗如昼。因天气闷热睡不好觉，便独自一个起来。背上用麻线织的一副打网，带上手电，经沙洲到河滩边去捕鱼。刚踏上沙洲边，隐隐约约地见到一个带圆形的东西在爬动。我即用手电一照，哟，是一只团鱼将尖尖的屁股拔出沙层，正敏捷地向潭里逃去。我放网准备去捉，谁知来不及了，已经逃进潭的深处。接着我一手提电筒，一手刨开那儿的沙层，当刨下深处，发现七、八个团鱼蛋。啊，才知道这是团鱼来下蛋的。于是我不拿走团鱼蛋，仍把沙子堆成原样，留给后面观察结果。

过了二十多天后，我又去刨开那堆沙，结果只见几片蛋壳，孵化出来的团鱼仔已经不见了。但心中却得出一个结论：沙洲是团鱼沙鳖繁殖的温床。它将卵产在沙堆里，借伏天高温的太阳，把沙子晒热，能把卵孵化出仔，仔出蛋壳后即溜进潭里生活成长，导致潭内团鱼沙鳖多的原因，终于揭晓了这个谜。

但是后来，另一个疑问却又摆在眼前。沙洲和潭仍在，只是没有水牛在潭里泡澡拉屎，现在团鱼沙鳖少了，是否与水牛在潭里泡澡拉屎，改变了团鱼沙鳖生活环境的因素有关呢？新的探讨课题，却勾引我忆想少年时代在沙洲上牧牛的事，又一幕幕地浮现在我的眼前。

那是在一牛一犁的农耕年代，牛是农家之宝。而牛又有两种，一种是黄牛，另一种是水牛。我们家乡的农户，因居在水边，所以代代喂养的都是水牛。而农事的安排，每年栽秧完毕到打谷之前，总是割草关牛。黄牛只要每天喂草喂水，关养是完全没事的，水牛就不行啦。因这段时间高温天热，尽管关在栏中有草吃，有水吃，早晚还得放出来泡澡、吃草。因此，家乡这块沙洲成了这段时期最适宜牧放水牛的场地。

早晚放牧是件轻松的活儿，家乡从不是强壮劳力去做，而是成了那些正逢放暑假回家的少年学生的事。我也不例外，同样走过这段历程。现今忆想放牧往昔，趣事多多，历历在目，久久难忘。从而加深了对家乡沙洲的爱恋。

在我的记忆中，清早在晨雾还未消散时，水牛一赶到沙洲上，总是安宁地埋头啃着挂有露珠的青草。我们看牛娃就趁机赶到外边大河的浅滩上，或用较大石头撞击藏在岩片底缝下的小鱼，或是寻找滩上、泥沙中的河蚌，既是一种娱乐，又有一点收益，何乐而不为呢！因而两岸的行人见景生情，随编随唱的山歌，时而传来。

东岸开唱：晨雾茫茫迷漫天，牛在沙洲人在滩。
　　　　　雾气飘然连天宇，侗寨似落彩云间。
西岸接音：晨雾蒙蒙不见边，晶莹露珠立草尖。
　　　　　牛吃露草膘长快，犁田耙地不摧鞭。

好悠扬的歌声，一阵接过一阵，其实都是那些割草的后生，见到这种优美的情景，心情极为兴奋，出口是歌啊。

当日出雾散，气温回升之时，吃得肚壮鼓鼓的牛，一头接一头，水牯、雌牛、犊子很有秩序地走进潭里，拉粪便，滚下水，左右翻了一阵之后，才安逸下来泡澡。这时，几只牛虻飞来，落在露出水面的牛身部位，这时只见牛头佘入水里，时不时地将水浪到背上，尾巴不断地左右拍扫，使牛虻无法立足，无法吸血，显示了牛的防护智能，让人也惊慕三分。

当牛泡澡足瘾之后，也不用人去赶，自觉地走出水中，接踵而行，踏上回家之路。后跟的那些少年，或提着用狗尾草穿的一串串小鱼，或用衣裹着一包包的河蚌，一边吆喝着牛，兴高采烈，满载回归。

下午日斜，又是一长队水牛，从寨边的牛栏里出来，一头接一头地来到沙洲

边。天天如此，先是走进潭中泡澡一阵之后，才起来走上沙洲去吃草。看牛的少年，趁水牛泡澡时机，争先恐后地跑到大河里去洗澡、游泳。有的仰面游，有的仿蛙游，有的打水仗，有的学鹭鸶汆水底等，各展技能，各显神通。

当太阳西下，山头遮挡，沙洲转荫之时，水牛上岸吃草，人也上岸娱乐。有的翻跟斗，有的倒竖蜻蜓，有的围圈丢手帕，有的学猫捉老鼠等等，弄得个个喜笑颜开，人人玩得开心。当到日落西山，晚霞满天之时，俗话不差移，"老头自知夕阳晚"，一头老母牛率先带头踏上归程。这时两位顽皮的少年笛手，一蹦跃上牛身，横骑牛背，把竹笛吹奏起来，直至悠扬悦耳的笛曲和美丽多彩的晚霞，一同消逝在茫茫的夜幕之中……

今天，已经进入到二十一世纪，人们没有预料到的是，祖国的发展真是一日千里，全面实现了耕田不用牛，点灯不用油。几千年来，一牛一犁，一锄一耙的传统生产模式，在家乡已经消失，迎来的是生产生活的机械化和电气化。因此，在家乡的沙洲上，再也见不到那种田园牧歌的景象。但是，这并没有减弱我对家乡这块沙洲的爱恋，有新时代美丽家乡理念的支撑，我爱家乡这块沙洲，才会牢记家乡的农耕文化，才会扩容增进我一如既往的乡愁，才会敦促子孙保护家乡的湿地，保护家乡的自然生态，为留下还未解的课题，提供实地的基础。

家乡的沙洲

# 我的家乡——芋头古侗寨

杨诗颖 （通道思源实验学校 1804 班）

"山也美，水也美，人更美嘞。山美水美，侗寨美哟！"这是我们侗族人跳"哆吔舞"时所唱的歌。每逢喜庆节日，寨子里的侗族乡亲就会跳起"哆吔舞"来。从小时候开始，只要听到优美的芦笙音乐，我就会喊："妈妈，妈妈，广场跳舞啰！快看跳舞去！"村里的小广场是跳"哆吔舞"的地方，芋头古寨则是养育我的家乡。

夏天的早晨，天刚蒙蒙亮，我就被自家的公鸡叫醒，新的一天又开始了。太阳公公准时上班，我约上几个小伙伴，从小路上山去摘杨梅。据村里的奶奶们说，这条小路可是当年红军长征走过的。哦，没有红军长征胜利，没有革命先辈流血牺牲，哪有现在安宁幸福的生活。

现在这条小路安详宁静，有鸟的喳喳声、溪水的哗哗声、风儿的沙沙声，还有一群摘杨梅的侗族小姑娘，她们无忧无虑欢声笑语！"二妞，你爬上树去摇，我和玖妹在下面捡。"由于树太高摘不到，所以就叫最擅长爬树的二妞上树去摇杨梅，而我和玖妹就在树下捡。

寨子为群山环绕，在这山上不仅能看到重重叠叠的峰峦，还能看到古寨全景，还能边摘果子边赏风景。不一会儿，酸酸甜甜的杨梅就塞满了我的衣兜，我们乘着微风，踏着歌声，回家咯！

小时候，每逢放学，我们便会一连串地跑进鼓楼。排排坐，歪着脑袋，听村里的爷爷奶奶讲述关于寨子的故事。这一坐就坐到了太阳公公下山。奶奶们上山劳作，回来也不忘来鼓楼坐坐，顺便还会给我们捎带几个野果。

鼓楼叫"崖上鼓楼"，因为在陡坡上悬空依山而建得名。冬天时，寨子里的男女老少都会围坐在一起烤火，闲聊，说不定还能吃上香喷喷的烤红薯。

我们则时常会绕着寨子乱窜，先是一口气走完108级台阶，也就是"萨玛阶"，这是为纪念我们的侗族女神萨玛而建的。然后为了解渴，我们冲到"乾隆古井"喝上一口井水，喝完后让人心旷神怡。随后又回到"崖上鼓楼"。还有好玩的呢，趁大人们不在，把鼓楼里的大长板凳架起来弄成一个斜面，这就是我们的滑滑梯，还记得那时我滑着滑着把裤子给划破了，真尴尬。这也是鼓楼中的大长板凳表面特别光滑的原因之一吧，哈哈！

最喜欢的还是侗族节日"六月六"。每到这个时候，寨子里就会有许多活动，

热闹极了！妈妈和寨子里的妇女们便会穿上侗装，挑着糯米、腌鱼、腌肉……我和小伙伴便跟在后面，先从寨门走到"芦笙楼"前的小广场，吹芦笙的老人们围成圈，吹奏着动听的芦笙曲，妈妈她们便会在外围跳起舞来。还有侗族的讲款，这个环节对于我们来说无聊极了！但是，我们还是会跟着大人们在一旁附和着。

完后，队伍继续前行，来到寨子的最高处那个表演的大广场。我最喜欢的环节到了，那便是"合拢宴"。桌子一排排地连在一起，桌上摆的都是我爱吃的，没错，侗族的特色美食，我们坐在一起快乐地享用着，连平常不爱吃饭的我一下子吃了两碗，哈哈！接下来便是热闹的演出啦！人真多，一眼都望不到边！我和小伙伴们便一个劲地往里挤，演出中，如有会唱的歌，我们都忘了旁边还有人，便肆无忌惮的唱了起来！

"呀啰吔，呀啰嘿……"到场的人们手拉着手，跳起"哆吔舞"，"六月六"就此就告一段落了！

这就是我美丽的家乡——芋头古侗寨。当然，这是很小的一部分，还有很多很多没有说到的地方。

侗寨晨韵

## 我会记得你名字

### ——致麒麟山

李顺畅 （通道一中高1504班）

如果有一天，我有幸遇见原始的你
你也许不会记得莽撞的我
因为我只是一个匆匆的过客
如果有一天，你无法邀约遥远的我
但我会记得麒麟这个美丽的名字
因为你是我的归处
如今，我依旧眷恋你四季分明
在初春之晨
绿林掩映，鸟鸣清新
在仲夏之午
白水瀑布，曦光动人
在晚秋之暮
萧瑟凉风穿梭木海叶浪
在深冬之夜
麒麟过界披上圣洁雪袍
我想绘下你的身影
装帧成一幅秀美的卡片
可我没有马良的神笔
无法描摹你的秀
我也没有明丽的构色
无法点染你的灵
于是，只好用跳跃的笔尖
将你誊写、镌刻
在纸上、在心间
任我走近，抑或行远
都记得你的名字
你的名字叫麒麟

# 绚烂的麒麟山

杨雨婷 （通道一中高1601班）

　　山那边，悠悠地飘来几句侗歌。白色的飞鸟在麒麟山上空展翅，碧色的溪水从山崖上奔流飞泻，红艳艳的野果挂满枝头。红军曾经经过的泥土上，一抹青绿漫延开来……这美丽画卷就是通道麒麟山自然保护区，这是一片神秘而充盈着灵气的土地。

　　细雨霏霏的麒麟山尤其幽静。下过雨的雷团村，小径旁嫩草散发出清新的泥土味。在重重叠叠的最深处，景色曲径通幽，沿小径往大山深处徒步好几里，跋山涉水，时而经过高大的古树林，时而趟过冰凉的水洼，直到燕子洞。眺望悬崖边的绝景，沿着潮湿的小道行至云起处，在层层树木的屏障里抬头一望，蒙蒙细雨中，燕子洞的景色映入眼帘。泉水从石壁上垂直落下，发出清脆悦耳的声音。在湛蓝的天空下，潭水水光潋滟，没有人知道这崖上的泉水从何而来，只剩下一尾尾小鱼摆动出不知多少年的尘土沉淀，谁也不敢出声惊扰这份清幽。山林间偶尔传来几声朦胧的鸟语。听村寨里的老人说，每当雨水浸润丛林中的时候，就会有稚嫩的小兔从草丛中羞怯地探出头来，燕子掠过树梢，黄腹角雉和锦鸡低头啄着红色的细沙。似乎一切都在寂静中怡然自得。

　　太阳出来的时候，我们从燕子洞径直上到黄沙岗去。黄沙岗是历史的见证者，亦是未来的守望者。1934年12月10日红军红一方面军从广西的平等乡出发，翻越广西壕，从黄沙岗进入湖南通道。红军战士从这里走过，薄薄的草鞋留下深深的印记，他们脸上闪烁着希望。如今，人们踏上新的旅程，在红军队伍走过的泥土上，孕育出充满生机的花朵，迎着温暖的阳光坚定地绽放。

　　"马穿山径菊初黄，信马悠悠野兴长。"最喜欢麒麟山的秋天，喜欢那种果实累累色彩斑斓的景色。当地的侗家姑娘往往在这时变得忙碌起来。她们三五成群，时而唱着侗歌走到河边去清洗新鲜的瓜菜，时而欢笑着窜到山林中去寻找野果！最受欢迎的果子要数被称作"酸汤菢""八月瓜"之类的小野果了。姑娘们把小小红色的"酸汤菢"捧在手心里，她们一面唱着欢愉的歌儿，一面品味这大山的恩赐。酸酸甜甜的果汁，恰似人生百味。到了这个时节，侗家男青年同样是没有半点空闲。他们在田间地头忙碌着，或挑起满载金黄稻谷的箩筐，或采摘颗粒饱满的玉米，肩上担着的、怀里捧着的，是勤劳的奖赏。

　　走过这片神秘而充盈着灵气的土地，你最终只会剩下感叹，叹这自然风光的缤纷，叹这浓郁醇厚的民风。她是红军战士脚下的希望，是侗乡大地上的绚烂之笔。在阳光中，等待着，下一个探访者。

# 玉带河边，有这样一个故事

宋　襄　（通道一中高1504班）

## 一

在湖南、广西、贵州接壤处有一条小河，据说是天界的仙女留恋这美丽的侗乡而解下自己的腰带变化而成的，因而名为玉带河。就在小河与青山交汇处有一户人家，女孩水儿和她的阿爸阿妈就住在这儿。

水儿成长在春风里，成长在小河旁。水儿皮肤白皙，一对眸子清明如水晶。水儿喜欢带着黄狗在金色的稻浪里追逐，喜欢在碧绿的河畔看夕阳，更喜欢在澄清的河水里与玩伴嬉戏。

"水儿，吃饭了！"

"好嘞，就来。"水儿看着在绿草地上嬉戏的黄狗招了招手"黄儿，回家了。"黄狗听到招呼，抖了抖身子，飞跑过来。

水儿一家围坐一起吃晚饭，水儿吃得津津有味。

"水儿，你快二十了，听说隔壁村王叔家的小子人挺不错……"

水儿扭过头，嘴里嘟囔着："水儿才不要呢……"

阿妈见水儿这样，将声音放得更大了。水儿放下碗筷，跑了出去。黄狗也静静地跟在后面，水儿躺在草地上，闻着泥土与青草的芬芳，看着最后一抹亮光在天际沉没。水儿起身准备回家，但不见黄狗，她沿着田埂寻找。

"阿黄，阿黄……"水儿嘶力地喊着。

远处一棵槐树下，一位身穿白衣的少年正和一条黄狗打闹着，风轻抚着少年俊美的脸颊和白色的衣襟，水儿心里不禁有些触动。

"你是水儿吧，我叫阿海。"水儿的目光转向了少年，脸颊上渐渐泛起了红晕，低下头，抚摸着阿黄的背。

"我们要回家了。"

"嗯。"阿海点了点头，目送水儿远去。

水儿想回头却不敢回头。

## 二

"是水儿吗？"阿妈听见了开门声，急忙迎了上去

"不是水儿，阿妈都不要水儿了。"水儿径直地走进了房间。没有理会阿妈，可想起刚刚在槐树下的阿海，她的脸上又露出了浅浅的笑。

"水儿，你也老大不小了，今晚吃饭时说的事你可以考虑一下。"阿妈推开门，拿起梳妆台上的梳子，轻轻地抚着水儿黝黑的长鬓。

镜子里的水儿，眉似远山不描而黛，唇若涂砂不点而朱，嘴角轻轻地上扬。

那晚水儿久久不能入睡，天蒙蒙亮时在半梦半醒中被阿妈叫了起来。一到堂前，水儿怔住了。她看到那个叫阿海的白衣少年立在堂下，正笑盈盈地望着她。

"水儿，你们的婚期已经订好了，就在三天后。"阿爸边说边把手中的茶壶递给水儿，示意她给阿海倒茶。

水儿接过茶壶朝着阿海走了过去，她看见俊俏的阿海的身影。

## 三

明天就要出嫁了，水儿又是紧张又是喜悦。看着眼前这个漂漂亮亮的水儿，阿妈眼角透出了泪花。

"以后见你就难了啊，出外省的路太远了！"

"出外省？阿海不是就在隔壁村吗？"水儿放下桃木梳子转向阿妈。

"等你们成亲了，阿海他们家就要搬去外省老宅住。"阿妈轻轻地关上了门走了出去。

水儿站在窗户旁，透过窗户，她看见了河畔的槐树，潺潺的河水，

夕阳残留在天际的余晖，为这如画般的景色增添一份色彩。望着这些，水儿默默地咬着嘴唇，心里像打翻了五味瓶。

## 四

"阿爸，我不想嫁了！"

"这怎么行？做人可不能不讲信誉，说好的事哪能变卦！"阿爸的笑脸沉了下来，回到房间拿了一把大锁，将水儿的房门锁上。

"阿爸，阿妈，阿爸，阿妈……"任水儿如何嘶喊，门外再也没有动静了。

水儿蜷缩着靠在门边抽泣。金色的稻浪，墨绿的杉林，浅浅的河水，一遍遍浮现在她眼前。阿海对她好，她知道，她也喜欢阿海，可她离不开这条河。

水儿停止了哽咽，目光落在了敞开的窗子上。

寒冷的月光让潺潺的流水闪闪发光。

"水儿，不要！"阿妈气喘吁吁地追上水儿。

"阿妈，再见！"说完水儿闭上了眼睛。

突然，一只手猛地将她拽住，水儿猛地睁开眼。阿海上气不接下气地说道："知道你放不下这条河，那我明天走了。"

## 五

阿海搬走的那天，与水儿肩并肩坐在河畔等待日出。

"你后悔吗？"阿海问。水儿起身，走过河边，用手轻轻捧起清凌凌的河水，抿了一口，喃喃地说："不知道，可我更舍不得这河，更喜欢这水的甜味。"

采蘑菇的侗家姑娘

## 半尊母亲雕像的故事

杨永古　杨长虎　（通道下乡明德小学教师）

### 一

湖南省西南边陲的通道侗族是一个民风淳朴、勤劳善良、尊老爱幼、有公序良俗的民族，对母性长辈尤为敬重。这种美德在玉带河流域显得尤为突出，因为玉带河流域世代流传着一个母与子的凄美故事。

很久以前，在玉带河边，住着一户人家。家里只有相依为命的母子俩。母亲独自一人含辛茹苦地把孩子养大，并取名阿农。

阿农长大成人后，这位母亲也老了，而且体弱多病。有一天早晨，母亲对阿农说："孩子，你长大了，我也老了，你也该下地替家里干干重活了，特别要早上去犁田。"阿农听了，极不情愿地扛起犁，出门时还甩下一句话："你要我早上去犁田，那你就要及时给我送早饭，免得我挨饿。"

当天早上，母亲怕儿子饿了，做好早饭，拄着拐杖匆匆给儿子送饭去。刚送到田边。阿农生气地对母亲说："你就送饭来了？来这么早干什么？我还没饿呢？放久了饭菜都凉了。"母亲只好弯下腰，把饭放在田埂边，伤心地回家去了。

第二天，母亲心想，昨天儿子嫌我送饭早了，今天我就迟一点送去吧。谁知她刚送饭到田边，儿子一看，张口就骂："你怎么这时才送来呀，我都快饿死了！"母亲听了，左右为难，早送了儿子嫌早了，迟送又嫌迟了，这该如何是好呢？母亲只好含泪，伤心地回家去了。

第三天早晨，阿农又去干活。刚到田边，突然听到在田边不远的大树上，几只小鸟叽叽喳喳地叫个不停。他很好奇，就爬上树去看个究竟。小鸟听到响声，以为是鸟妈妈送吃的来了，就张开嫩黄的小嘴，等着妈妈把食物送进嘴里去。他看见了巢里的小鸟张嘴嗷嗷待哺的样子。不由得想起自己的妈妈，小时候给自己喂饭的情景，自己也是母亲从小一口一口地喂养长大的呀！不正好和这些小鸟一样吗？回到田里，边干活边想起这些天，自己对待母亲种种不孝的言行，越想越后悔，觉得自己不应该那样对待自己的母亲。

那天，阿农的母亲恰好因身体不适，耽误做饭时间，等做好了饭，太阳已经老高了。阿农的母亲拄着拐杖，边走边想，今天可能又少不了挨儿子一顿责骂。当她颤颤巍巍来到田边，阿农见了，主动停下手中的活，迅速地走过，想接过母

亲送来的饭钵,并且想当面给母亲认错。阿农的母亲见儿子迎头跑来,误以儿子要打她,就放下饭钵,急转身往回躲。刚回走几步,脚下一滑,摔下田埂,"砰"的一声,头刚好撞在一个树桩上。阿农连忙跳下去,把母亲扶起来。边哭边呼唤,但是他母亲眼睛呆呆地看着儿子,一句话也说不出来,不多久就咽气了。就这样,母亲再也听不见儿子的呼唤,儿子再也听不到母亲的话语。阿农急忙把母亲背回了家,之后,在众乡亲的帮助下,安葬了他的母亲。

## 二

后来,阿农想如果没有那树桩,母亲也不至于撞死。他越想越生气,扛着锄头来到田边,把树桩挖了个底朝天,然后扛回家。过几天,他找来斧头、凿子等工具,花了很多心思把树桩雕刻成半尊母亲雕像,供奉在堂屋的正中央。每次出去做事之前,总对这半尊母亲雕像说上几句告别的话。每次回到家,也对这位"母亲"说上几句家常话。平时在家里,有什么心烦的事,都要跟"母亲"说上几句。从此以后,阿农觉得母亲好像活着一样,一直陪伴在身边,他一点也不觉得孤单。

秋天来了,这是个收获的季节。阿农家也收割了很多稻谷。一天,艳阳高照,是晾晒谷子的好天气,他早早地把谷子搬到晒谷场去。他摊开完谷子后,就把半尊母亲雕像也背到晒谷场中央,放在一张桌子上。离开前又对"母亲"说:"妈妈,我还要去地里干活,就辛苦您帮我看好谷子,别让麻雀吃了。"说完他就去地里干活了。就这样,只要晒谷子,他就背来"母亲"帮他看守谷子后才去干活。说来也怪,别人家的谷子老是有麻雀来偷吃,可是他晒的谷子一只麻雀也没有光顾。众乡邻亲见,都说是阿农的母亲在眷顾着他。

天上的雷公知道了这件事,想试一试他,看他是否真心地孝敬自己的"母亲",是否真心地改过。中午时分,雷公带着众雨神来到晒谷场上空,布满乌云。阿农看到要下雨了,连忙跑向晒谷场。他刚刚来到晒谷场,就哗哗下起了瓢泼大雨。这时,他也顾不上收拾自己的谷子,急忙把他"母亲"抱回屋里去。雷公本来想,如果他先收谷子而让他母亲雕像淋雨,当天就把他劈死在晒谷场上,给凡间不孝儿女一个教训。但是雷公看到,阿农先抱起的"母亲"回家,而不顾去收谷子,知道他真心悔过,真心孝敬他母亲。雷公只好作罢,回天上去了。

这个故事,一代传一代,一直教化人们要尊重老人。直到今天,通道侗乡麒麟山玉带河流域的人们,还在用这个凄美的故事,教育着一代又一代的后人。

# 玉带河有座金龟山

杨旭昉 （怀化市作协副主席、原县文联主席）

在玉带河的上游，碧波荡漾之处，松柏与高车两地之间，有一座山峰叫金龟山。从高空往下望去，那一座掩映在青山绿水间的丹霞石峰神似金龟一般，在它周围，簇拥着一群连绵不断的小小山峰，更凸显金龟山的大气磅礴、美丽壮观。站在玉带河畔，放眼而望，但见金龟山勾画出优美的线条，醉卧河滩。两岸则是绿树成荫，鸟语花香，蝶舞蜂飞。吸一口新鲜空气，顿觉心旷神怡，忘了尘世间的一切烦恼和喧嚣，仿佛进入陶渊明笔下的世外桃源。

说到金龟山，还有一个与女娲补天有关的美丽传说呢。

传说盘古开天辟地，女娲用黄泥造人，日月星辰各司其职，子民安居乐业，四海歌舞升平。后来共工与颛顼为争帝位不胜，因愤怒而用头触撞不周之山，导致支撑天地四方的四根柱子坍塌了，瞬间大地开裂，危机四伏。天不能普遍覆盖万物，地不能全面容载万物；天向西北倾斜，地于东南塌陷；大火熊熊蔓延，火势迅速串起而不能熄灭；洪水滔滔，泛滥成灾，水势浩大而不能停止；凶猛的野兽疯狂吃掉善良的百姓，凶猛的禽鸟用爪子抓捕老人和小孩，人们流离失所，四处逃难。这段故事记载在《淮南子·天文训》中："昔者共工与颛顼争为帝，怒而触不周之山，天柱折，地维绝。天倾西北，故日月星辰移焉；地不满西南，故水潦尘埃归焉。"

女娲看到她的子民们陷入巨大灾难之中，十分心痛，也十分关切，便下定决心以一己之力炼石用以修补苍天。于是，女娲在天台山的山顶堆巨石为炉，取五色土为料，又借来太阳的神火，耗时九天九夜，炼就了五色巨石。然后又用了九天九夜的时间，用36500块五彩石将天修补好。女娲终于将天补好了，可是却又找不到支撑四极的柱子。如果没有柱子支撑，天依旧还会塌下来。情急之下，女娲只好将背负天台山之神龟的四只足砍下来用以支撑四极。可是天台山要是没有神龟的负载，就会沉入海底，于是女娲将天台山移到东海之滨的琅琊。女娲补天之后，天空算是被修补好了，天地四方的柱子也重新竖立了起来，洪水退去，中原大地上恢复了往日的平静；凶猛的鸟兽都死了，善良的百姓终于得以存活了下来。

背负天台山的神龟原是来自南海，被女娲取走四足撑天后，女娲深感愧疚，总认为太对不起神龟，便将自己的衣服扯下来送与神龟，衣服穿到神龟的身上之后，就变成了神龟的鳍，从此龟在游水时就不再用腿而是改用鳍了。天台山移到琅琊后，神龟也完成了它的历史使命，加之四足又被女娲取走，女娲对神龟说："你既负天台山千万年，现又献四足用以撑天，可谓劳苦功高，贡献巨大，我将你置于一处风光绝美之地颐养天年，此处为通道万佛山下的玉带河畔，如来佛祖常聚集弟子于这一带讲经传法。你到此地，可常去聆听佛法，日久天长，当可成仙成佛。"神龟听后，欣然应允。某一日，如来佛祖又踏云而来，下界传授经法，九千九百九十九个弟子围着如来佛祖盘腿而坐，南海神龟也蹒跚而来，听佛祖讲经。因神龟年迈，体弱多病，眼花耳背，只顾埋头赶路，却忘了抬头看路，被如来佛祖一掌拍在背上，神龟这才止步回头一看，却原来已经到达佛祖的跟前，神龟惊出一身冷汗，连忙向佛祖作揖致歉，并端坐于如来佛祖跟前聆听佛祖传授经法。不知经过几千几万年，神龟大彻大悟，便化作一尊巨石，永久留守在了美丽的万佛山下的玉带河畔。

金龟山是一处典型的象形丹霞景观，其形恰似俯卧于碧海之中的神龟，背上茂密的植被如同神龟身上布满了青苔。有隆起的"龟壳"，弯曲的"颈项"，微微抬起的"头部"中间有一簇绿色，便是它眨巴眨巴的"眼睛"了。仔细看去，还可以发现"绿龟"的"脖子"上有几处褶皱，仿佛它正回头向这边张望。在整体看来，此山造型逼真，栩栩如生，仿佛出自于能工巧匠之手，俨然一副天然的雕饰品。

当阳光穿过云层照射到神龟的背上，金光闪闪，和煦温暖，故称之为金龟山。有四里山歌一首为证：

> 天生一个万佛山，佛祖讲经坐中间。
> 南海神龟回首听，九千弟子在两边。
> 奉劝凡人多行善，正直为人天地间。
> 因果循环皆定数，虔诚皈依得佛缘。

金龟山仙境

# 玉龙湾的传说

刘海姣　（通道林业局）

美丽的侗乡大地上，蜿蜒着一条名叫玉带河的河流，河流延伸数十公里，形成了许多美丽的湿地景观，也流传了许多动人的传说，其中有一处尤其值得一说，那就是玉龙湾。

相传玉龙湾是由于东海龙王小女儿的一次小任性造成的。东海龙王有个小女儿名叫小玉儿，很得老龙王宠爱。她长得貌若天仙，却鬼灵精怪，一天到晚总惹是生非，那些陪她玩耍的虾兵蟹将被她整得是有苦难言。一天，她听身边的小虾米们在小声议论，说人间有一条非常美丽的河流叫玉带河，河水清澈澄碧，河面鸢飞鱼跃，河岸绿树成荫。到了晚上，忙碌了一天的人们会聚集在河边，点燃篝火，然后围着篝火唱歌跳舞，排解一天的劳累，还会在玉带河面上放花灯，以传达对亲人朋友的祝福和美好明天的向往。

她一听说有这么好看好玩的地方，心里就打定主意要去那里游玩一番，但是她心里清楚，即使父王再宠爱她，也不会同意她这么任性妄为的，所以她一定要忍耐，等待时机。这一天，机会终于来了。这一天是一年一度的元宵佳节，整个龙宫都洋溢在喜庆的节日气氛中，老龙王在宫中设宴款待各位大臣，虾兵蟹将们也聚在一起吃吃喝喝，此时的小玉儿却已准备出发了。

她蹑手蹑脚走出龙宫，来到了小虾米们常说的玉带河边，看到那里张灯结彩、人声鼎沸，一群人围着一簇熊熊燃烧的火堆唱歌跳舞，每个人的脸上都洋溢着幸福的微笑。于是，她稍施法术，变成一个美貌少女来到他们身边。这里民风淳朴，地理偏僻，少见外人。于是，他们问："小姑娘，你叫什么名字，来自哪里？"小玉儿回答："我叫小玉儿，来自很远的地方，素闻这里风光秀丽，人们热情好客，特慕名前来。"众人一听是这缘由，就都打消疑虑，热情地邀请她一起唱歌跳舞。后来一些少女邀请小玉儿一起去河边放花灯，看着绚丽缤纷的花灯沿着河水飘向远方，小玉儿也跟她们一样虔诚地许下心愿，希望父王和姐姐们开心快乐、幸福安康。

时光就在不知不觉中流走。唱歌跳舞的人们渐感疲惫和饥饿，于是就围坐在篝火旁，开始烤羊肉，又取了几坛米酒过来，就着香喷喷的羊肉喝起来，并邀请小玉儿一起参加。刚开始，小玉儿推脱说不会喝酒，但实在架不住他们的热情，就答应喝一点点，谁知道这一喝就不可收拾，越喝越上瘾，劝都劝不住。

慢慢地，她感觉有点眩晕，面前的人开始出现重影，全身发烫，身体也出现了异样，头上冒出两个角，身上的皮肤开始变成龙鳞，坐在她对面的村民吓得两腿发软，尖叫出声："怪物、怪物、有怪物……"边叫边拿火把袭击小玉儿，旁边的人们也立即从惊吓中回过神来，拿起石头、火把等对她进行驱赶追打，她无法解释，只能跳进玉带河里，试图用玉带河水的凉意赶走身体的燥热和不适，但是没用，龙形渐渐显现，巨尾一甩掀起惊天巨浪，玉带河岸也因这一甩而变形，形成了一个大大的S湾。小玉儿自知无法再待在这里了，于是就施法术悄然回到龙宫。

人们这才恍然大悟，刚刚的美丽少女根本就不是怪物，而是一条神龙幻化而成，而神龙叫小玉儿，人们为了纪念她，就将小玉儿神龙摆尾形成的"S"形大湾叫玉龙湾。

玉龙湾

# 滋补飘香的侗家乌饭

杨芝干　（怀化市鹤城区）

农历四月初八，是侗家人的"乌饭节"。每年聚居在湖南通道玉带河湿地的侗族人家都要提前几天到山上去摘来几种树叶做香喷喷的乌饭（俗称"黑米饭"），从坛子里取出腌制的酸鱼酸肉，斟上自家酿制的米酒，欢度这一传统节日。

乌饭乌黑的，晶莹剔透，油光发亮，清香中蕴含着一股淡淡的草药味儿，风味很是独特，很是诱人。侗家乌饭有着与它颜色一样深沉的农耕文化、植物文化、饮食文化和历史渊源。

侗家的乌饭节来源于老人们口述流传下来的一个传统故事。传说古代名将杨文广被奸臣所害关在牢房里，家里人每天送进牢里的饭菜都被狱卒抢吃一空，他饥饿难忍，全身乏力。妹妹杨八妹心急如焚，她想如何在饭里掺进别的什么植物才能把饭送进去而又不被别人抢吃呢？为了营救哥哥，她大胆的上山尝百草嚼树叶，全凭自己的口感终于找到了几种咀嚼后让人感觉清香舒服、浑身有劲而又无毒无害的树叶。她把这几种树叶和糯米浸泡后煮成了乌黑发亮的糯米饭，从没见过的人都以为这饭黑黑的很脏，还怕有毒。于是，杨八妹就试着把这乌黑的糯米饭送入牢中。狱卒看到这一篮乌黑的饭，以为很脏有毒，再也不敢抢吃了。杨八哥终于能吃饱肚子了，正是这样做成的乌饭能健体强身，树叶和糯米营养成分混合在一起发挥了滋补作用，杨文广很快恢复了往日的体力。兄妹约定四月初八那天劫狱，由于吃了乌饭，杨文广浑身是劲，他挣脱了锁链，把牢房的门打开，其他被关押的人也全部逃了出来，妹妹带领寨里的人也前来接应，打败了敌人。之后，杨文广奋战疆场，洗脱了罪名。

从此，杨八妹救哥哥的故事传遍了侗乡。杨姓人家为了纪念这次胜利，每年的农历四月初八都要做乌饭，杀鸡宰鸭，摆上酸鱼酸肉、米酒，欢庆一番，以示纪念。有的侗寨又将"四月八"称作杨家节，是杨家人纪念自己的祖辈杨八哥、杨八妹的节日。民间还流传吃了杨家的乌饭便会力气倍增，于是很多人到了这天就特地到杨家讨点乌饭给自家孩子吃，祈求孩子能健康成长，更加健壮。吃乌饭的习俗就这样代代相传流行至今。

制作乌饭的主料是糯米，辅料就是传说故事中的那几种树叶，它们分别是南烛叶、鹿角杜鹃叶、赤楠叶、枫香树叶，侗家人口语统称为乌饭叶。制作乌饭的食材和工艺虽然不是很复杂，但其辅料中的几种树叶只有南方山谷里才有自然生长的，植物繁多的玉带河湿地最为多见。

玉带河湿地气候宜人，多有良田，农户每年都会种上一些糯稻，还会在稻田里饲养鲤鱼，是典型的江南"鱼米之乡"。糯米是一种营养价值很高的谷物，是侗家人制作黏性小吃，如糍粑、粽子、元宵、油茶、各式甜品的主要原料，糯米也是酿造甜酒、苦酒的主要原料。产于玉带河湿地的糯米含有丰富的蛋白质、脂肪、糖类、钙、磷、铁、维生素 $B_1$、维生素 $B_2$、维生素 $B_3$ 及淀粉等，营养丰富，为温补强壮食品，具有补中益气，健脾养胃，止虚汗之功效，对食欲不佳，腹胀腹泻有一定缓解作用。

南烛，古称染菽、杨桐，侗族民间普称"杨桐"，属杜鹃花科常绿灌木，它是制作乌饭的主要辅料。南烛生长在玉带河两岸的山坡灌木丛中，夏日叶色翠绿，秋季叶色微红，萌发力强，喜光耐旱、耐瘠薄，树高1～3米，多分枝，枝条细，灰褐带红色，是不可多得的制作盆景、盆栽的优良素材，繁殖多以扦插和播种为主。南烛叶又是一味草药，有清热解毒、利尿消肿、健脾补肾的功效。据《本草纲目》记载：乌药叶属樟科类植物，性温和，味微苦，叶气香，可入药，上理脾胃元气，下通少阴肾经。乾隆年间《本草纲目拾遗》载有"王圣俞云：乌饭草乃南烛，今山人寒食挑入市，卖与人家染乌饭者是也"。《中医宝典》记录"南烛枝叶止泄除睡，强筋益气力"。唐代药王孙思邈方书曰："南烛煎，益髭发、即容颜，兼补暖，又治一切风疾，久服轻身明目，黑发驻颜。"由此可见，用糯米和南烛叶做成的乌饭确有悠久的历史渊源，而且益体健身。南烛与联合国粮农组织推荐的五大健康水果之一蓝莓同目、同科、同属，因此有的人又夸侗家乌饭等同"蓝莓饭"，属难得的正宗原生态保健食品。

鹿角杜鹃，侗语称为"杨卡"，常绿灌木或小乔木，高可达5米，小枝开展，灰色或淡白色，无毛，长于玉带河湿地向阳山坡树丛里。3～4月开花，7～10月结果。其花叶甘、酸、温，疏风行气，止咳祛痰，活血化瘀。鹿角杜鹃在制作乌饭中的功效仅次于南烛。

赤楠，别名鱼鳞木、赤兰、石枥、牛金子，是桃金娘科、蒲桃属灌木或小乔木植物，生长在玉带河田边地头的山坡上或山林灌木丛中。嫩枝有棱，干后黑褐色。叶片椭圆形，果实球形，直径5～7毫米。花期6～8月。味甘，性平，其根、树皮和叶均可入药，具有清热解毒，利尿平喘的功效，主治浮肿，哮喘，烧烫伤，瘰疬，疔疮，漆疮。果子可以直接食用，是乡村比较常见的野果。制作乌饭添加赤楠叶主要是增强乌黑染色和康养健身作用。

枫香树，落叶乔木，高达30米，胸径最大可达1米，树皮灰褐色。喜温暖温润气候，性喜光，耐干旱瘠薄。在玉带河沿线的临口、下乡、菁芜洲等乡镇村

寨的河边、桥头或村口都可见到多棵郁郁葱葱的枫香古树。枫香树脂可供药用，能解毒止痛，止血生肌；根、叶及果实亦可入药，有祛风除湿，通络活血功效；木材稍坚硬，可制家具及贵重商品的装箱。制作乌饭加入枫香树叶能使乌饭更加清香可口。

几千年的食用历史证明，制作乌饭的这四种树叶含有丰富的天然黑色素，是安全无毒、绿色环保的。老人们说做乌饭最好是这4种植物树叶都用上，以南烛叶和鹿角杜鹃叶为主，赤楠叶和枫香树叶为辅，这样做出来的乌饭更乌、更亮、更香，功效更好。唐代的《本草拾遗》记载："九浸、九蒸、九曝后，乌饭久贮不坏。"可见唐朝人已经发现了天然的乌饭树叶还有防腐功效。

乌饭的制作是一个神奇的蝶变过程。采摘来的4种树叶清洗干净后先用木制土舂机或石头舂捣烂，用山泉水浸泡叶渣再用纱布过滤叶汁，然后将过滤了的叶汁浸泡糯米一个晚上，第二天用木蒸笼上锅蒸煮。沸腾蒸煮半个多小时闻到乌饭的清香味后揭开蒸笼盖就会发现奇迹，白色的糯米已变成乌黑亮丽、香喷喷的黑米饭，大功告成，忍不住要先尝一口！

掰开乌饭米粒，从表皮到内心全是黑色，而且不褪色不掉色，真是太神奇了！这些植物的奇特功效如果能开发运用到染发上把人的白发变成黑发那该多好呀！

乌饭让人着迷的不仅仅是因为它的清香和看相，更主要的它是地道的安全绿色食品，具有滋养肠胃、补益脾肾、安神明目和乌发的功效。乌饭是侗乡舌尖上的一道美食，同时作为民间传承的食品手工制作工艺以及四月八节庆日已成为一项非物质文化遗产，它彰显了人类与自然和谐相处以及侗族劳动人民热爱生活、改造自然、征服自然、利用自然、崇尚生活、追求幸福的人文精神。

如今，这侗寨乌饭已由传统节日自产自食开始发展到打包成美食邮寄外销，走向市场，成为当地老百姓生财致富的新门路。四月初八那几天，当地大小市场上都会有乌饭卖，乌饭已成一道原生态的特色美食、绿色保健食品。四月初八这天又演绎成走亲访友、谈情说爱的好日子。每到这一天主人家特别是杨氏家庭都会邀请亲戚朋友来过节，热闹热闹。男女青年更是活跃得很，因为这个节日是他们互相串门走访的好由头、好时机，一般男青年都要提着一钵香喷喷的乌饭和一只鸭子前往心上人的家中，与心上人一起过节，对歌饮酒。在他们的心中，清香扑鼻的乌饭能把两个人的感情紧紧地粘在一起，甜蜜的爱情会开花结果，甜蜜的事业会蒸蒸日上！

# 笔墨湿地 风情玉带

**【七律】玉带河**

寻齐访胜何处堪？仙女玉带遗河湾。
锦鳞游泳渔唱晚，绿姿摇曳果飘香。
登高空蒙心自在，濯波清凉神怡然。
流水花开得佳韵，和风月朗是上禅。

绿色通道生态之城（行书）　刘广运　原林业部副部长

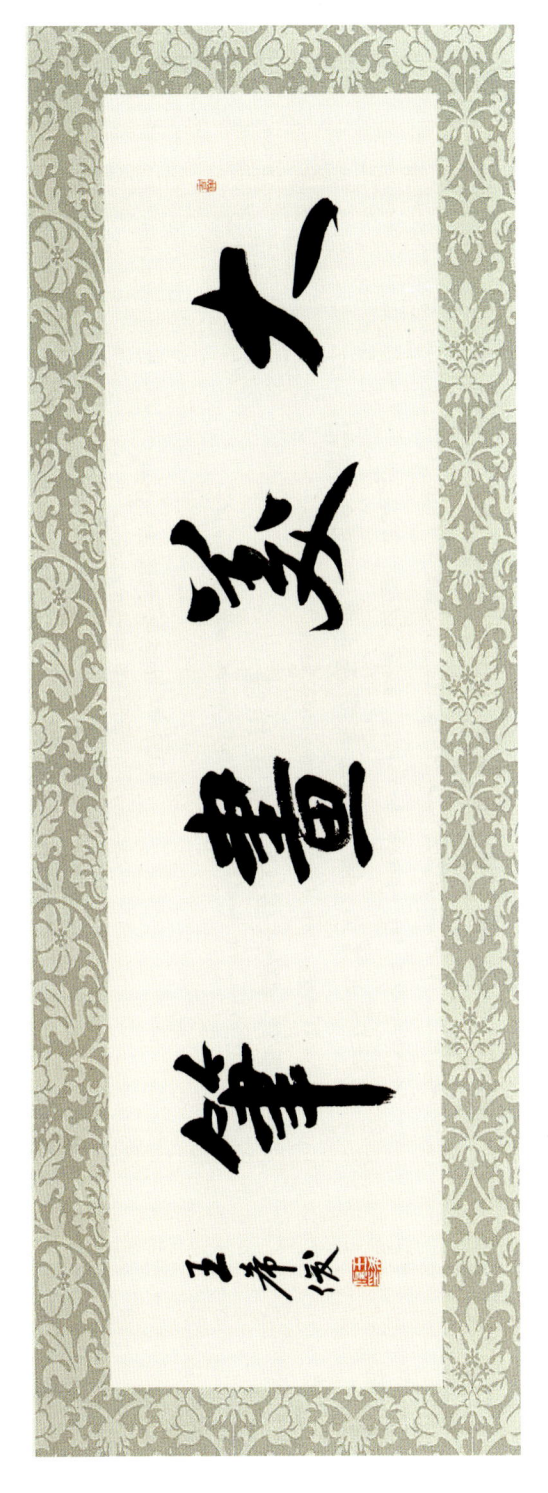

大美画笔（行书）　　王希俊　中南大学教授、博士生导师
全国艺术协会理事

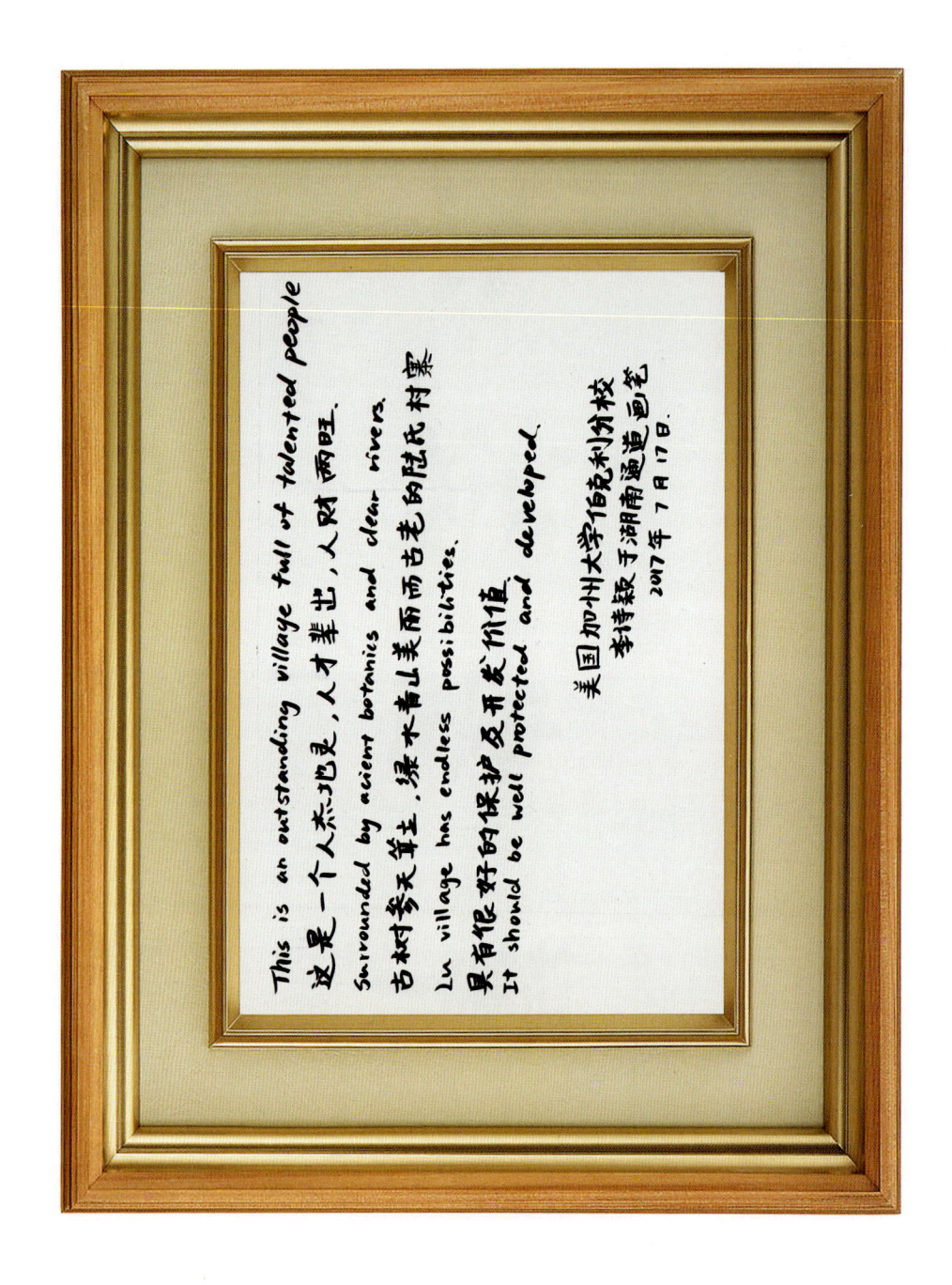

# 相约玉带 邂逅湿地
## XIANG YUE YU DAI　XIE HOU SHI DI

This is an outstanding village full of talented people. 这是一个人杰地灵、人才辈出、人财两旺、古树多茂盛、绿水青山美丽而古老的陆氏村寨。Surrounded by ancient botanics and clean rivers, Lu village has endless possibilities. 具有很好的保护及开发价值。It should be well protected and developed.

美国加州大学伯克利分校 李诗颖 于湖南通道画毛 2017年7月17日。

画笔提词（行书）　李诗颖　美国加州大学

云散后 月斜时（印章）
陆明维
怀化市书法协会会员

独岩峰下人家（印章）
陆明维
怀化市书法协会会员

玉带河国家湿地公园（印章）
陆明维
怀化市书法协会会员

玉带河国家湿地公园（印章）
陆明维
怀化市书法协会会员

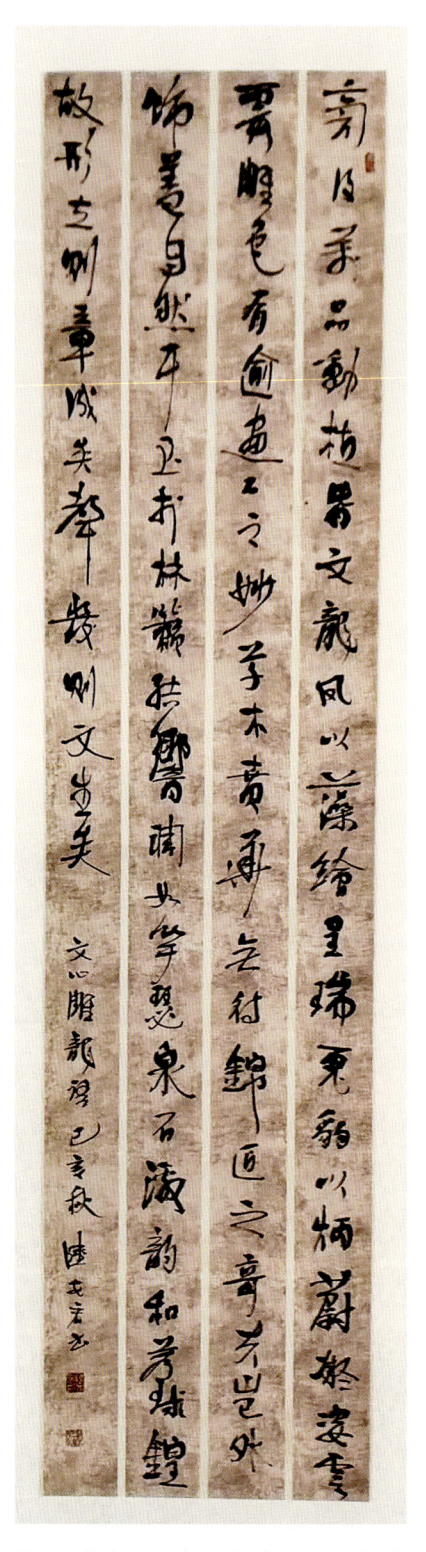

文心雕龙语（行书）　陆安宏

为爱鸟声多种树（行书）　陆安宏

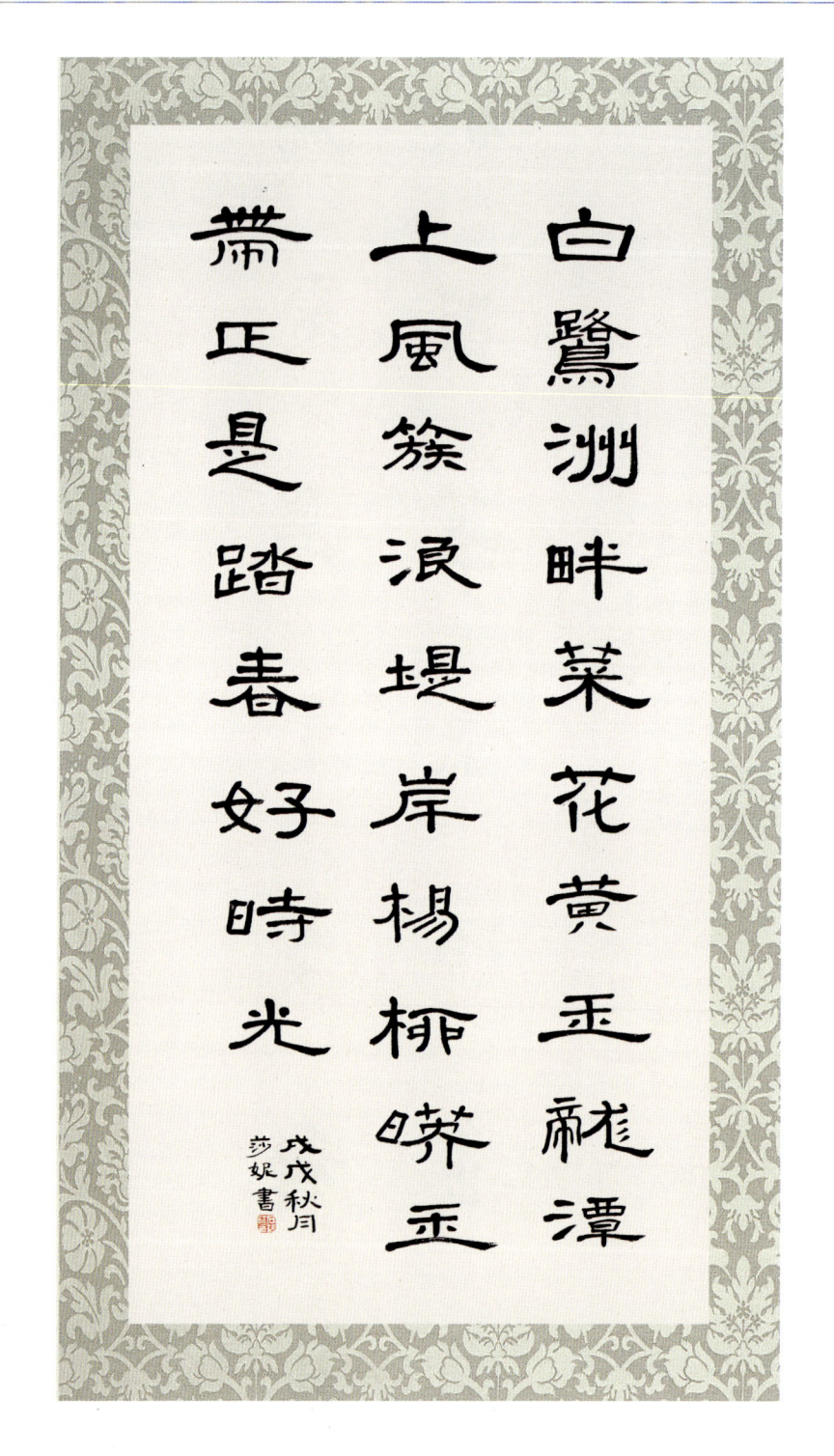

白鹭洲畔菜花黄玉龙潭上风簇浪堤岸杨柳睁玉带正是踏春好时光

白鹭洲畔（隶书）　石莎妮

笔墨湿地 风情玉带
BI MO SHI DI　FENG QING YU DAI

河岸杨柳迎风舞
水面鸥鹭啄鱼欢

河畔杨柳风舞（隶书）　金铁山

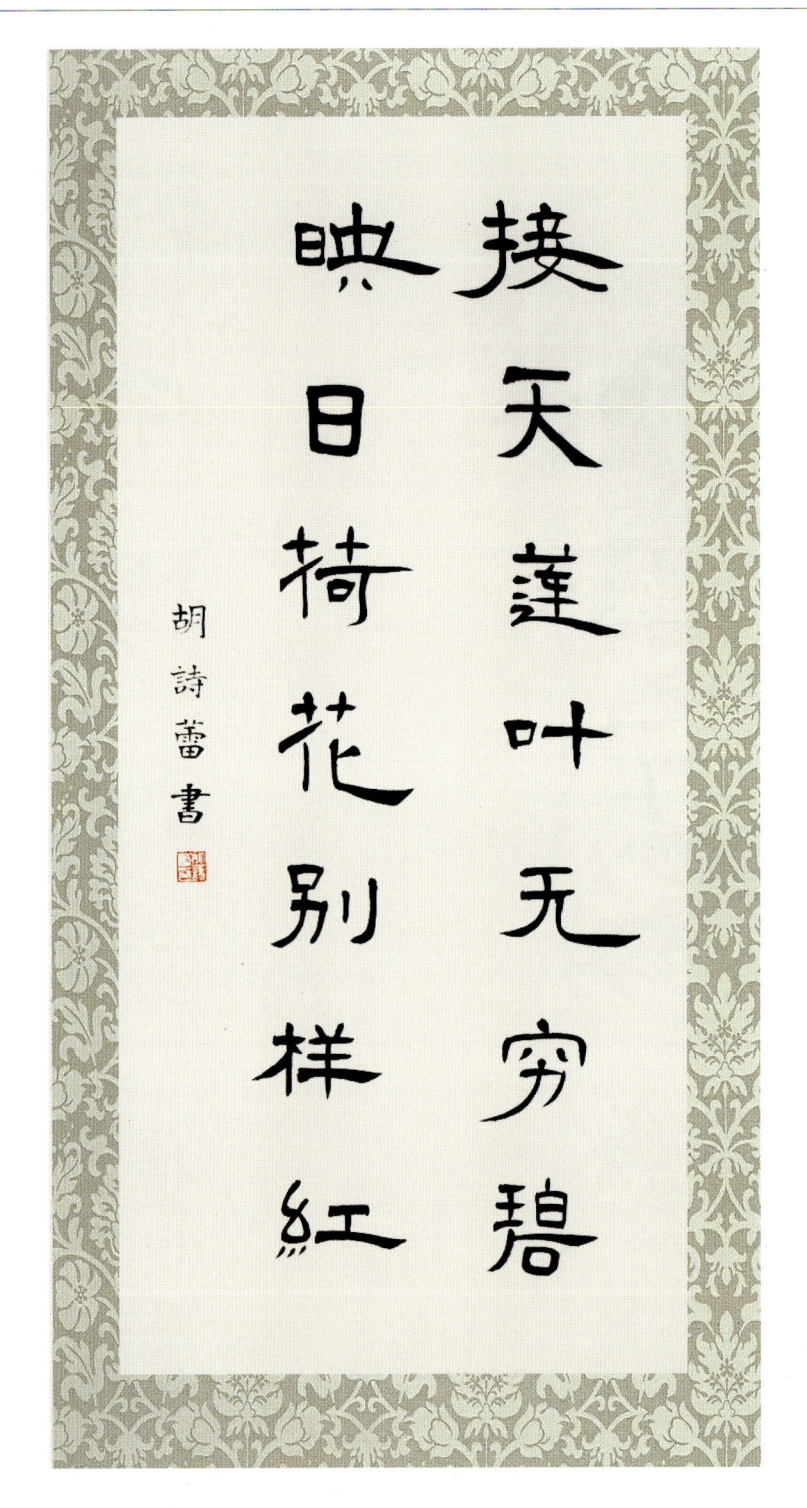

接天莲叶无穷碧（隶书）　　胡诗蕾

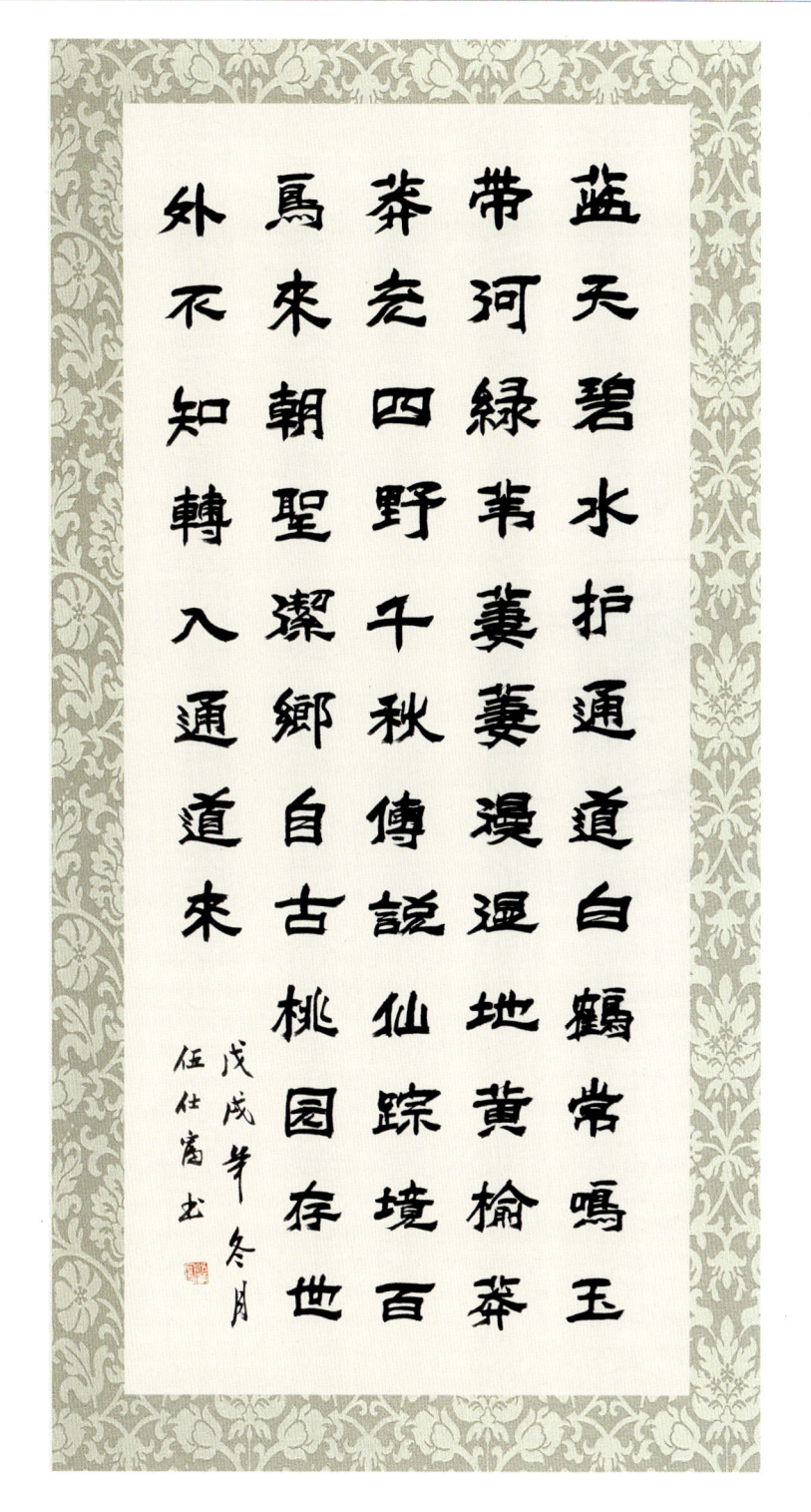

蓝天碧水护通道白鹤常鸣玉带河绿茸萋萋漫遥地黄榆莽莽苍苍四野千秋传说仙踪境百鸟来朝圣洁乡白古桃园存世外不知转入通道来

戊戌年冬月 伍仕富书

蓝天碧水护通道（隶书）　伍仕富

山川之美（篆书）　肖碧微

笔墨湿地　风情玉带
BI MO SHI DI　FENG QING YU DAI

情系玉带河（行书）　杨平高

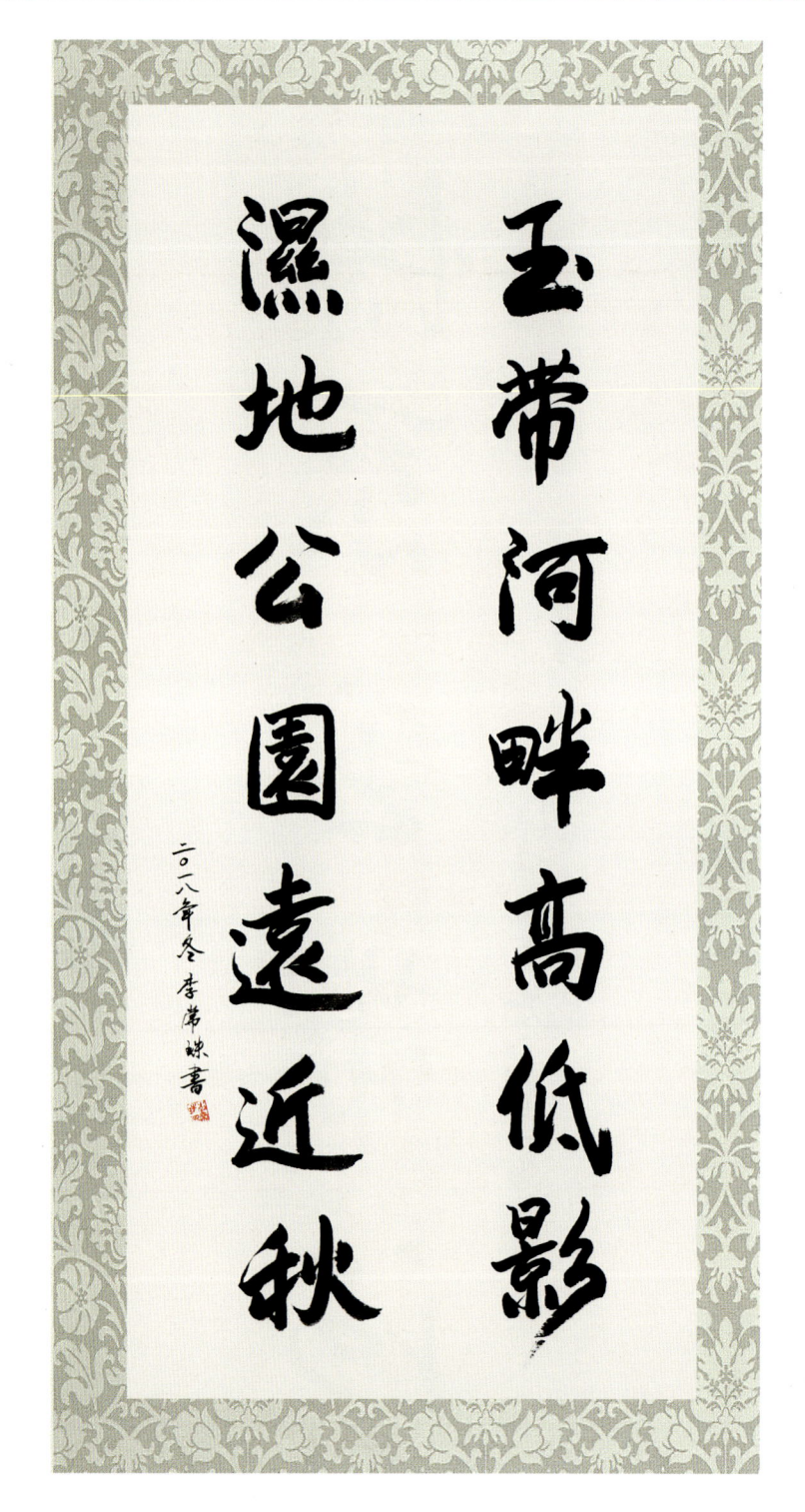

玉带河畔高低影（行书）　李常珠

湿地诗抄（隶书）　吴党军

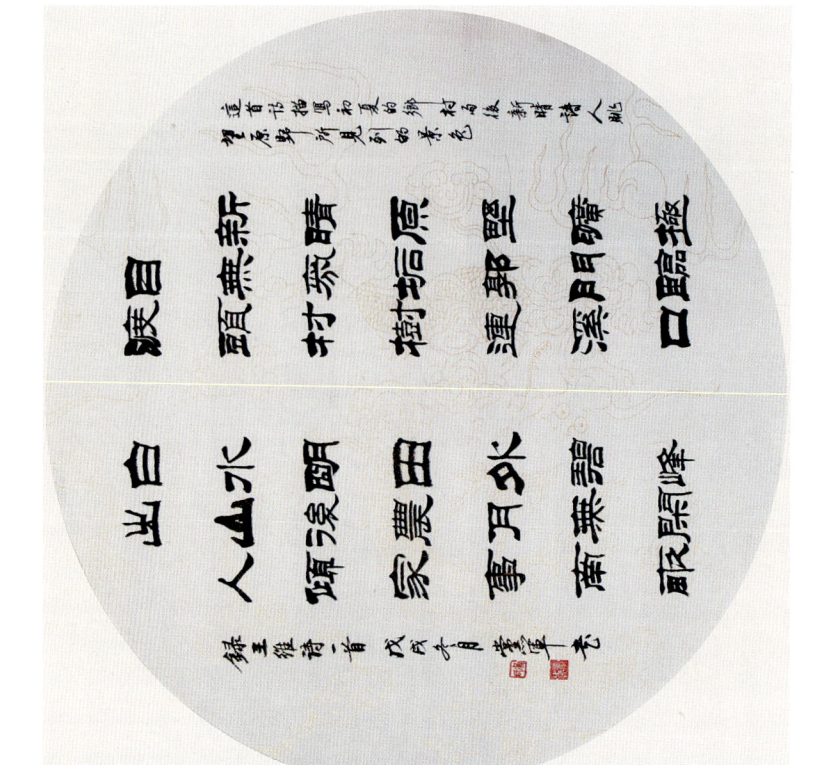

湿地诗抄（隶书）　吴党军

## 湿地雅韵（小楷）　王再元

湿地情结

温色之梦，梦是透过的天边温的蓝浮荡在湛蓝湖水里，唤小鱼嬉戏芦苇摇摆绿岛一颅隐埋鸭头绿，谁投这波凤送来鸬鹚春的印记沼泽，点水蜻蜓都夺名号紫径绿皇温天色，彩纪烂的绸带缠绕着鹭鸥温紫的小里，到了野荷玫瑰的芳香凛鸟之飒起舞了阳下，你家爱搂着蓝蓝的白云里飞舞的身影的啊踪，马娃鸡的即兴子舞路在鹿名呀猿一之人径晴蓝，翠上掉不来瘦了难觅的青莲式的温梦也不翠。

### 梦幻湿地

我徘徊梦中去寻摸着对梦的渴望，这徐湿波凌风行诉着水平的名者，这通幸福遇的湿地偏壹到那上此鹰啊那，凌波而起的空中摇过这护湿地的撑地的一，清新的容颜。

飞天的模样 唤的 声接递 脚下翅波荡漾满，平摇奥芦苇读 荡 马谐振扬我箭到 一楹可以幻，非幻的画面 高楼词 立人影 摆动的 诗意云下，洛霞碳孙鸠错桃棉水共长天一色，信立 在上之 上我临风群 勃思绪。

## 湿地

湿地啊湿地我亲爱的你，像初春的鹿子一样纯良，你像可爱的小马一样活泼，你像温柔的母亲一样有着人们称你栖地，湿地湿地，你是人类赖以生存的载体，我尊崇你，我爱你！是黄河之肾。

你的土壤动物植物和微生物构成你，细胞构成的生物链互相循环，保护沉淀污染物，涵养水源，净化水源，保持生态平衡，是你的功效。

司马迁曾以"鸿"喻言：

此人不知你的本事与颜，眠溺小利盗窃泽和你的水，随意改你的形状，滴填海围海耕犁，破坏了你的功能生长。可是如现在我们知道你是地球的肾脏。

你是天然的微生物库，水的滴景，生物的多元化，和你相关，谈谈说说到你全球的氯氧温室效应生态平衡等调节就流逝，人类鸟兽受到大危害。今后我们应要保护你珍惜你。

湿地雅韵（小楷）　王再元

的辞苦的幸福，我们的幸运就是我们能生命应尽的义务和责任，也是我们的荣耀。你是译大家的，保持你的心灵和美丽是我们的

湿地诗文三则

其一
保护湿地候鸟图
伴水而花开岁岁年年草堂居家乘雅阁楼花秋月斗寒
三月上楼台春花秋月斗寒
美姬莺飞绿绿载德讴三千
湿地陶冶名客煮酒论梁子

其二
溪萤瑶英凤禹鸽蒿青彭
鹤影勤天伊荷毫撒到清
波里鱼水桐姿雾又浮

其三
青山湿地游啼同洲邀建
水清望尤残墙蝶绿接披
流觑娃垂颜衬湖畔承
泌秋扬造风游水潜鸥鹭家
盈夔灌蓝天巧云落碧水游
人疑是天空仙

其三

湿地雅韵（小楷） 王再元

## 湿地雅韵

金色晚秋雁鸣湖畔在江南誉名木
尽收眼底在诗意蒙胧鸣啼飞秋
水共长天一色上莲若水之地里
又迎来了蓝天白云
又迎来了多彩雀歌湖之地水鸟
以综鸣飞
悠然安静不急不躁栖地让人心脾舒
进游千里这味道秋人们诗意盛宗仰留
隐湖光山色此间多一样秋风遍唱波

这是美丽的诗文
让人充满期待和无限遐想
浸入湖畔鸭鹅眼媚娇多姿的
身影淡雅
灿烂就是浸地的山间野花瑶七
洁的绿绚的水心云史敦瑰霖绚
烂纷满天彩霞
泛泛那湖水拍岸水鸟鸣叫随道起
如天籁之音
湖光山色迎乃神来之笔美轮美奂画
收眼底耀眼造弥的湖面碧波粼粼

湿地雅韵（小楷） 王再元

湿地雅韵（小楷）　王再元

玉带河畔（行书） 杨通政

玉带河畔（行书） 杨通政

相约玉带　邂逅湿地
XIANG YUE YU DAI　XIE HOU SHI DI

探索玉带河　陈诗伶　（通道牙小）

动物的生活　李雨玲　（通道牙小）

笔墨湿地 风情玉带
BI MO SHI DI　FENG QING YU DAI

可爱的秋沙鸭　于晨　（通道思源实验学校二3班）

看水底世界　胡诗靓　（通道县幼大四班）

257

# 相约玉带 邂逅湿地
XIANG YUE YU DAI  XIE HOU SHI DI

美丽玉带——生命的摇篮  张嘉丽 （通道播阳志和小学）

笔墨湿地 风情玉带
BI MO SHI DI　FENG QING YU DAI

盛夏的玉带河　陈慧敏　（通道一完小）

湿地春暖　赵恩晨　（通道县幼大二班）

相约玉带 邂逅湿地
XIANG YUE YU DAI　XIE HOU SHI DI

湿地风光　杨欣怡　（通道二完小四5班）

玉带河边小树林　龙路冯　（通道一中）

侗寨风雨桥　欧阳莎　（通道四中）

玉带河畔　彭忆婕　（通道一中高1810班）

相约玉带　邂逅湿地

玉带河上的那只划舟　吴振恒　（通道一中）

玉带河芦苇荡　粟杜菊　（通道一中）

笔墨湿地 风情玉带
BI MO SHI DI　FENG QING YU DAI

玉带河野渡　杨舒　（通道一中）

朝霞里的玉带河　杨锦苗　（通道一中）

相约玉带 邂逅湿地
XIANG YUE YU DAI  XIE HOU SHI DI

玉带河边山间小路  吴杨洋  （通道一完小79班）

写生玉带河秋  吴家蕊  （通道一完小）

笔墨湿地　风情玉带

旧宅　吴依蔓　（通道一完小）

清清玉带河　朱家虹　（通道一中高1712班）

玉带河畔有人家　杨晶磊　（通道四中299班）

花卉图案　杨茹婷　（通道一中高1814班）

相约玉带 邂逅湿地
XIANG YUE YU DAI　XIE HOU SHI DI

玉带河畔吊脚楼　刘梓倩　（通道思源实验学校四年级 4 班）

春耕　李雨臻　（通道思源实验学校三年级 3 班）

笔墨湿地 风情玉带
BI MO SHI DI　FENG QING YU DAI

玉带河春　吴侃　（通道思源实验学校教师）

古树下的牛棚　吴侃　（通道思源实验学校教师）

相约玉带 邂逅湿地
XIANG YUE YU DAI　XIE HOU SHI DI

侗家村寨　吴侃　（通道思源实验学校教师）

笔墨湿地 风情玉带
BI MO SHI DI　FENG QING YU DAI

山野木棚　吴侃　（通道思源实验学校教师）

芦笙歌舞　吴孟鑫　（通道思源实验学校教师）

芦笙圣殿　吴孟鑫　（通道思源实验学校教师）

笔墨湿地　风情玉带
BI MO SHI DI　　FENG QING YU DAI

侗家小木屋　吴孟鑫　（通道思源实验学校教师）

侗乡百蝶图　剪纸　吴晨年　（通道思源实验学校教师）

相约玉带　邂逅湿地
XIANG YUE YU DAI　XIE HOU SHI DI

盛装　剪纸　吴晨年　（通道思源实验学校教师）

笔墨湿地　风情玉带
BI MO SHI DI　　FENG QING YU DAI

通道小水之战八勇士　剪纸　吴晨年　（通道思源实验学校教师）

相约玉带　邂逅湿地
XIANG YUE YU DAI　XIE HOU SHI DI

画眉　剪纸　吴晨年　（通道思源实验学校教师）

笔墨湿地　风情玉带
BI MO SHI DI　FENG QING YU DAI

银杏　剪纸　吴晨年　（通道思源实验学校教师）

## 附件1-1：通道县生态保护与建设工程——公益林（2005—2019年）

单位：亩

| 现乡(镇、场) | 原乡(镇、场) | 2005年 国家重点 | 2006年 国家重点 | 2007年 小计 | 2007年 国家重点 | 2007年 省级 | 2008年 小计 | 2008年 国家重点 | 2008年 省级 | 2009年 小计 | 2009年 国家级 | 2009年 省级 | 2010年 小计 | 2010年 国家级 | 2010年 省级 | 2011年 小计 | 2011年 国家级 | 2011年 省级 | 2012年 | 2013年 | 2014年 | 2015年 | 2016年 | 2017年 | 2018年 | 2019年 |
|---|---|---|---|---|---|---|---|---|---|---|---|---|---|---|---|---|---|---|---|---|---|---|---|---|---|---|
| 合计 | | 50000 | 45000 | 379000 | 45000 | 334000 | 474000 | 140000 | 334000 | 478168.38 | 145073.68 | 333094.7 | 496286.34 | 145073.68 | 351212.66 | 496372.38 | 145073.68 | 351298.7 | 734333 | 734333 | 734050 | 733614 | 733061 | 732779 | 732779 | 722027 |
| 县溪 | 江口 | | | 14312 | | 14312 | 14312 | | 14312 | 14302.3 | | 14302.3 | 14302.3 | | 14302.3 | 14302.3 | | 14302.3 | 23836.2 | 23836.2 | 23836.2 | 23836.2 | | | | |
| | 县溪 | | | 30649 | | 30649 | 30649 | | 30649 | 30637.9 | | 30637.9 | 30638 | | 30638 | 34199.9 | | 34199.9 | 47955.9 | 47955.9 | 47955.9 | 47955.9 | 72290.1 | 72280.6 | 73280.6 | 72743 |
| | 锅冲 | | | 1490 | | 1490 | 1490 | | 1490 | 1490 | | 1490 | 1490 | | 1490 | 1490 | | 1490 | 1498 | 1498 | 1498 | 1498 | | | | |
| 播阳 | 播阳 | | | 20265 | | 20265 | 20265 | | 20265 | 20265 | | 20265 | 20255.8 | | 20255.8 | 20265 | | 20265 | 22998.5 | 22998.5 | 22998.5 | 22998.5 | 22998.5 | 22998.5 | 22998.5 | 22711 |
| 牙屯堡 | 牙屯堡 | | | 25132 | | 25132 | 25132 | | 25132 | 25132 | | 25132 | 25132 | | 25132 | 25132 | | 25132 | 39655.2 | 39655.2 | 39655.2 | 39655.2 | 39655.2 | 39655.2 | 39655.2 | 39283 |
| 菁芜洲 | 菁芜洲 | | 8620 | 24285 | | 24285 | 24285 | | 24285 | 24279.8 | | 24279.8 | 24269.5 | | 24269.5 | 24279.8 | | 24279.8 | 34924 | 34924 | 34924 | 34904.3 | 34901.1 | 34901.1 | 34901.1 | 34668 |
| 溪口 | 溪口 | | 2547 | 41043 | | 41043 | 41043 | | 41043 | 41330.3 | | 41330.3 | 44405.6 | | 44405.6 | 44406.3 | | 44406.3 | 55036.6 | 55036.6 | 55036.6 | 55036.6 | | | | |
| | 杉木桥 | 28052 | | 28514.5 | | 28514.5 | 28514.5 | | 28514.5 | 28262 | | 28262 | 31824 | | 31824 | 28262 | | 28262 | 47664 | 47664 | 47511.8 | 47745.8 | | | | |
| 万佛山 | 临口 | | 18769 | 28789.5 | 789 | 28000.5 | 75610.5 | 47610 | 28000.5 | 80335.09 | 52456.89 | 27878.2 | 82191 | 52456.89 | 29734.11 | 82191.09 | 52456.89 | 29734.2 | 125113.3 | 125338.2 | 125266.5 | 125338.2 | 102766.7 | 102766.7 | 102766.7 | 101130 |
| | 木脚 | 20166 | | 30518 | 19604 | 10914 | 50684 | 39770 | 10914 | 51125 | 40211 | 10914 | 51125 | 40211 | 10914 | 51125 | 40211 | 10914 | 829632 | 829632 | 829632 | 83053.2 | 254694.3 | 254692.8 | 254692.8 | 254407 |
| | 下乡 | | | 25098 | 6351 | 18747 | 25098 | 6351 | 18747 | 25097.72 | 6350.72 | 18747 | 27240 | 6350.72 | 20889.28 | 27239.72 | 6350.72 | 20889 | 47408.1 | 47408.1 | 47408.1 | 47319.7 | | | | |
| 双江 | 双江 | 1782 | 5871 | 52663 | 2477 | 50186 | 60316 | 10130 | 50186 | 60193.83 | 10119.53 | 50074.3 | 62508 | 10119.53 | 52388.47 | 62503.83 | 10119.53 | 52384.3 | 75107.5 | 75107.5 | 75183.5 | 76250.3 | 95607 | 95338.7 | 95338.7 | 94311 |
| | 马龙 | | | 6867 | | 6867 | 6867 | | 6867 | 6754.7 | | 6754.7 | 9609 | | 9609 | 9632.7 | | 9632.7 | 16244.6 | 16187.5 | 16187.5 | 16187.5 | | | | |
| 坪坦 | 黄土 | | 8620 | 844.5 | | 844.5 | 9464.5 | 8620 | 844.5 | 9464.5 | 8620 | 844.5 | 9465 | 8620 | 845 | 9464.5 | 8620 | 844.5 | 12453.2 | 12285.4 | 12285.4 | 12223.7 | 30586.4 | 30586.4 | 30586.4 | 30275 |
| | 坪坦 | | 2547 | 986 | | 986 | 3533 | 2547 | 986 | 3533 | 2547 | 986 | 3533 | 2547 | 986 | 3533 | 2547 | 986 | 11355.2 | 11355.2 | 11355.2 | 11293.2 | | | | |
| | 陇城 | | 5548 | 5396 | | 5396 | 10944 | 5548 | 5396 | 10632.8 | 5361 | 5271.8 | 12829 | 5361 | 7468 | 12828.8 | 5361 | 7467.8 | 20996 | 20996 | 20888.2 | 20888.2 | | | | |
| 陇城 | 坪阳 | | | 23121 | | 23121 | 23121 | | 23121 | 22679.5 | | 22679.5 | 22817 | | 22817 | 22863.5 | | 22863.5 | 33259.1 | 33225.8 | 32578.2 | 616378 | 61637.7 | 61637.7 | 55489 |
| | 甘溪 | | 3645 | 3247.5 | | 3247.5 | 6892.5 | 3645 | 3247.5 | 6890.4 | 3645 | 3245.4 | 6889.6 | 3645 | 3244.6 | 6890.4 | 3645 | 3245.4 | 18387 | 18387 | 18387 | 18387 | | | | |
| 通道县林业科学研究所 | | | | | | | | | | 15762.54 | 15762.54 | | 2362.54 | 2362.54 | | 2362.54 | 2362.54 | | 667 | 667 | 660 | 660 | 662.6 | 660 | 660 | 660 |
| 地连国有林场 | | | | 15779 | 15779 | | 15779 | 15779 | | | | | | | | | | | 2058.3 | 2058.3 | 2058.3 | 2066.3 | 2066.3 | 2066.3 | 2066.3 | 2373 |
| 地连国有林场（国有商部） | | | | | | | | | | | | | 13400 | 13400 | | 13400 | 13400 | | 14658 | 14658 | 14658 | 14650 | 14195 | 14195 | 14195 | 13977 |
| 通道县林木种苗管理站 | | | | | | | | | | | | | | | | | | | 94 | 94 | | | | | | |

## 附件1-2：通道县生态保护与建设工程——公益林（2005—2019年）

| 年度 | 合计 | 公益林（万亩） 国家重点 小计 | 集体个人 | 国家级 国有 | 省级 集体个人 | 上级下拨补偿基金（万元） | 发放补偿基金（万元） 年度发放到户补偿基金 | 年度发放护林员劳务费 | 公共管护费 | 护林员数（人） |
|---|---|---|---|---|---|---|---|---|---|---|
| 合计 | | 73.4333 | | | | 10908.92 | 9438.49 | 968.25 | 502.19 | |
| 2005 | 5 | 5 | 5 | | | 25.00 | 17.50 | 5.00 | 2.50 | 11 |
| 2006 | 9.5 | 4.5 | 4.5 | | | 44.75 | 33.25 | 7.60 | 3.90 | |
| 2007 | 33.4 | | | | 33.4 | 158.65 | 116.90 | 26.72 | 15.03 | |
| 2008 | 47.4 | 14 | 14 | | 33.4 | 225.15 | 165.90 | 37.92 | 21.33 | 276 |
| 2009 | 47.82 | 14.51 | 14.51 | | 33.31 | 227.13 | 167.37 | 38.26 | 21.50 | |
| 2010 | 47.95 | 14.51 | 13.17 | 1.34 | 33.44 | 460.14 | 400.88 | 38.36 | 20.91 | 297 |
| 2011 | 49.64 | 14.51 | 13.17 | 1.34 | 35.13 | 477.33 | 416.87 | 38.64 | 21.82 | |
| 2012 | 73.4333 | 71.9633 | | 1.47 | | 708.64 | 616.83 | 58.75 | 33.06 | |
| 2013 | 73.4334 | 71.9676 | | 1.4658 | | 1215.35 | 1123.56 | 58.75 | 33.04 | 334 |
| 2014 | 73.405 | 71.9392 | | 1.4658 | | 1214.87 | 1049.71 | 110.11 | 55.05 | |
| 2015 | 73.3614 | 71.8964 | | 1.465 | | 1218.55 | 1053.49 | 110.04 | 55.02 | 225 |
| 2016 | 73.3061 | 71.8866 | | 1.4195 | | 1222.20 | 1057.26 | 109.96 | 54.98 | |
| 2017 | 73.2779 | 71.8584 | | 1.4195 | | 1224.56 | 1059.69 | 109.92 | 54.95 | 208 |
| 2018 | 73.2779 | 71.8584 | | 1.4195 | | 1224.56 | 1059.69 | 109.92 | 54.95 | 85 |
| 2019 | 72.2027 | 70.805 | | 1.3977 | | 1262.04 | 1099.59 | 108.30 | 54.15 | 92 |

附件1-3：通道县生态保护与建设工程——公益林（2005—2019年）

| 年度 | 国有 | 小计 | 非国有集体个人 | | | |
|---|---|---|---|---|---|---|
| | | | 集体及个人补偿标准 | 护林员补助标准 | 管护费 | 省级预留 |
| 2005 | | 5.00 | 3.50 | 1.00 | 0.50 | |
| 2006 | | 5.00 | 3.50 | 0.80 | 0.45 | 0.25 |
| 2007 | | 5.00 | 3.50 | 0.80 | 0.45 | 0.25 |
| 2008 | | 5.00 | 3.50 | 0.80 | 0.45 | 0.25 |
| 2009 | | 5.00 | 3.50 | 0.80 | 0.45 | 0.25 |
| 2010 | 5.00 | 10.00 | 8.50 | 0.80 | 0.45 | 0.25 |
| 2011 | 5.00 | 10.00 | 8.50 | 0.80 | 0.45 | 0.25 |
| 2012 | 5.00 | 10.00 | 8.50 | 0.80 | 0.45 | 0.25 |
| 2013 | 7.00 | 17.00 | 15.50 | 0.80 | 0.45 | 0.25 |
| 2014 | 7.00 | 17.00 | 14.50 | 1.50 | 0.75 | 0.25 |
| 2015 | 10.00 | 17.00 | 14.50 | 1.50 | 0.75 | 0.25 |
| 2016 | 13.00 | 17.00 | 14.50 | 1.50 | 0.75 | 0.25 |
| 2017 | 15.00 | 17.00 | 14.50 | 1.50 | 0.75 | 0.25 |
| 2018 | 15.00 | 17.00 | 14.50 | 1.50 | 0.75 | 0.25 |
| 2019 | 15.00 | 18.00 | 15.50 | 1.50 | 0.75 | 0.25 |

附件2：通道县生态保护与建设工程——天然商品林（2016—2019年）

| 序号 | 乡（镇） | 2016-2019年合计 | | 2016年 | | 2017年 | | 2018年 | | 2019年 | |
|---|---|---|---|---|---|---|---|---|---|---|---|
| | | 面积（亩） | 金额（元） | 面积（亩） | 金额（元） | 面积（亩） | 金额（元） | 面积（亩） | 金额（元） | 面积（亩） | 金额（元） |
| | 全县合计 | 660200 | 32679900 | 660200 | 7922400 | 660200 | 7922400 | 660200 | 7922400 | 660200 | 8912700 |
| 1 | 播阳镇 | 38382 | 1899909 | 38382 | 460584 | 38382 | 460584 | 38382 | 460584 | 38382 | 518157 |
| 2 | 菁芜洲镇 | 40319 | 1995791 | 40319 | 483828 | 40319 | 483828 | 40319 | 483828 | 40319 | 544306.5 |
| 3 | 大高坪乡 | 5161 | 255469.5 | 5161 | 61932 | 5161 | 61932 | 5161 | 61932 | 5161 | 69673.5 |
| 4 | 万佛山镇 | 72083 | 3568109 | 72083 | 864996 | 72083 | 864996 | 72083 | 864996 | 72083 | 973120.5 |
| 5 | 独坡镇 | 108677 | 5379512 | 108677 | 1304124 | 108677 | 1304124 | 108677 | 1304124 | 108677 | 1467140 |
| 6 | 坪坦乡 | 49349 | 2442776 | 49349 | 592188 | 49349 | 592188 | 49349 | 592188 | 49349 | 666211.5 |
| 7 | 双江镇 | 32699 | 1618601 | 32699 | 392388 | 32699 | 392388 | 32699 | 392388 | 32699 | 441436.5 |
| 8 | 溪口镇 | 128034 | 6337683 | 128034 | 1536408 | 128034 | 1536408 | 128034 | 1536408 | 128034 | 1728459 |
| 9 | 陇城镇 | 32351 | 1601375 | 32351 | 388212 | 32351 | 388212 | 32351 | 388212 | 32351 | 436738.5 |
| 10 | 牙屯堡镇 | 69635 | 3446933 | 69635 | 835620 | 69635 | 835620 | 69635 | 835620 | 69635 | 940072.5 |
| 11 | 县溪镇 | 83510 | 4133745 | 83510 | 1002120 | 83510 | 1002120 | 83510 | 1002120 | 83510 | 1127385 |

**备注**：2016—2018年补助标准为12元/亩/年；2019年补助标准为13.5元/亩/年。

附件3：通道县生态保护与建设工程——森林禁伐减伐（2016—2018）年

| 序号 | 乡镇 | 禁伐面积（亩） | | | | 发放金额（万元） | | | |
|---|---|---|---|---|---|---|---|---|---|
| | | 2016年 | 2017年 | 2018年 | 合计 | 2016年 | 2017年 | 2018年 | |
| | 全县合计 | 273501.3 | 276369 | 276369 | 645 | 215 | 215 | 215 | |
| 1 | 双江镇 | 63425 | 63425 | 63425 | 148.84098 | 49.9 | 49.47049 | 49.47049 | |
| 2 | 溪口镇 | 133273 | 133273 | 133273 | 312.09192 | 104.8 | 103.64596 | 103.64596 | |
| 3 | 菁芜洲镇 | 25686 | 28553.7 | 28553.7 | 64.54378 | 20.2 | 22.17189 | 22.17189 | |
| 4 | 播阳镇 | 8070 | 8070 | 8070 | 18.7278 | 6.3 | 6.2139 | 6.2139 | |
| 5 | 坪坦乡 | 43047.3 | 43047.3 | 43047.3 | 100.79552 | 33.8 | 33.49776 | 33.49776 | |